联 合 出 品

你是忽明忽暗的不悔时光

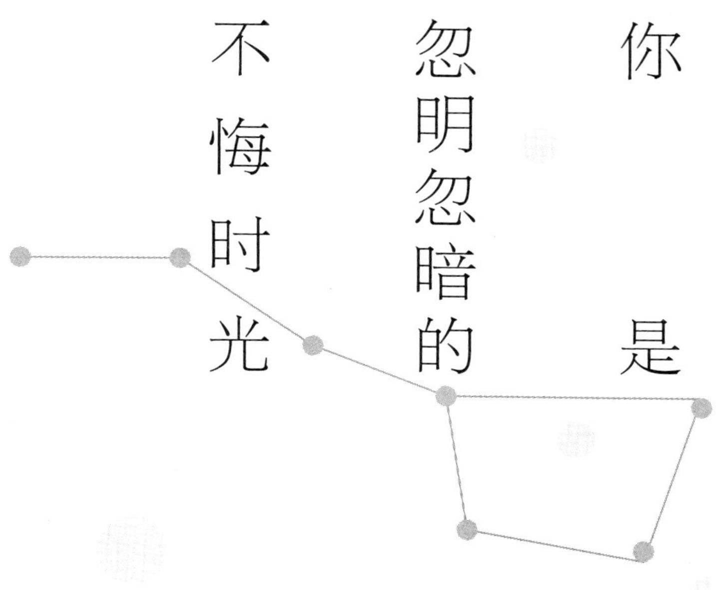

主编：
夏七夕

江苏凤凰文艺出版社
JIANGSU PHOENIX LITERATURE AND
ART PUBLISHING, LTD

你是忽明忽暗的
不悔时光

001 第一章 “你是旅途，你是故乡，是我逃离废墟的路途茫茫”

002 你是忽明忽暗的不悔时光——夏七夕

040 总有一条蜿蜒在童话镇里七彩的河——林一介

064 当我唱起往日的歌，我已醉倒在阳光里——麦九

092 第二章 “你是我穷极一生，都做不完的一场梦”

094 恋恋风尘——微酸袅袅

122 少年锦时——张芸欣

148 时间静止了，说再见你好——叶离

目录
CONTENTS

168
第三章
“我在那黑白时光里，
留念过去的痕迹”

170 我睡在你眼睛的沙漠里——顾白白

194 你是谁的浮光掠影——岑桑

214 你要去的地方，遗情处有诗章——夏不绿

239
第四章
“陪我入睡的 ，是月亮的
忧愁和装满幻梦的枕头”

240 你是世上最亮的星光
——时巫

264 吾爱，休怪我不够勇敢，
我没有飞鸟勇敢——阮笙绿

286 如果天黑之前来得及
——风声晚凉

第一章

你是旅途，
你是故乡，
是我逃离废墟的路途茫茫

文 —— 夏七夕

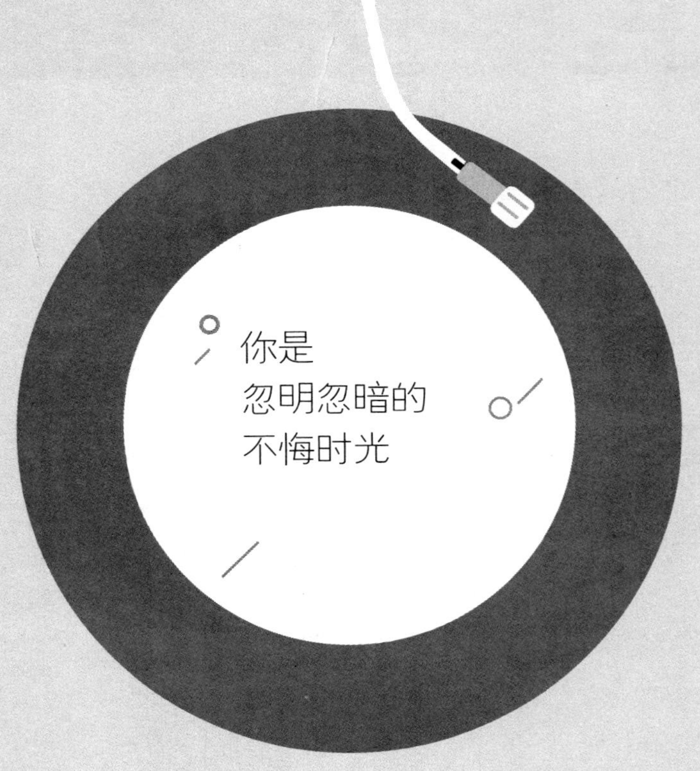

你是南半球的年少风光

你是无言你是对望

楔子

2017年年底，网易云音乐的每个用户都可以自动生成一个年度总结。

听过的歌，喜欢的类型，听歌时间，评论标准等一系列问题，都由数据罗列形成，细致周到。在我的总结里有这样一句话，这一年，有五十二天你都听了《十二》，在所有熟悉的旋律中，你对这首歌最专一。

段以柏，连我自己也没料到，一年三百六十五天，我竟然平均每周都会循环播放这首歌一次。

就像我自己都不曾料到，明明以为是过客的你，明明在一起短暂时间的你，竟不知不觉会在我心上徘徊这么多天。明明觉得自己很轻松放开了你，没那么想念你，竟会反复想起属于我们的故事。明明觉得全身而退，云淡风轻，竟还是会舍不得忘怀。

一年了，在同一个城市，同一片星空，不知道你过得怎么样，从未试图去打探，也从未试图去打扰，明明可以随意搜出你的近况，但我将自己控制得很好。

我终于还是学会了克制，什么是克制呢，就是不再奋不顾身，不再飞蛾扑火，不再明知道一段感情无望却仍要勉强出一个结果。

很庆幸，陪我演练，让我学会这个道理的人是你。

我不知道该高兴还是该悲伤，该遗憾还是该难忘。

01

遇见你时，是我在南城居住的第七年。

那时我已眉目淡然，被岁月削去不少锋利棱角。

职业自由撰稿。平时昼伏夜出，写书，和好友出去晃荡。

遇见你那晚，是施楠的铁哥们儿雷诺的酒吧开业，我们去捧场。

我不喝酒，所以朋友们玩游戏时，我常常一个人懒懒地待在边上刷手机，偶尔被他们闹得没办法就陪玩一会儿。和摇筛喝酒相比，我更喜欢一个人坐着，观察红灯绿酒下的男男女女，企图从他们身上看出一些故事端倪。

你是酒吧老板新请的乐队主唱，那晚唱了很多热场的歌，大概因为乐队整体颜值都挺高，所以挺受欢迎，台下很多姑娘都兴致勃勃的听你们唱歌。

我之所以被你吸引，是因为我同台下那些年轻姑娘一样，喜欢你的气质。

很多酒吧歌手都喜欢把自己往颓废往沧桑里弄，好像流浪歌手就应该这个范儿。

但你特别干净，穿着最简单的衣服，眉眼清爽，笑容舒朗。

不管台下多少女生对你尖叫对你笑，你都置若罔闻，只是偶尔唱歌时像想到往事会嘴角微扬。你笑起来很好看，有种少年般的青涩。

我喜欢你的气质，让我想起我曾喜欢过的校园男生，他弹吉他的模样，他长大后的模样。

所以我坐在位置上，专注地看着你专注的听你唱歌。

连施楠过来怂恿我玩游戏，我都摇头说没兴趣。

施楠看我专注的眼神贱笑，怎么，我的少女，动心了？

我说，单纯的欣赏，这种知音流水型的你不懂。

施楠的世界，只有谈恋爱，换女友。

他是我认识的人中换女朋友次数最多的，不过他总是仗着自己开窍晚，说自己清纯。他十八岁以前都在追一个女孩，十八岁生日，那个女孩答应和他在一起了，朋友都说是为了他的钱，起初他不信，名牌包首饰护肤品各种送，朋友但凡说女孩半句不是，立刻会被拉入黑名单，但，没过一个月他自己亲眼看到了女孩的背叛。于是，从那以后，这个纯情二少开始游戏人间，在城里各个夜场翻手为云覆手为雨，身旁的姑娘每周都不带重复。

施楠说，得了吧，方七，你就别纯洁了，哥给你一个建议，多谈恋爱，谈久了，你就会发现人生越来越有意思了。等下我让老板把他叫来跟你喝一杯。

我斜施楠一眼，你怎么跟一拉皮条的似的。

施楠也斜我一眼，因为你们这些嫖客有需求。

去你的。

施楠去玩了，但他还是惦记上了我的事儿，毕竟我自从和沈南煜分手后，身边再无他人。

施楠觉得替我操心操的头发都白了。他和雷诺简直是把你押送过来的，你一脸的不情愿。

我有些无力的捂了捂脸，想装作不认识这两个混蛋。他们让我觉得，我堂堂一个长相过关的美少女，怎么此刻跟个山大王似的，在要求手下押送压寨驸马。

不止如此，施楠带你过来时还挤眉弄眼地喊，方七，你要的人我给你带过来了啊。

我狂捶了一顿施楠，转头有些不好意思地看着你，灯光迷离，鼓点劲爆，你却像一棵柏树安静地站在那里，望向我的眼光里仿佛有漫天星光，熠熠闪烁，我想了想还是诚恳地跟你解释，我说，你别听他们胡说，我只是觉得你刚刚唱歌的样子很像我的初恋。

喔唷！施楠在旁边怪叫，方七，看不出来你还挺会撩汉。

我冲他翻了个白眼，你大爷的施楠，我他妈说的实话。

说完看到一旁的你，我有些崩溃，平时对他们粗鲁惯了，却让你不断看到我粗鲁的样子，挺不意思。但你好像浑然不觉，眼底竟生出笑意，不是你在舞台上那种疏离礼貌的笑，大概是真的觉得我好笑，然后你说了一句让人意外的话，你说，你刚刚双手捂脸的样子，也挺像我初恋。

你说这话时，表情一点都不轻浮，就是像说一句稀拉平常的话。

喔唷！施楠和雷诺一同在旁边怪叫，然后他们交换了一下眼神贱笑地走了。

这就是我们的开始，后来你说，方七，我喜欢你当时又狂傲又羞涩的样子。

大概我不是你被押送过来前想象的那种横眉竖眼的女的，甚至还有些文艺细胞，也或许因为我的职业关系，我对其他一切职业外的人保持着天然的好奇，会适当提问，所以很少人跟我在一起会冷场。

我们相谈甚欢，最后你离开时说，很高兴认识你，方七，聊这么久我还没告诉你我的名字，我叫段以柏，有机会再见。

我亦微笑看着你答应道，好，有机会再见。

我们没有互留联系方式，虽然相谈甚欢，但谁都明白，这是一段短暂的萍水相逢。

我们之所以可以和陌生人坦然说心里话，是因为我们知道，以后，并不会再见。

你是游离于各个夜店的流浪歌手，我是被岁月洗净戾气的安稳姑娘。

我们是彼此的路人，彼此的过客。

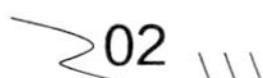

那天离开后，施楠让司机先开车送我回家。

到我家楼下，临下车时，喝的晕晕乎乎的施楠突然拉住我，伏在前座椅背上，醉眼朦胧地跟我说，方七，你可千万别动心啊，这种流浪歌手不适合你。

我失笑，你神经病啊，我们连联系方式都没留。

施楠笑了，他说，那我就放心了，改天哥给你介绍个好的。

不需要，我轻飘飘地说，我不想谈恋爱。

那怎么行。施楠蹙眉呢喃，方七，你放过自己吧，别跟自己过不去了，你都这样生活两年了，你不嫌烦我都替你烦了，我还是喜欢以前那个方七。

我懒得跟一个喝醉的人聊心事，所以我推了把施楠的脑袋，你不喜欢现在的我就给我滚蛋回家吧。施楠笑呵呵道，你也一定不喜欢现在的自己吧。

我拎起包下了车，施楠的车缓缓驶出视线，我才慢慢地蹲下身，酒后更容易伤心，虽然我没喝几杯，却比任何时候都孤单。

施楠说得对，我也不喜欢现在的自己。我不喜欢这个伪装得很坚强很漂亮无懈可击的自己。

以前我每天都会和他们热热闹闹的出去玩，现在我却总是深居简出独自一人，可是即便是不喜欢，这已然是现在的我了。

回到家，我把包甩在沙发上，满屋清冷。

我在屋里打转了一会儿，不管看剧还是看书，都觉得异常烦躁。

不知道是不是施楠的话让我想起以前的自己，我走回屋换了衣服，取出闲置许久的摩托车钥匙，决定出去转转。

当我骑着车在这个城市转悠，有夏风从我脸上轻拂而过，我觉得刚刚的郁结舒缓了许多。

以前刚认识沈南煜时，沈南煜很奇怪一个女孩为什么会喜欢重机。我说因为我喜欢在风里飘荡的感觉。别的女孩都会买化妆品包包，可我却攒钱买了一辆重机，而且把它贴成了粉色。

施楠说，方七，你真是个惊世骇俗的女的，人家重机本来那么威武，你弄一个这么娘炮的颜色有问过它的意见吗？

我说，你懂个屁，这叫凶猛的温柔。

我常常骑着它到处游荡，沈南煜说我骑车的样子像一个混世小魔女。

那时我特骄傲地挑眉问她，你不喜欢吗？

喜欢。沈南煜说，哪儿敢对你有半分不喜欢。

你这么喜欢，我打了个响指说，来，上车，我带你溜一圈。

沈南煜看着粉车一脸为难，施楠在旁哈哈大笑地起哄，南煜，自己媳妇儿的车，丢脸也要坐，上。

于是，沈南煜一脸英雄就义的表情坐上了我的粉车，被我载着在城中心溜达了一圈。

那场景，欢声雷动。一路不断有人冲沈南煜鸣车笛，打口哨，行注目礼。

我本来是捉弄沈南煜，但没想到他角色转变挺快，上车前的崩溃在上车后已经变成了坦然。

施楠最喜欢这种被人行注目礼的事，他开着车从后面跟上来喊，南煜南煜，咱俩换换，你下来开会儿车，我也要坐方七的车。

沈南煜看了他一眼，冷哼一声，回了一个字，不。

转而沈南煜对我说，方七，以后除了我，你的车不准载任何人。

为什么啊？施楠怪叫。

沈南煜没理他。但回去的路上，沈南煜跟我说，因为你跟后座的人是贴身距离，只有我才能抱你，别的人都不行。

我反应了一会儿，才会意过来他这是在回答施楠问的那个问题给我听。

我啼笑皆非，但还是顺从地应了他，放心吧，我不载其他任何男生。

也不准别的男生载你？

好。

我扭动车把加快速度，这样的深夜，这样的长街，这样的回忆汹涌，有眼泪从眼角飞出随风飘荡。我之所以不像以前一样生活，就是不想产生以前的回忆，不然这城市，漫天漫地，都是我走不出的回忆。

我一路开到了第二大桥，每逢不开心，我总喜欢一个人在桥上待会儿，我喜欢看夜幕下黑色的滔滔江水，岸边霓虹闪烁，然后不断有车从我身后穿梭而过，那一刻好像这个世界都是流动的，唯有我静止在原地。

我不知道自己在桥上站了多久，突然听到身后有男生喊我名字。

我心下一动，回过头，恍惚间我以为我看到的是沈南煜，因为他也常喜欢穿一身黑，趁得肤色更加白皙，五官俊秀清雅。但定眼一看，我有些意外，段以柏？

你看到我大概也有些意外，一两个小时前我们才从酒吧告别。

那时我穿蓬蓬裙，细长的小高跟，画着小烟熏，神采飞扬。你穿白T牛仔裤，阳光中带着阴霾。而此刻，我穿着一身黑衣黑酷黑靴，满眼寥落，你亦是一身黑衣黑裤，头发被发带扎起，手上带着护腕，脸上有亮晶晶的汗，像一个运动少年，却比在酒吧时生动许多。

你怎么一个人在这里？有什么不开心的事吗？你走到我面前好奇地问。

我看着你亦有些好奇，你怎么好像突然比在酒吧健谈许多？

你摸了摸鼻子笑，大概是因为现在看起来我们比较像同类吧。

我笑了。

你陪我在桥上站了一会儿，于是我知道了你家在河西，你每晚在河东的酒吧里演出完，都会跑步回去，当锻炼身体。

我说，我喜欢晚上一个人看江水。你说，一个有心事的女同学。

最后你说，这么晚了，你一个人不安全，我送你回家。

我指了指自己有些不可思议，你看我哪里不安全。

你认真地说，长相。

我愣了一下，哈哈大笑，心花怒放地答应了你的要求。

03

其实说是你送我，不过是你骑着我的粉重机载我。

我有些意外，你会骑车？你眨了下眼笑得很灿烂说，放心把你的安全交给我。

我有些忐忑地坐上后座，这忐忑倒不是怀疑你的技术，而是我终于理解了沈南煜说的那种亲密。这种东西，真是只有亲密的人才能共骑，因为一不小心两个人就会肌肤相贴。

我端正地在后座坐好，小心翼翼与你保持距离。

你车技很稳，变挡流畅，我安心之后开始蠢蠢欲动，不停怂恿你，骑快点。你接到命令，轰起了油门，我的头发随风飘荡，脸被吹到变形，可是我却开心的尖叫。

不知道是不是我的尖叫吓到了我的车，你载着我刚开下桥，车突然抖动了一下缓缓熄火了。

怎么了？我伸头从你身后问。

你低头看了眼车，转过头默默地看我。

怎么停了？我问你。

你说，下车。

我们俩相继下车，你指了指油表冷静地跟我说，车没油了。

没油了？我趴在油表上看了下，果然，油表空荡荡。

我有些不好意思，噢，好久没骑，忘了加油。

你摇了摇头，一脸关爱智障的表情道，还好今天遇到你，不然真不知道你该怎么办。

我不在乎道，打电话救援啊。

你愣了愣失笑，你倒不傻。

我拿出电话准备打给施楠，你摁下我的手说，这么晚了不要打扰别人了，前面五百米就有加油站，我推过去。

啊？这车三百多斤，你推过去？我惊奇地看着你。

你笑了笑，轻松推起车跟我说，走吧，又不是要我驮过去。

我边走边感慨，还是当男孩子好，长得高，力气大，可以推车。路上我跟你讲我当年刚骑车摔倒，使出九牛二虎之力都没扶起车的事，你笑得前仰后合。

看着你鲜亮的笑容，我眼前不知不觉又重合出沈南煜的脸。那时我和他在一起也这样，我在说，他在笑，我在闹，他在笑。

原来时间已经过去这么久了，我轻轻地叹了口气，心下有些怅然。

你看出了我的走神，却并不点破。

在加油站加完油后，你把我安全送回了家。

临走前，你说，方七，如果你以后这么晚骑车，找不到人陪，就打给我。

你留了电话给我，不是微信，我喜欢你留电话的方式，在这个微信联络普及的时代，我觉得留电话比加微信诚恳。不过电话也比微信要保持距离，因为大家无聊时很容易在微信打开聊天对话框，但没什么正经事，却不会打电话。

我点了点头，由衷地跟你说了声，谢谢。

不是谢你推车加油，而是谢你将我从孤单里拯救。如果不是你，或许我会站在第二大桥上，与自己作战到天亮。因为当人陷入一种难过境地，是很难立刻脱身而出的。

你却笑笑对我说，方七，人生苦短，及时行乐。

我问，这是你的人生信条吗？

不，是劝诫你的信条。你挥了挥手，对我说了再见。

你的身影消失在夜色里，我上了楼，大概在外面折腾了一圈已经耗尽了我许多体力，那晚我睡得前所未有的平静。

虽然我知道我们可能会再见，如果我再去雷诺的酒吧，很轻易会碰到你。

如果我在某个深夜再次极度无聊，孤立无援，会很轻易打给你。

但是，我没想到，城市这么大，我们再见又是一种猝不及防的方式。

周末的时候，我像往常一样在家看书。百年难得一见的琦琦却冒了出来，邀我去祁围山骑行。

琦琦是我骑车时认识的车友，本城重机少年无数，但女生少之又少。

琦琦是少有对重机狂热的女生，我骑车就是单纯地给心情放风，琦琦不是，她从小就将车模型拆了个遍，现在可以上手改造任何类型的车，所以她爸爸在她的央求下给她开了个改装行，拉风炫酷。车行时不时会组织车友活动，有一年琦琦还曾带队骑行了整个中国。跟琦琦这个野蔷薇相比，我就是那个被供养在温室里的塑料蔷薇。

你是
我不能拥抱的短暂理想
你是旅途你是故乡

我问琦琦，你不是基本不参与短行？这次怎么会去城外祁围山？

琦琦说，大鱼大肉吃多了，偶尔也要换换虾米吃。憋久了哪儿都能去，走吧。

我想了想说行。

我刚把车骑出车库，施楠打来电话，一听我要去琦琦那里，立刻响应。

我说我们一起骑车，你总不是要开个跑车跟着我们。施楠说，有何不可。

我失笑，施楠虽然红颜众多，左拥右抱。但他每次一听到琦琦的名字就要凑热闹。琦琦看不惯施楠，觉得他公子哥儿气质太浓，整天游手好闲。

我跟琦琦解释，其实你误解施楠了，他有时候在玩，但有时候是真的在谈生意，他在他家公司里任职总经理，不是挂名，是真正从底层做上去的。

但施楠却不介意琦琦的鄙视，总是笑眯眯地跟她斗嘴。

我和施楠一起赶到了麒麟车行，他开着明黄色的跑车，浮夸的让人想揍他一拳。

琦琦看到他冲上来挤兑他，哟，施大少，今天特意开跑车来给我们开队啊。

施楠笑眯眯道，那是义不容辞。

大概因为天气好，骑行队一排浩浩荡荡有一二十来号人。

我刚下车准备和熟悉的队友打招呼，抬起头却看到你拿着头盔从车行内走出来。

段以柏？我惊讶道。

话音刚落地，身后的施楠凑我身边低声说，靠，原来你约的不是琦琦，是那个乐队歌手？

我踢他一脚让他闭嘴。你看到我们亦有惊讶，你说，方七？

你们认识？琦琦跑上来好奇地搂着我的肩膀问，我点头，前段时间见过。

琦琦爽朗地笑着说，我本来还想介绍你俩文艺青年认识，没想到被你先撞上了。

去祁围山的路上我才知道，原来你和琦琦是发小。

白天的你和夜晚的你不太一样，白天的你在阳光下有种丰神俊朗的健硕，就连笑起来都有种明媚的灿烂。

因为琦琦说有段路跑车过不去，所以施楠放弃开跑车，但却死缠烂打的要琦琦骑车载他。

一路上他俩一直在斗嘴，欢喜冤家说的就是这两位幼稚鬼。

你一路都和我差不多先后，有时路宽并排时，你都会不动声色的骑在路外面，把我护在里面，看得出来你是那种很体贴的人。

大家一路说说笑笑，路上竟不觉得无聊。

到达祁围山时，大家像往常一样把车摆在了一起拍照，发朋友圈，然后各自分工拉帐篷，摆睡袋，摆烧烤架等。

因为我和琦琦是队内为数不多的女生，属于特珍稀动物，根本不用我们动手。

我俩闲的没事儿，琦琦在那儿边摆弄你的吉他，边指挥施楠。

我拿起手机拍了几张照片，难得想发朋友圈，证明自己健康生活。但想了想又觉得无趣，我在证明给谁看呢。如果真的不在意了，根本就无需向任何人证明。

我收起手机想找点事情做，琦琦塞给我一个单反说，方七，你拍点大家在一起的照片录点花絮吧，我想每年都制作点车队的视频出来。

我说，好。于是对着众人开启了录像模式，录到你时，你在烧烤架边摆食物。

我走过去扫到你摆的食物哑然失笑，我说，这人大概是处女座，有强迫症。每份烧烤的食物都被你摆得整整齐齐，格局美观得像要参赛。

你听到我说，抬起头否认，我不是处女座，我只是不喜欢太混乱。

这时琦琦跳出来在镜头里闹，对，他不是处女座，他是射手座啦，方七跟你天秤座很搭噢。

如果不是施楠又捣乱跳出来问琦琦是什么星座，我还真接不上琦琦的话。

这个家伙，乱配对的让我汗颜。

我不好意思地抬眼看了你下，你正嘴角含笑地看着我。

我曾在网上看过一个问题问，你是在哪一瞬间对一个人心动的？

其实心动真的是一件很简单的事，有的人可以遇到很多次，有的人一生遍寻不获。

但我想我对你的心动，就是从那一刻开始的，在一个恰好的时机，你露出一个恰好的微笑，我恰好看到，恰好心跳。

当我意识到自己有瞬间不正常的心跳时，我立刻举着单反去录其他人了。

然后我捂着心口有些恍惚，我刚刚竟然觉得有些心跳，一定是太久没和男生接触了。

那天晚上吃完晚饭，天幕已暗。大家围着夜灯玩狼人杀，只有我和你静坐一旁。

你在调试吉他，弹着不知名的曲调，我躺在睡袋上，拿着kindle看小说。

我问你怎么不去玩狼人杀。

你说相比和大家一起玩游戏，你更喜欢坐在旁边听着他们的热闹，编一些曲子。

没想到你说出与我感同身受的话。

不知道是因为有了相同感悟，还是因为在这样的宽广天地下，人与人之间的距离更容易拉近的关系，我们聊的慢慢多了起来。

于是我知道了你刚大学毕业两年，和同学组建的乐队一直在到处演唱巡演。而你亦知道我不是本城人，只是因为工作在这里，所以定居在这里。关于感情，你有一个前女友，我有一个前男友。

最后聊着聊着我都不知道自己什么时候睡着的，只记得睡前，你在轻轻弹唱着一首歌，歌里有句歌词依稀叫什么你是忽明忽暗的不悔时光。

我看着头顶的漫天星光，忽明忽暗的在夜空闪烁，心里前所未有的宁静。

已消失了的，终该放下了吧。

大概因为昨晚睡得太早，所以醒来也数我最早。

看了一下手表，凌晨五点，夏季的天本来就不会黑到极致，所以天已经亮了。琦琦躺在我旁边睡得正香，我翻了个身，看到你躺在几米开外，你睡觉的样子很安分，神情也很平静，我突然想起你昨晚唱的那首歌，打开手机百度了那句歌词，原来是一首民谣，歌词句句都是惆怅，却有个奇怪的歌名叫十二。

唱歌的是一个音感低沉略带沧桑的男子，不像你的声音，有种岁月坦然的洁净。

我点开歌词评论，看到有人为歌名做了注解，朋友是十二画，恋人是十二画，家人是十二画，故乡是十二画。十二的名字叫难忘。

我摸出耳机，缓缓地带上听着，那些怅然的歌词，从耳机流泻出来。

你是九月夏天滚烫的浪 / 你是忽而大雨漂泊的向往

你是飞越山川河流的大梦一场 / 你是整夜白雪茫茫的路旁

你是南半球的年少风光 / 你是无言 你是对望

戴着耳机，侧着身，因为正前方几米开外是你，所以我的眼睛平行的落在了你脸上。

我没想到在听到那句你是无言，你是对望时，你会醒来。

你睁开眼，静静地看着我，眼神从朦胧渐渐变得明朗，我突然意识到，我们隔着草地，已是对望许久。反应过来时我慌张地想移开眼，却看到你冲我微笑。

你说，早啊。

我表面平静地回你早，眼神不动声色地转到别的地方，心里却羞愧地想自尽。

我想跟你解释下，我真的不是偷窥狂，我刚刚看你只是因为刚睡醒眼神不知道该落在什么地方，但又觉这牵强的解释像画蛇添足。

天地良心，那一刻，我真的什么都没想，只是因为你刚好在我对面。

05

因为醒来的尴尬，所以起床后我下意识有些躲你。

你却仿佛什么都没发生一样，坦然自若地帮我拿牛奶，递饼干。

夏天的清晨仍有些寒意，你不知道从哪儿拿了件运动外套披在我身上。我们一群人坐在那里边吃东西边等日出。不知道谁起了个头，大家开始轮番讲起第一次陪自己看日出的人，第一次看日出的故事。

听着他们或兴奋或唏嘘地讲出自己的故事，我也陷入了回忆。

我第一次看日出是和沈南煜在一起看的，我们大学刚毕业时，我们和几个同学一起去爬华山，华山山势险峻，不似祁围山这城市旁边的山，还可以骑车。那时在华山我们是在晚上一步步攀爬上去的，一直爬到凌晨。

之所以记忆深刻，是因为当时爬上山顶时，那种痛不欲生的疲累感，让我到达山顶时，像一头牛一样上气不接下气地喘息。

我正琢磨着，我这辈子都不会再这么受罪地爬山了。谁知道刚喘了口气，听到沈南煜在旁边兴奋地冲我宣布，方七，我们以后每年都爬次山吧，我觉得这种锻炼太过瘾了，我要带你翻遍三山五岳。我顿时觉得喘不上来气了。

那次在华山，当日出从地平线上缓缓升起时，周围一群人欢呼得像傻子一样。

我和沈南煜也开心地抱着彼此，正当我看日出入迷时，突然觉得被沈南煜牵着的手一紧。

我低头，看到自己无名指上多出一枚亮晶晶的戒指。我惊讶地看着沈南煜，沈南煜低声在我耳边说，方七，希望我们在一起一辈子，到老我也能这样抱着你看日出。

我站在栏杆边，看着在大家讲述中，从远方地平线缓缓升起，以黄红为主色调层层叠叠绽放的日出，心里却有些淡淡的忧伤。

最美的诺言往往最难兑现。我们没有时间翻遍三山五岳，此后，我们去哪里看风景，都和对方无关了。

方七，琦琦的喊声打断我的思绪，我们合个影吧。

我挥去冷不丁冒出的那些忧愁，笑靥如花地应道，好啊。

施楠在旁边讨好道，我来给你们拍。琦琦踢他一脚说，就你那惨不忍睹的直男技术，一边去。说完琦琦冲你招手，段以柏，文艺男神小哥哥，你来帮我们拍。

拍完合影，琦琦说，我们再各自拍个单照。

和琦琦一起对着你拍还好，但当拍单照时，突然在陌生男生镜头下，我有些不好意思，眼神游离。你却喊我，方七，看这里，笑一个。

于是我不得不望向你，那一刻，你身后苍穹辽阔，霞光万丈，你像披着一身光芒。

而后来我看到自己在照片里的样子，和我当时看到的你一样。

那天大家各自拍完照，等日出云海散去，按照安排把车丢在原地，结队朝山顶攀爬。

然后在山庄酒店里吃农家菜，游泳，打牌，一直耗到下午才结束这次行程。

回到城里时，已是黄昏，各自散去。施楠随琦琦回车行取车，你说顺路刚好送我。

琦琦意味深长地看了我们一眼，笑得一脸暧昧，施楠却有些担忧地看了我一下，但碍于你在场也没吭声。

我们静静地骑着车，黄昏的夕阳也很漂亮，不比早上的日出逊色。

我突然觉得有些奇妙，像是一场梦境，从日出梦到了日暮。

你一路提醒我回去泡下脚再休息，玩了一天又骑了一两个小时车，消耗巨大。你说如果之前运动量没那么大，爬山可能会导致脚抽筋。

我一一应下，进小区后，我本来冲你挥手准备直接告别。你却突然叫住我。

怎么了？我停下车回头问你。你走下车脱下头盔走到我身边，从口袋里摸出手机递上来说，把你的微信加上我，我给你传照片。

好。我接过你手机输上了我的微信号。

你收起手机问我，饿不饿，要不要去吃点东西再回?

我还没来得及回话，旁边一辆玛莎拉蒂的车门突然打开了，然后我看到多日不见的沈南煜，迈出长腿从车上走下来。

他温柔地看着我问，方七，你去哪儿了？我等你很久了。

我有些恍惚地看着沈南煜走来，满眼含笑温柔如昨，他的话仿佛我们还是曾经的男女朋友，我贪玩回家，他在楼下等我。可我很快认清了事实，冷冷地看着他，他冲你笑了笑，然后拉住我低声说，我有话跟你说。

我不想听。我甩开他，拉起你启动起车说，我们走。

方七，他在身后喊我，我会一直在这里等你。

等你个头，滚。我歇斯底里的冲沈南煜喊了一声，和你一起骑上车走了。

06

坐在江畔餐厅里，望着窗外的滔滔江水，我眼里有些悲恸的平静。

这是我们分开的两年里，沈南煜第三次来找我了。每一次说的话无非一样，方七我爱你，你回到我身边吧。第一次我还曾心软问他，曲雅呢?

他说，他只是妹妹。

当他这这句话说出口时，我才知道自己多可笑。

我竟然还对他抱有希望。也或许正因为我的这句问话，让沈南煜以为，我们之间还有转圜余地。在一起五年，他太了解怎么挖出我的软弱，怎么应对我的决绝。

我没想到自己当初深爱的那个人，有一天会变成世间许多狡猾男子中的一位，想同时得到两份关注两份爱，或者更多。

我问坐在对面的你，段以柏，你和你前女友为什么分开?

你转头看外面的江水，眼里也有同样的悲伤，最后你只轻轻地吐出四个字，性格不合。

性格不合？我嗤笑一声，这真是一个好用的分手理由。

你并不生气，若有所思地点了点头。

许是郁结难平，我开始跟你讲起我和沈南煜的故事。

我和沈南煜是大学同学，彼此的初恋。我家里管得严，所以大学前都没早恋过，至于沈南煜，他说一直没有碰到喜欢的女孩。我们是同学中的爱情模范，顺风顺水，连父母都点头默认。大学毕业后，周围同学或多或少都因性格或现实问题分手，只有我俩，高唱着爱情的主打歌一路畅通无阻，工作两年后沈南煜正式向我求婚，我们准备踏进世人所说的婚姻坟墓。

那时我觉得我是天底下最幸福的人，我漫长的一生因为沈南煜而提前圆满。

我从未想到，那样的顺遂，只是为了以后更跌宕。

我刚接受沈南煜求婚没多久，生活里突然冒出一个曲雅。

曲雅是沈南煜的青梅竹马，比沈南煜小三岁，高中全家移民去了澳大利亚，平时他们会在网上聊天通话，我知道曲雅，但我一直都以为她是沈南煜邻家的妹妹而已。

我没想到，她会因为我们的婚讯特意回国，而且在我们的爱情中掀起了一场惊天动地的风浪。曲雅喜欢沈南煜，喜欢了很多年，她说她的毕生愿望就是嫁给沈南煜。

她是逃课回国的，对父母以死相逼。起初我还有些同情这个小女孩，觉得单恋有些可怜。

但直到某次，她喝醉打电话让沈南煜去接她，我和沈南煜一起去接她，当我看到她亲沈南煜脸，沈南煜却纵容她的放肆后，我才发现事态的严重。

我当时就在身边，我看着平时对自己无微不至的男友在对另一个女孩温柔似水。

我以为自己瞎了，或者死了，他才这么视若无睹。

那是我和沈南煜在一起以来，爆发的最大一次战争。我终于知道曲雅为什么敢放弃学业回国了，我终于知道曲雅为什么伤心至此。

如果没有他的温柔做帮凶，曲雅怎么会领错情，怎么敢肆无忌惮地破坏我们的爱情。

起初我还和他争论，到最后变成争吵。

终于有一天沈南煜爆发了，他对我吼，方七你能不能不要这么计较，曲雅她只是妹妹。

我看着沈南煜暴怒的脸，仿佛看到了一个不认识的人。

我不明白当初对我温柔呵护的那个人，怎么能变得这么陌生。我不明白当初说一生一世一双人的那个人，为什么会对另外一个女孩随叫随到。

终于在一次又一次的争吵后，我灰了心。

最后我对沈南煜说，就当我一腔真心错付于你，从今往后，我们一刀两断。

你为我盛了一碗汤说，先吃点东西。

我回过神觉得脸上凉凉的，伸手一摸，竟是眼泪。

我赶紧拿起纸巾擦干，我说，很久都没回想起这段往事，有些失态。

你说，多回忆才会遗忘。

我说，你这句话说得比我还像一个写书的。

你笑了笑谦虚地说，文艺行业是互通的。

那天大概是和你倾吐了压在心上许久的往事，回家后我竟觉得好了许多，甚至觉得自己体态都轻盈许多，好像卸掉了一个一直压在背上的大包袱。

回到家时，我接到施楠打来的电话，施楠说，方七，我想了想，如果那个流浪歌手能给你快乐，我也同意你和他在一起。

我失笑，施楠，我什么时候恋爱还要经过你同意，再说，我和段以柏之间并无任何。

施楠说，我毕竟是你娘家人不是。

我说，得了吧你。

对了，我正色道，施楠，我不允许你和琦琦在一起啊，她是个好姑娘，你别伤害他。

方七，你还是我铁瓷吗，就南门琦琦那战斗力，我不被她伤害都是万幸。

我哈哈大笑，就算你被她伤害，琦琦那也是为民除害。

临睡前，我看到手机上有几个沈南煜的未接来电，犹豫了片刻，我点了“阻挡此号码来电”。

我曾经一直想逃避这个问题，两年了，终于有了勇气面对。

祁围山之后，琦琦拉了一个微信群，施楠我们四人组。

施楠在里面开玩笑，琦琦，你是不是想追我，所以还要拉上他们俩为你煽风点火。

琦琦说，我呸，就你这成语都不会用的败家子，我追你？我又不瞎。

不过也正因为这个微信群，我和你反倒熟稔了起来。

琦琦和施楠这两个自由职业工作者常常在群里叫嚣吃饭看电影，于是我们常常四人组一起出动，因为你长在酒吧唱歌到深夜，而我们三个又是夜猫族，所以我们一起度过许多夜。

最疯狂的一次是，有次凌晨下起了大雨，我打电话给你，我问你段以柏你在干嘛。

你说刚下班。我说，我们去溜车吧。你毫不犹豫地说，好。

你骑车来接上我，我们在倾盆大雨里穿梭过一条又一条的街道，黄豆般的大雨打在我们脸上生疼生疼，可是我却有种被洗涤的洁净。我在大雨里高声喊，啊啊啊，我好了。以后我再也不会为谁难过了。

你在大雨里附和我喊，方七，希望你永远快乐。

那么你呢。我们停在屋檐下避雨时，我问你，段以柏，你从前又为谁不快乐呢？

你看着雨幕说，我已经记不清了。

你没告诉我你的故事，但琦琦告诉我了。

第二天，我们因为前夜淋了雨，你因为平时有锻炼，只是轻微咳嗽。

我就不行了，发烧流鼻涕，躺在床上像重病患者，琦琦在我床边殷勤地给我削苹果，边削苹果边跟我八卦你以前的那段恋情。

她说，你以前在学校里谈了个女友，俩人感情也很好，但前两年毕业时，女生妈妈突然患了大病，那时你拿出身上所有积蓄，甚至还跟自己妈妈拿了家里的积蓄，都抵不上 ICU 的烧钱速度，女生家里又一贫如洗，为了救妈妈，女生和你提出了分手，跟了一个一直追她的富二代。富二代承担了她妈妈所有的医药费，甚至后半生。女孩临走前哭着跟你说，我很爱你，但我要活下去，也要我的家人好好活下去。

琦琦讲完叹息道，如果我段伯伯还在，我以柏哥也是富二代，感情上根本就不可能发生这种打击，可是我段伯伯走的早。

那时我才知道，原来你父亲早早因癌离世，你和妈妈相依为命。

琦琦说你小时候家庭非常幸福，是她羡慕的对象。她父母常常争吵，她会躲在你们家中。你爸爸妈妈特别相爱，从未吵过架红过脸，你爸爸就是真正的绅士，所以他离世这么多年，你妈妈也未再嫁。

我终于知道你身上那种彬彬有礼的气质是从何而来，也终于知道你眼中散不去的忧伤是因何故。琦琦说，那个女孩也挺可怜，如果在那样的关头，任谁都会那样选择吧。

我点了点头，怪只怪，命运弄人。

所以，琦琦说，我看得出，我以柏哥是真的很喜欢你，但他肯定不会言说。

我愣了，琦琦接着说道，我知道你们两个人的故事，你们都是好人，只是都受过伤。所以我当时才建群，我和施楠在旁边插科打诨，希望能把你们拉拢到一起。我觉得我是对的，方七你也喜欢段以柏对吗？

我想了想说，我也不知道，我只知道跟他在一起的时候，我也挺开心的。但我想我们都不会再轻易去开始一段感情。

我明白，琦琦轻松地说，我只是希望你们能给对方一个机会。说完她发我两张照片。

是上次我们去祁围山时拍的，一张是灯火旁，我睡着了，你抱着吉他帮我掖毯子的情景。

一张是日出时，你帮我拍照，我在镜头前微笑。我们身后苍穹辽远，霞光万丈的场景。

我说，拍得真好，这样看真像一对情侣。

琦琦笑道，你知道我千辛万苦撮合你们的原因了吧。

你来看我时，琦琦已经走了。我昏头昏脑地给你开了门，你手里提着饭盒。

不是那种餐厅的打包盒，而是自己家里的饭盒。

在南城多年，我从未学会做饭，父母不在身边，每次吃饭时都是外卖，前几年还好，最近两年频繁想起妈妈做的家常菜，有时特别想吃，就去施楠家混饭。

琦琦在时我也叫了外卖，但吃了两口就没胃口了。

所以此刻看着你拎的饭盒，我顿时有些迫不及待。

我跟在你身后，看你在餐桌上打开饭盒，家常的青菜豆腐，青椒炒肉，莲藕炖排骨汤，看起来格外新鲜可口。

你还没招呼，我已经风一般的进厨房拿了筷子出来，开始大快朵颐。

你看着我狼吞虎咽，去拿了个汤碗给我盛汤说，你慢点。

我边吃边问你，是你做的吗？

你说，菜是我炒的，汤是我妈炖的。

真羡慕你们这些本城人，平时有家常饭吃，我们这些外地游子，都是外卖。

你轻轻地说，你想吃，以后我可以做给你吃。

咳咳，我不知道是被饭噎到了，还是感冒咳嗽，突然咳了起来。

你慌张的抽纸递给我，满眼心疼道，你慢点。然后把汤推到我面前，先喝点汤。

那天你走后，我躺在床上，有眼泪一滴滴打湿了枕头。

在外漂泊的人都知道，不管什么难过的事都可以强撑过去，唯独生病时，如果身边没一个人，整个人会脆弱得不堪一击。可是这次生病，我却觉得不是那么难过，甚至是有些安心和满足。

不知道是不是心情舒畅的缘故，感冒来得快去得也快，没两天我就生龙活虎起来。

施楠一看我好了，立马拉我去吃火锅，还是超麻辣，说是给我补补，以毒攻毒。

我觉得这丫就是想害我，不过我也确实想吃辣了，拉你和琦琦作陪，你说在忙着排练，不能赶过来，让我们吃。

于是琦琦我们三个吃完，去你们排练室看你。

原来你们排练是因为有商演，你们接了十几个城市的商演，此后一两个月都得到处奔波。

我们仨在排练室听了会儿歌，看你们忙就各自回去了。

回去的路上，琦琦突发奇想，方七，不如我们骑车跟段以柏去跨城玩。

啊？我有些意外。

施楠撇了眼琦琦冷眼道，我看你不是在撮合方七和段以柏吧，你是自己喜欢段以柏，追求不到所以打着方七的名号陪伴左右吧。

我呸，施楠，你的人心怎么那么肮脏呢。琦琦愤慨道，转而她又笑道，不过我当然喜欢段以柏了，毕竟我俩一起长大的。方七如果不喜欢他，我就奋起直追。

你要能追上你俩恐怕早在一起了。施楠毒舌道。我劝你打消这个念头，珍惜眼前人。

看着他俩在旁边斗嘴，我倒因为琦琦的建议认真思考了起来。

我这两年光顾着闷在家里把自己封锁起来了，其实我也可以出去转转了。

有的念头一旦冒出来，就像长了翅膀一样，瞬间充斥着你的大脑。

回到家，我越想越觉得本城已经无法禁锢我，我想去看看其他城市。

凌晨的时候，我开始收拾行李。

然后在群里发了一句，我决定了，我要出门一阵了。

你要陪我以柏哥哥去演出吗？琦琦立马兴奋地问。

不是，我要去别的地方。

琦琦打了一排问号，你要去哪里？

三山五岳吧。

施楠打了一长串省略号说，你脑子有坑。

只有段以柏很淡定，他说，希望你看到新的喜欢的风景。

我说，嗯，这次我要好好看看这个世界的阳光。

第二天早上，我买了张票就出发了。一路上我边制作游览行程边看书。倒也不觉得寂寞。

偶尔琦琦和施楠在群里吼，方七，你好狠的心啊，抛下我们一个人去浪迹天涯。

我看着他们两个戏精的表演微笑，其实没人知道，我不爱爬山，这次的远行更像是一场自我折磨和自我放逐。

没过两天，你也去商演了。你也很少在群里说话了。

但你会偶尔发几张照片给我，你们走过的车站，你们路上的风景，你们吃过的东西，你们去过的商演酒吧。还有你定时的早安，晚安的问候。

我也会给你发我看过的风景，经历过的故事，写到一半的稿子，一路上看过的书。然后也会偶尔想起也会给你发早安，晚安的问候。

就这样，我们各自游历了将近一个月，好像没见面，却又好像每天都见。

我去华山那天，你刚好到了西安，你第二天晚上的演出，但前天晚上，你却陪我去爬了华山。故地重游，我本以为自己会控制不住的悲伤，但大概因为时间太长，也大概因为有你陪在身边，爬山华山顶的那一刻，我竟觉得前所未有的舒畅。

好像我不是来爬山的，是来医旧患的。

当华山顶上那轮日出升起那一刻，我终于放下了与沈南煜那段漫长而狼狈的过往。

你看我们有时为了和某个人某件事告别，总会做出一个仪式来。好像这样才能彻底告别。

你在旁边说，方七，没有人会回到过去，所以我们都要学会重新开始。

我点了点头，我不知道，你是不是听琦琦说起过我的这段过往，但我那刻对你心存感激，感谢你，在我需要的时候在我身边。

从华山告别后，我们又继续相向而行。

你忙你的商演，我走我的旅程。

大概又大半月后，我们才在差不多时间回到了南城。

09

回到家时，我觉得自己那张床格外亲切柔软，我在上面翻来覆去伸懒腰，想着终于可以好好休息一下了。泡了个舒服的澡，从浴室出来，手机在响。

是一个陌生号码，我接起，却听到沈南煜熟悉的声音，他说，方七，我在你楼下，我有话对你说。

我说，我不想听。正准备挂断，沈南煜接着说，你不下来我上楼。

想了想，我是还没有和他好好告别，我说，好，你等我。

我换了衣服，披着湿淋淋的头发下楼。

沈南煜站在一辆灰蓝色的车门前，地上已经扔了一地烟头，看来他来了很久。

我说，说吧。

沈南煜望着我，眼里冒着火，他说，方七，我一直以为你在跟我闹别扭，我容忍你等你，现在你给我一个什么结果，你竟和别人出去厮混了一个月。

我不知道他哪儿来的消息，但我看着他气急的脸，有些好笑，我说，沈南煜，我们两年前就分手了，我早祝过你和曲雅百年好合了，我怎么就不能重新开始。

沈南煜抓住我的话音急切说，你还在生我和曲雅的气，对不对方七。

他看我不说话，接着说道，其实我们两个之间没有任何问题，我们曾那么相爱，只是因为曲雅是不是，我保证以后我跟曲雅保持距离好吗，方七你不要离开我好吗。

我看得出沈南煜眼里有痛惜还有不舍，但是我好像突然从那场纠缠漩涡里挣扎了出来，如今像站在岸边，我终于看清了沈南煜和自己。

他笃定我不会走，所以他一直以为自己在和我打拉锯战，企图我妥协。

原来我那么多时日的痛苦，在他眼里，都是无关痛痒的胜负。我突然有些寒心。

我拂掉了沈南煜拉着我的手，斩钉截铁地说，我们不可能了。

就为了那个穷酸的流浪歌手对吗？沈南煜气极反笑。

为谁跟你没关系。

是跟我没关系，沈南煜好整以暇道，我只是不想自己前女友找的男朋友丢人现眼。

看着沈南煜自我感觉良好的脸，我觉得异常可恶，我怎么也没想到当初那个眼里有柔情笑意的男孩，会变成面前这个冷漠现实的嘴脸。

我心生寒意，嘴生刻薄，沈南煜，你别自我感觉良好了，你跟段以柏比，只弱不强，谁丢谁人。

沈南煜气得暴跳如雷，我觉得他下一刻会将我掐死。

但最后他冷冷地说了一句话，我当初真是瞎了眼，才会在你身上浪费五年时间。

我说，彼此彼此。

沈南煜走后，我终于放下了一切逞强。

虽然我自觉已经放下了他，但当真正面对面对峙时，我发现，我仍旧有软弱。

我还是会想起从前那些好时光。他曾是我最好的年龄遇上的最好的爱，虽然现在千疮百孔了，但我仍心有不舍。

就像我小时候喜欢一个熊仔，生日时央父亲送我。那是我收到的第一个公仔，我异常喜欢，日夜睡觉都放在床边。不管此后我收到过多少公仔，即使那个熊仔已经洗得发旧，可直到现在，它也待在我的床头。

我转身准备上楼时，看到身后不知道站了多久的你。

我不知道你看到了多少，我问你，什么时候回来的？

你说，上午。

刚点头，没有再说话，而你也没有说什么，只是把手里的袋子递给我。

我打开袋子，看到一个乳白色的按摩枕。

你说，你这些天不是没休息好，回去好好睡一觉吧。

我有些疲惫地点了点头说，段以柏，谢谢。

我睡了一天一夜，然后在外面骑车晃荡了两天。

南城还是这么热闹喧嚣，像我刚来时喜欢它的模样。

你很体谅我的疲惫，你给我足够自愈的时间。

而我躺在日光温暖的草坪上想，和一个温暖的人，在日光下相爱，该是一件多么幸福的事。

我去你们排练室找你，经过排练室的咖啡厅时，却看到落地玻璃前，你和一个女孩相对而坐。女孩泫然欲泣地拉着你的手，你只是淡淡地抽回手。

你看到窗外的我，笑着冲我招了招手，然后不知道和女孩说了什么，起身跑了出来。

女孩和你一起追了出来，你开心地说，方七你来了。

女孩却站在你身后，定定看着我问，以柏，她是谁？

于是我大概隐隐感觉到，她应该是你唯一相爱过的那个前女友。

看着她饱含眼泪的眼和委屈的脸，我有些许不忍，我好像看到从前那个伤心的自己。

我怜悯地对她说，我是他的朋友。

我转身对你说，刚巧路过碰上，我先走了。

方七，你在身后急急喊我，我冲你笑着挥了挥手。

10

时间好像永久停留在了那一刻，我冲你挥了挥手，我们所有的感情，就戛然而止了。

之后我没再主动联络过你，我找了一份出版行的工作，开始朝九晚五的上班，蓬勃的生活。不再像以前一样自由撰稿，有许多空闲时间夜晚浪荡。

那个出版公司很多事，所以我每天有许多工作要忙。

而你，找我几次后，我始终推辞，你便也不再联络。

琦琦奇怪地问我为什么，明明觉得我们渐入佳境，可却突然终止与此。

我说，大概因为不够爱。

我写情感小说数年，深刻明白，所有裹足不前的感情都因为不够爱，那些误会啊原因啊都是虚无缥缈的。如果有足够爱的力量，一切都无法阻挡。

琦琦听得频频点头，却仍觉迷茫。

我笑，心里却明白所有的原因。我们都退缩了。

我害怕纠缠，不想再陷入纷呈的恋情所以退缩，虽然我知道，你不会再为前女友回头，但我亦知道，你前女友不会放手。她来找过我，她说，她已经错过一次，以后都不会将你放开。

而你对过往的耿耿于怀让你退缩，曾经前女友的离开让你担惊受怕。你怕自己的势单力薄不足以给我稳妥的幸福，所以你放弃。你最后曾给我发过一条长长的短信的说，方七，和你认识之后一直都小心翼翼，不想轻浮让你讨厌，亦不能过分沉默让你觉得冷淡，之所以步步为营地待在你身边，都因为最初在第二大桥遇见时的喜欢，我喜欢你的冲动和激烈，喜欢你的忧愁和怅然。但我已经让一个女孩失望过了，我亦自认没有能力给你幸福，谢谢你来，也谢谢你离开。

顾城有句诗是这么写的，你不愿意种花，你说，我不愿看见它一点点凋落。是的，为了避免结束，你避免了一切开始。

我和你，都是这种人。前车之鉴，让我们都害怕再次以伤痛结束，所以我们不敢用往后的岁月验证，就避免了一切开始。

我们初遇时，我就说过，我们是过客，是路人。

你是游离于各个夜店的流浪歌手，我是被岁月洗净戾气的安稳姑娘。

与你有过良辰美景，有过赏心乐事，但再也不会为谁奋不顾身了。

而你亦要花时间埋葬那段过去，抚平你伤痕的人，绝对不是我。

所以，我们的结局惟有错过。

但我仍旧感谢你，在那段时间出现在我的身边，让我从沈南煜的那段往事中勇敢走出来。

也让我多了一份美好回忆，在以后漫长岁月想起，没有伤痛，只有欢喜。

我现在已经好了，工作顺遂，生活无忧。

生命里来来去去又有很多人，有喜欢我的，也有我喜欢的。

我可以坦然的开始一段新感情了。

我又听了一遍云音乐里那首《十二》，然后按了删除键。

删除那首歌的深夜，琦琦发我了两段视频。

一段是你们在酒吧里的演出。你唱《十二》时说，这首歌我今年大概唱过三十遍了，但每次唱起，仍放不下你。你弹着吉他，眼神忧郁的唱着：

你是四海为家的回头牵肠 / 你是我独享的遗憾和渴望

你是我不愿醒来的梦啊柔情一场 / 我的名字叫难忘

另一段视频是你自编自写的新歌，那首歌里有句歌词是这样写的，世上有两种光永生难忘，一种是天上的霞光，另一种是醒来时你望向我的目光。

一瞬间，我仿佛又回到了当初在祁围山的场景，我听着《十二》看向你，你也恰恰醒来。

眼波流转间，那大概是我们最初的动心。

段以柏，对我而言，这世上也有两种光让我永生难忘，一种是你回望我时的目光，另一种是，你陪我走过的那些忽明忽暗的不悔时光。

祝你也早日觅得佳人。

文 —— 林一尔

总有一条
蜿蜒在童话镇里
七彩的河

让所有很久很久以前都走到
幸福结局的时刻也会

01 向一燃，你真是一点都没变

我一定是脑子进水了才会点头答应班主任作为男子篮球赛替补队员上场的请求。参赛队员脚抽筋，事发突然，班主任环视了一眼男女身高平均一米六五的班级，一眼相中了身高一米七五、在理科班里鹤立鸡群的我。

“可我不会打篮球啊！”

半推半就间，我被拉到了球场边缘，眼看就要上场了，班主任推了推金丝边框的眼镜：“别担心，队长会在场上指挥，你跟着跑就行。”

听起来似乎并不难，我看了眼场上黑得像块炭的队长，接受了班主任为我匆忙套上的球服。可我好像忽略了对手是校篮球队这个事实。

我尽量让自己装得很专业，只要一摸到球，就紧紧抱在胸前，像只叼到食的小鸡飞也似的奔向篮筐。在裁判第三次吹响犯规哨后，黑炭队长再也按捺不住胸口的洪荒了：“向一燃，抱球不能超过三秒！求你别碰球了！”

这话说的，你以为我愿意碰吗？！我翻了个超级大白眼，捋了捋袖子，绕到队伍后方。

对方一个对角球，篮球华丽丽地从场那边飞到我面前，也就是对面这个人手里。

“堵他！快堵他！”场那边的黑炭队长的咆哮声犹在耳边。

闻声我立马展开双臂，凶神恶煞地盯着眼前这人。身高目测一米八八，剑眉星目，几滴汗挂在额前的发丝上，在阳光下闪着晶莹剔透的光。他正侧身运球，努力突破重围。我当然不能如他所愿，跑来救场的黑炭队长离我还有两臂远，我像母鸡拦老鹰似的拼命拖延时间。

那人显然是着急了，要不然他为什么猛地一个挣扎，手肘狠狠撞击在我的胸上？

虽然“贫瘠”，但总归还是胸啊！我闷哼一声，捂着胸口半跪在地上，痛得眼冒金星，额头直冒冷汗。

一大群汗涔涔的汉子涌了上来，众目睽睽下，那人吞吞吐吐地问出口：“胸……很痛吗？”

本还在询问伤势的汉子们突然安静了，黑炭队长同情地拍了拍我的肩，气氛诡异又窘迫。

我被那人的影子笼罩着，气得几乎快把牙咬碎：“痛你个头！”

那人却一把拨开我的刘海：“向一燃？”声音里有藏不住的雀跃，“是我啊，我是许言禾！”他见我还是一脸懵懂，继续叽叽喳喳地嚷，“小时候和你在一个盆里洗过澡，我们还结过婚……”

一旁的黑炭队长的脸更黑了，篮球场上的喧哗声戛然而止。我顾不上胸痛，一把捂住他的嘴：“别说了，我想起来了。”

许言禾咧着嘴笑，这下我真的想起来了，他全身上下，唯一让我觉得似曾相识的唯有这副笑颜。

小时候的许言禾又瘦又矮，过家家的时候没有小女孩愿意当他的新娘，每次都只能沦为轿夫。那个时候我已经比同龄的小孩高出一个脑袋，更比许言禾高出许多。当时我和我的搭档因为一块巧克力起了争执，一气之下选了许言禾做新郎。他们嘲笑弱不禁风的许言禾抱不动我，我一个公主抱将许言禾腾空抱起，无比骄傲地说："你们的新娘能抱起你们吗？"

后来我将要离开，许言禾把家里成堆的进口巧克力拿给我吃，他一边帮我撕糖纸，一边说："我一定好好吃饭，喝很多牛奶，长得又高又壮。"

我吃得很欢，无暇顾及他的心情，敷衍道："好好好。"

……

我戳了戳他硬实的臂膀，忍不住感慨这身高、这肌肉："这些年你到底喝了多少牛奶？"

许言禾笑得更欢快了，水光滟潋的眼睛里映着我的影子："哈哈哈，向一燃，你真是一点都没变。"

02 | 是要饭的吗？

托许言禾的福，我声名大噪，青梅竹马能说得过去，绕床三尺这个传言就太虚妄了。甚至有他的初中部迷妹来高中部找我麻烦，我居高临下地瞅了一眼她们平均一米五的身高："妹妹们，姐姐我小学四年级就比你们高了。"

她们气坏了，挺了挺自己的胸膛："可我们有胸，你有吗？！"

要不是在学校，我早就一掌劈下去了，我深呼吸着双手叉腰：

“知道为什么地球明明是圆的，我们站在上面却感觉是平的吗？因为它大啊！”

迷妹们被我堵得哑口无言。我吹了吹刘海，昂首阔步地往食堂的方向前进。

冒菜窗口前排着长长的队伍，我站在队伍最后面，埋怨挑事的迷妹们还真会挑时间。

队伍一点点移动，终于轮到我了。

“是要饭的吗？”窗口很高，只能看见穿白褂子小哥的腰。

这话问的，我即刻反驳：“你才是要饭的！”

白褂子小哥把头伸出端菜窗口。

“嘿，向一燃，”许言禾朝我眨眨眼，“今天轮到我们班来食堂窗口体验。”

他这样子实在滑稽，后面不少人已经笑出声。

我揉着太阳穴：“那个……你能把头缩回去再和我说话吗？”

我端着盆冒菜找了个人少的角落坐下。两三分钟后，脱了白褂子的许言禾在我旁边坐下，他挠着后脑勺说：“等下我去你班里给你点东西。”

我把一根粉丝吸进嘴里：“什么东西？”

他似乎有些不好意思：“你看了就知道了。”

如果我知道许言禾要给我的东西是一箱木瓜干的话，我是死也不会踏出教室门的。

他抱着一个大箱子招呼我过去，神秘兮兮地告诉我：“我上网查了，多吃这个对你的……”他瞄了我一眼，挤出自认为不算露骨的后半句，“胸膛的伤有帮助。”

什么叫胸膛？！我这是胸！我压制住了火气，打开箱盖，满满当当的金黄木瓜干刺伤了我的双眼，我当即色变："我谢谢你啊，我的胸膛很好，你抱回去吧。"

我作势要走，许言禾一把拉住我："你听我说……"

"姐——"许言禾的话被向一萌打断。

向一萌是我异卵双胞胎妹妹，所谓异卵就是她小家碧玉乖乖巧巧像妈妈，我高高瘦瘦大大咧咧像爸爸，找不到丝毫相似的地方。

她走得稍迟缓，粗略一看与常人无异，细看她的右腿稍跛。许言禾趁着她走过来的空当问我："我没记错的话你妹妹叫向一萌？"

我点点头："原来你不是光长身高不长脑子。"

许言禾正欲争论，向一萌已经走到我们面前："姐，放学等我一起回家。"

"好。"对她的要求我向来是言听计从。

"他是许言禾，以前的邻居。"我拍着许言禾的肩向她介绍。

对于许言禾的男大十八变，向一萌显然比我更吃惊，有一瞬，她望着许言禾走了神。我清了清嗓子，唤她回神，她重新换上甜甜的笑："好久不见，许言禾。"

许言禾朝她颔首："好久不见。"

向一萌瞥了一眼箱子里的木瓜干，笑着对我说："姐，收下吧，我想吃。"她的笑眼像深邃幽暗的深潭，我沉溺其中，无法自救亦无人救赎。

我夺过许言禾手里的箱子："下次送东西多动动脑子。"

许言禾笑呵呵地点头答好。

那箱被抱回家的木瓜干，向一萌自始至终都没再多看一眼，反倒是我一点一点吃空了那箱木瓜干。我想起很多年前，向一萌生病住院，妈妈不允许她吃零食。她坐在雪白的病床上，白炽灯下，脸色惨白，却笑着对我说：“姐，我不可以吃，你也不能。”

我从向一萌的笑眼里似乎能感受到她当时的内心独白：从今以后，我没有的，你也不能有；我拥有的，你也不能有；而你的，就是我的。

03 你就是我的自由

我和许言禾再次成了难兄难弟。学校是半封闭制，除了晚上回家，其余时间明令禁止外出。可有的同学偏偏无视校规，比如我，比如许言禾。

这天我和他结伴来到围墙下，我嘴里叼着狗尾巴草，用眼神示意许言禾赶快攀上去。许言禾把连帽衫的帽子戴上，勾了勾嘴角，朝我挤眉弄眼：“帅不帅？”

我慢悠悠地吐掉狗尾巴草，扯下他的帽沿，盖住他那双盯得我心底发慌的桃花眼：“你是不是傻？”

他败兴而归，走到一定距离外助跑、起跳，动作流畅熟练，疾风一般从我眼前呼啸而过。看他气势汹汹的样子还以为能跃过龙门，结果连高墙边缘的灰都没摸到。

许言禾讪讪地摸了摸鼻子：“我再来一次。”

我蹲下托着腮帮子望着他，一副“没事，你继续傻”的表情。

第二次，第三次……我终于看不下去了，走到高墙旁边的桃树下，踩着粗壮的枝干上了树，再一把抓住墙头，两脚一蹬，稳稳地坐了上去。

我揪着墙头的小草问正准备尝试第五次的许言禾：“要不要我拉你？”

耍帅不成功的许言禾瞬间没了气场，把头一横：“不要！”

许言禾学着我的样子爬上高墙，转身跳下，落地后回头冲我招手：“快跳下来，我接住你。”

指挥许言禾背靠着墙站好，我死死地抓住墙头，整个人吊在墙上，一米七五的身高让我顺利地踩到许言禾的肩，再顺利地从他肩上蹦了下来。

许言禾黑着脸问：“踩我的脚感怎么样？”

我掸了掸身上的灰，丢了两个字“还行”，就拉着他朝学校外的小吃街走去。

和许言禾风风火火吃完整条街后，我们终于心满意足地打算回校。踩着墙角的垃圾车，我和许言禾不费吹灰之力就坐在了墙头上。没料到底下站了一大群人，以年级主任为首，我和许言禾的班主任在后方一字排开，学校保安拿着长棍虎视眈眈地盯着我们。

我突然很想往回跳。

年级主任应该是看出了我想逃跑的想法，夺过保安手中的长棍：“再不下来，我们就采取武力措施了！”

一沾地就被班主任拎着领子教训，唾沫星子齐齐向我和许言禾洒来，我俩埋着头一副欲哭无泪的惨样，年级主任大手一挥：“去操场跑十圈，再来我的办公室写五千字检讨！”

我正苦着脸疑惑为何年级主任和班主任会带着保安出现时，一个不经意地抬眸，我就看见了站在长梯尽头的向一萌。她毫不躲闪，抱臂站在那里对我微笑，露出的虎牙在我眼里如同恶魔的獠牙。风吹动她身后的草丛，像要随时扑出来一只猛兽，她转身，头也不回地离开了。

许言禾边跑边抱怨："别让我逮到打小报告的人！"

我连白眼都懒得朝他翻："别天真了，就你那脑子，多喝点牛奶再去逮吧。"

许言禾龇牙咧嘴地想来卡我脖子，我顺势倒了下去，躺在橡胶跑道上，望着黑沉沉的夜空，喃喃自语："你自由吗？"

许言禾一屁股在我身边坐下，托着脑袋注视着我的眼睛，似笑非笑地回答："你就是我的自由。"

我不去理会他的不正经，轻哼出声："听说白雪公主在逃跑 / 小红帽在担心大灰狼 / 听说疯帽喜欢爱丽丝 / 丑小鸭会变成白天鹅 / 听说彼得潘总长不大 / 杰克他有竖琴和魔法 / 听说森林里有糖果屋 / 灰姑娘丢了心爱的玻璃鞋。"

哼完一小段，我瞄到操场门口有人影，突然站起来继续跑。

许言禾不解地躺在操场上大呼小叫："别跑啊，再多唱几句。"

年级主任的长棍击打在操场上啪啪作响，厉吼声由远及近："许言禾！你小子躺操场上睡着了是吧？！"

许言禾的哀号随即响遍操场。

我边跑边大笑。这晚，秋风习习，夜空中既无星星也无月亮，连虫鸣声也没有，我和许言禾围着操场跑，风吹起我的衣摆，吹散他的发。很多很多年后，我都流着泪想起这晚，心如刀绞。

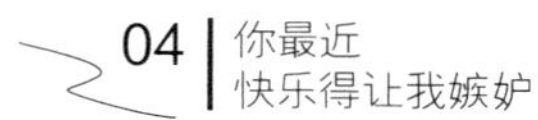

04 你最近快乐得让我嫉妒

许言禾经常来我的班级串门，他本就是学校风云人物，一来二去，年级上的流言四起。可我俩都是厚脸皮，对这些不实的传言充耳不闻。

这天他不知从哪儿找来一包辣条，在教室门外激动地要和我分享。

他这样傻里傻气让我很尴尬，我立起书，自我催眠：他看不见我，他看不见我。黑炭队长敲敲我的桌子："你再不出去，你的娃娃亲就要冲进来了。"

一出教室门，我就拉着许言禾逃到楼道人少的地方。他挥舞着辣条："你吃吃看，是不是我们小时候的味道？"

我居然有一瞬的感动，盯着他手里的辣条："你回小学了？"

"对啊，其他地方卖的辣条都改版了。"他撕开包装，往我嘴里塞了一根。

我嚼了嚼，迎上许言禾期待的眼神，点头说道："是小时候的味道。"连我自己都不知道，我说的是辣条，还是许言禾。

我和许言禾躲在楼道拐角处你一根我一根地吃着辣条，三三两两经过的人，全都被我们自动屏蔽。不安的感觉忽然袭来，果不其然，我抬头就看见了向一萌正在上楼的背影，想必一定是刚刚路过了我和许言禾。我眯着眼打量她的背影，不知为何，我能感觉到，她非常生气。

放学回到家，向一萌已坐在沙发上看电视。

我装作无意提起："提前走怎么不告诉我，我等了你好久。"

向一萌晃荡着腿，依旧朝我笑着："我不想告诉你。"

我放书包的动作一顿，点点头，向书房走去。所谓的书房就是我的卧室，家里三室一厅，刚好够我和向一萌一人一个房间，但她偏偏要求布置一个书房。她的态度坚决，爸妈无可奈何，把原本该是我的卧室的房间改装成了书房，向一萌从此自由出入。

“一萌，过来洗两个水果。”在厨房里做饭的妈妈吩咐她。

这时我拿着家居服正准备洗澡，沙发上的向一萌盯着我笑嘻嘻地说：“为什么是我，姐姐为什么不去洗？”

她盯得我头皮发麻，我别过脸，几近是落荒而逃地钻进厨房。

卫生间里，雾气蒙蒙，镜子里的我影影绰绰，我仰头迎着莲蓬头里放出的热水。突然，水变冷了，灯也被关了。玻璃门透着向一萌的影子，她说：“姐，你最近快乐得让我嫉妒。”

向一萌的身影渐渐淡去，我将镜子上的雾气擦净，映射出一张苍白青春的脸。莲蓬头里不断喷洒出冷水，我继续将身上的泡沫洗净，摸黑穿好衣服，脸上有什么冰凉的东西，我抬手一擦，一把泪水。

第二天，我顶着重感冒来到学校，许言禾不知从哪得来我感冒的消息，早自习下课后他就蹲在我的教室门口。

我踢踢他：“蹲着干什么？”

许言禾从怀里掏出个玻璃瓶，里面是黑棕色的液体。

“我怕它冷了。”

我拍拍他的头：“真像只哈士奇。”

兴许是因为我病了，许言禾并没有唱反调，他起身，将玻璃瓶递给我，又从兜里掏出感冒药放在我的手心：“中午我再给你送黑糖姜茶，药你记得按时吃。”

我难得一次没有嘲笑他傻，乖乖地点头。

连着喝了三天许言禾送来的黑糖姜茶，我的感冒很快就好了。这天中午我和许言禾一起去食堂吃饭，刚走到教学楼底下，瓢泼大雨倾盆而下，许言禾折回教室拿了伞。回来时，我的身边多了个向一萌。

总有一条蜿蜒在童
话镇里七彩的河，
沾染魔法的乖张气
息却又在爱里曲折

她看看许言禾再看看我："姐，怎么办，只有一把伞？"

许言禾一定读不出来这是一句只针对我的潜台词，我大气地摆摆手："没关系，你和许言禾一起撑，我直接跑过去。"

不等许言禾说话，我就冲进雨帘里。回头看见许言禾的衣袖被向一萌紧紧拽住，他们说了些什么，我也无从得知。

05 | 你不要和许言禾在一起

高三来得又紧又急，许言禾不再每节课下课来我的教室门外蹲点，我们也没有时间再翻墙出去吃东西。但每天傍晚，上晚自习之前，我和许言禾都会去操场散两圈步，每到那个时候他都会在我耳边反复念叨："你要记得我们要考同一所大学。"

我有时被念得心烦，摆摆手，独自一人加快脚步："不考了，不考了，你自己一个人考吧。"

许言禾三两步跑上来，狗腿地轻捶着我的肩膀："呸呸呸，要考，要考。"

我被他逗笑，懒洋洋地被他拉着回教室。

考完最后一科，踏出考场，隔得远远的，我就看见了斜靠在栏杆上的许言禾。一米八八的个头，头发短而清爽，宽肩、窄腰，白衣黑裤，踩着一双球鞋，说不出的好看。路过他的少女们不住地回头偷看，偷看完又在同行的伙伴耳边兴奋地分享什么。

我跑过去，挡住闲杂人等的视线："考得怎么样？"

许言禾喜上眉梢："那还用说吗？"

我以为我即将自由，即将美梦成真。但到头来，一切都是竹篮打水，一场空。

晚上回到家，爸妈还在加班，向一萌可能是参加毕业聚会去了，屋里漆黑一片。我把灯一打开，端坐在沙发上的向一萌吓得我一声惊叫："在家怎么不开灯？"

她回头看向我，那双含泪的眼睛要吐露的东西，是我这么多年来都没有见过的恳求："姐，"声音虚无缥缈，像夜里若有若无的萤火，"如果我是你就好了。"

我如被点穴般光脚定在原地。

"我知道这世界有很多的不公平，可我想不通的是，为什么事事都发生在我身上？"她停顿了良久，才轻轻启齿，"残疾是，不能跳舞是，许言禾更是。"

而向一萌的残疾，全是拜我所赐。

我们虽是异卵，但毕竟是一胞同生的双胞胎，小时候，我们同读一本故事书，同睡一张床，穿同样的衣服，用同样的水杯。意外发生在初中那年。异卵双胞胎的其中一个在母胎里容易被细菌感染，发生病变，而我就是发生病变的那个。

病变爆发得很突然，需要配型合适的骨髓，我比较幸运，双胞胎妹妹的骨髓正好配型成功。可骨髓移植那天，向一萌的骨髓是由经验还不够丰富的临床医师抽取的。当时爸妈并不知晓，直到我慢慢康复，向一萌却每天喊痛，爸妈才带她去做核磁共振，检查报告带来一个噩耗，那一针打在了向一萌的坐骨神经上。

治疗后，向一萌的右腿比左腿短三厘米，也就是说，我的妹妹为了救我，从此瘸了。

也许对一个普通人来说，三厘米并无大碍，但对被中央舞蹈学院破格录取的向一萌来说，三厘米就是天堂和地狱的距离。

我永远不会忘记检查报告出来那天，病房外乌黑阴沉的天像要垮下来，狂风卷起白窗帘，向一萌坐在病床上，目光死死地锁在我身上，冷笑着对我说：“姐，我恨死你了。”

……

“姐，”向一萌的声音里带着哭腔，腔调里带着哀求，“你不要和许言禾在一起。”

我光着脚走向向一萌，轻轻揽住她，她在我的怀里哭，悲伤又绝望。心房的痛蔓延开来，每个毛孔、每个细胞都像针扎般密密匝匝地痛，我想哭，却挤不出一滴泪。我听见了我的声音，像在自言自语又像在慎重许诺，我说：“好。”

06 唯有我知道，这是我最后一次拥抱他

阴历七月七日乞巧节，那天刚好和许言禾填完志愿，也刚好是我十八岁生日。许言禾包下了一间酒吧，说是要为我办生日聚会。我也是那时才知道，许言禾家境殷实，是本市最大房地产大亨的独苗，自带光环的他，哪能不是众星捧月的对象。

我穿着一件长度未遮腰的流苏吊带，腰身在流苏下若隐若现，搭了条牛仔热裤，露出两条纤细笔直的长腿，随意蹬了双人字拖就出现在酒吧门口。许言禾见了我脸色都变了：“穿这么少，不冷吗？”

正值酷暑，现在又是晚上，更是闷热交加，我嫌弃地睨了他一眼：“有病。”抢在许言禾还嘴前转移话题，指了指他的发型，“你今天的鸡公头有点帅。”

许言禾拿出手机照了照，朝我挑挑眉：“是吧，我也觉得帅。”

我扑哧笑出声。

许言禾反应过来："向一燃！我这不是鸡公头！"

我偷笑着转身跑进酒吧。

室内显然是被人精心布置过，平日刺耳的电子音乐被换成舒耳的钢琴曲，屋顶飘着氢气球，中央摆放着一个三层大蛋糕，"向一燃，生日快乐"几个大字配着我的照片在荧屏上循环播放。放照片我是可以接受的，可为什么要放证件照？我向身后的许言禾投去"麻烦你给我解释清楚"的眼神。

许言禾笑得很狗腿："时间太紧了，我就把你准考证上的照片截了下来。"

我的拳头还没落下，就被大家的喝彩声吓蒙了。我缓缓回头，发现周围全是同个年级的同学，大家都异常兴奋地盯着我们。

"一燃，生日快乐。"许言禾深情款款地说。

我被他含情的双目糊弄住，悻悻地放下拳头。

周围的人起哄让我唱开场曲，我被推着坐上高凳。一束白光"唰"地打在脸上，我拨弄琴弦，清了清嗓子，一开口，台下窸窸窣窣的声音戛然而止。

"总有一条蜿蜒在童话镇里七彩的河 / 沾染魔法的乖张气息却又在爱里曲折 / 川流不息扬起水花又卷入一帘时光入水 / 让所有很久很久以前都走到幸福结局的时刻。"

最后的余音婉转悠扬，我的目光深深锁在许言禾身上。一曲毕，我站在台上弯下腰，拥抱了他。

这个拥抱温柔又绵长，我们额头相抵，我掉进他的双眸里，兀自沦陷，像要到天荒地老。台下响起掀翻房顶的欢呼声，他们以为这个拥抱是我和许言禾的开始，只有我自己知道，快了快了，我就要离开他了。

07 我怎么舍得怪你

第二天凌晨，我就改了志愿，跟着本市的志愿者协会来到一处非常偏远的乡村支教。那里不通电，更没有信号，吃住条件都很差，我却乐在其中。

我穿着协会统一发的白色大 T 恤，头发扎成高高的马尾，不抹护肤品也不擦防晒霜，整天素面朝天地和一群孩子打成一片。每节课他们都神采奕奕，一双双充满求知欲的眼睛让我无暇顾及其他，没课时就和他们背着背篓上山捡柴，听他们唱山歌，学他们的家乡话，到了周末他们领着我去溪沟里捉鱼虾，凉风习习，耳边充斥着快乐的嬉笑声。

这里一切很好，就是没有许言禾。

坐在坡顶给孩子们讲笑话，他们笑得前俯后仰，我情不自禁地想起许言禾，想象他一米八八的大高个猫着腰进出教室的模样，想象他领着一群还没有他腿高的孩子到处“打打杀杀”的诙谐场面，想象他走在田坎上东倒西歪的憨态。

“老师，你哭了。”一个孩子指了指自己的眼睛。

我慌张地用手背擦干眼泪：“老师没哭，老师就是太热了。”

三个月后我黑了很多，独自坐上开往北方的列车，独自在最北方的大学报到注册。

过完大一我变得平和了许多，似乎已经原谅了自己的不辞而别，似乎已经接受了余生不会和许言禾再有交集这个事实，似乎已经习惯了最北方零下三十摄氏度的寒冷。我残忍而决绝地消磨了许言禾对我的全部的爱，我没有许言禾了，再也不会有了。

大二这年，新生报到，正是社团纳新的时候，我百无聊赖地坐在社团搭的棚里玩手机。一道身影挡住我的光线，我连头都没抬，公式化道："想进社团就填表，电话号码必填。"

他填好后将表递交给我，我无意瞥了一眼，只是一眼就叫我挪不开眼，"许言禾"三个大字端端正正落在姓名一栏。

"一燃。"

我还没来得及答应，向一萌的声音就传进耳里："姐——"

向一萌拉着行李箱朝我走来，我很慌乱，不知道先回答谁。

晚上，许言禾没有问我为什么会逃走，向一萌也没有解释他们为什么会一起复读。我和许言禾涮火锅涮得大汗淋漓，一口滚烫的豆腐放进嘴里，等我吐出来的时候已经晚了，嘴里立刻起了好几个水泡。

许言禾从锅里夹起豆腐吹凉后夹成小块放进我碗里："这么喜欢吃豆腐，以后豆腐都给你吃。"

我被佐料呛到，一个劲地咳嗽。一旁的向一萌不动声色地吃着碗里的青菜。

许言禾递来冰水，调侃道："别这么高兴。"

碍于向一萌，我只能用眼睛狠狠剜了许言禾一眼。

吃饱喝足后，我瘫坐在座椅上不肯动弹，揉着肚子说："我好像吃多了。"

许言禾结完账，对向一萌说："我陪你姐散散步，顺便买盒消食片，你先回寝室吧。"

逐客令下得很直接。

向一萌意味深长地看了我好几眼，最后还是点点头离开了。

我和许言禾并肩走着，有一搭没一搭地聊着天。

热烘烘的湖风侧面吹来，暗橘色的灯光把人衬得温柔，几对如胶似漆的情侣从我们身边经过。

我忽然转过头："你为什么不问我？"

许言禾埋头踢着脚下的石子，声音闷闷的，像是很委屈："你会离开一定是我不够好，你不愿意过来，我就走过去，反正我们一定要在一起。"

许言禾比想象中更爱我，他一副心甘情愿的傻样让我很难受，喉咙一紧，我突然失控地放声大哭，抓着许言禾的手臂越哭越厉害，我抽泣着说："许言禾你不能怪我，永远不能。"

许言禾的双臂收紧，将我圈在他怀里："我怎么舍得怪你。"

开学一个月，我处处躲着向一萌，不想和她有正面交集。我胆怯、懦弱、逃避，可该来的还是会来。

所在的城市已经连着下了好几天的雪，湖面上结了一层看似厚实则很脆的冰面，向一萌打电话约我在东湖见面，还没走近，我就看见了站在冰面上的向一萌。她穿着奶白色的羽绒服，正蹲着看冰面下穿梭的鱼。

我不敢唤她，我害怕她稍一动，冰面就会裂开。她站起身，似乎发现不对劲了，脚下的冰面呈树枝状的裂纹，以她的脚为中心，慢慢扩散。

我拨通许言禾的电话，让他快点来东湖。

交代完之后，我轻声安抚向一萌："一萌，别动。"

向一萌随即转身，我被她这一系列动作吓得魂飞魄散，失声尖叫："别动！"

她双目含泪歪着头看向我。

“姐，对不起，我是个强盗，”她绝望地拉扯着头发蹲下，“我什么都可以不要，我只要一个许言禾。”

她如履薄冰，脚底是万丈冰潭，看得我心惊胆战：“我给你。”

向一萌倏地抬起头，站起身，朝前方迈出了一步。

“你别动！”我再也控制不住，声音里带着哭腔，“一萌，我求求你了，我求求你别动。”我已经亏欠了她一条腿，一个舞者的梦，如果她再把命搭在我身上，我接下来的几十年里，永不得安生。

我们互相凝望着，我攥紧的拳头，最后只得无力地松开，颤抖着吐出一口气：“你站着别动，许言禾马上就来了。”

向一萌爱许言禾，爱得很痛苦、很绝望、很卑微，后来我总是会想，向一萌或许比我更爱许言禾，她可以为他拿命来威胁我，而我，只是个临阵脱逃的逃兵。

08 在我心里，它只属于许言禾

我瞒着许言禾办了休学手续，和上次离开一样，没有给他留下只言片语，我背上吉他，开始浪迹天涯。

我一路向南，在地铁通道里唱歌，去快餐店里打工，蹭客栈里的沙发，买最便宜的硬座票，一路跌跌撞撞，终于来到最南的城市。这里有沙滩，有大海，鱼会亲吻我的双脚，海鸥会带来远方的故事。

到这里的第二年，居无定所的我慢慢安定了下来。我不去复杂的酒吧，想唱歌时就抱着吉他站在街头，但我从不会唱《童话镇》，在我心里，它只属于许言禾。

某天，我正坐在地上抱着吉他调音，巨大的阴影突然笼罩下来，我的心漏了半拍，怀揣着忐忑的心抬头。我多虑了，眼前的人并不是许言禾。

“怎么称呼？”我问。

“唐佞森。”

我点点头，收回视线，继续摆弄吉他：“唐先生想听什么？”

他索性也坐在地上，从钱夹里拿出一大沓红钞：“唱一首《童话镇》吧。”

我把吉他装进琴盒里，摇摇头：“不唱。”

我装好吉他，头也不回地走了。唐佞森衣着讲究、出手阔绰，不是我能惹得起的人，而他要听的歌，恰好是我的禁忌，纠缠下去也毫无意义。

后来，不管我站在哪条街的街头唱歌，唐佞森都会是第一个顾客，他不再要求我唱《童话镇》，只是让我唱我喜欢的。我没敢告诉他，我喜欢的只有《童话镇》。

他每天都会守到我收摊，连续半个月后，我有些抓狂：“唐先生难道不工作吗？”

他笑笑，眼角有几道细细的纹路：“鄙人不才，挣的钱刚好够我这辈子挥霍。”

我在他面前还是显得很小孩子气，我把琴盖重重地合上，往背上一甩，气呼呼地向前走。今天不同往日，唐佞森跟了上来，我突然驻足，威胁道：“唐先生再跟过来，我就报警了！”

唐佞森背对着路灯站着，我看不清他的表情。

“我有家客栈，想请你去驻唱，包吃包住。”

要是往日，我会立即拒绝他，可昨晚我被房东告知，我住的片区下个月会被拆迁。我忐忑地问：“客栈在哪个位置？”

唐佞森的双手揣进裤兜里：“面朝大海。”

我上下打量他：“是正规场所吧？我只卖艺不卖身。”

唐佞森突然大笑起来，我才发现，他笑起来和许言禾很像很像。

……

今年是我在客栈的第四年，是我离开许言禾的第六年。

客栈被我经营得很好，登门的游客络绎不绝，唐佞森每年冬天都会来这边长住一段时间，用他的话说就是外面太冷了，想回来躲躲。

对我来说，这里没有冬天，没有冰雪，没有站在薄冰上的向一萌。

整间客栈只有我一个驻唱歌手，唐佞森说，那本来就是专门为你准备的。我心情不好的时候才会抱着吉他坐在高凳上唱歌，心情好的时候会准备露天烧烤，和游客们侃大山，每个住过这间客栈的人都说：“老板娘的性格真好。”

唐佞森这时会笑得很温柔。

我摇着头澄清：“我和唐先生不是那种关系。”

唐佞森呷了一口酒，勾着唇问：“哪种？”

09 外面的冬天真的好冷

第七年，我正在前台结账，顺手接起手旁的座机：“喂，您好，需要订房间吗？”

那边顿了很久，久到我以为对方不会说话正准备挂掉电话时，那边突然出声了：“姐……”然后又是长久的沉默。

我的双腿发软，有些站不住，顺着身旁的酒柜滑了下去。

唐佞森大步走来，接起电话，询问了准确的时间和地址。

“一燃。”他拍了拍我的脸。

“嗯？”我木讷地回头。

他在我耳边轻轻地说：“许言禾要结婚了。”

我抱着自己，目光涣散：“我知道了。”

我没有告诉唐佞森我到底要不要出席许言禾的婚礼。一晚，我坐在飘窗上细细回想，蹲在教室门口为我送药的许言禾，张开双臂要接住我的许言禾，抱着我在人潮里旋转的许言禾，宣誓要和我在一起的许言禾……所有所有的许言禾，都不再是我的许言禾，他是天上的星，深海的鱼，是我可望而不可即的苍穹。

我决定回去那天恰好是许言禾婚礼当天，和唐佞森赶到教堂外时，婚礼已经开始了。我望着紧闭的大门，心底却是久违的平静，取出吉他坐在花台边上，浅唱出声——

“总有一条蜿蜒在童话镇里梦幻的河 / 分隔了理想分隔现实又在前方的山口汇合 / 川流不息扬起水花又卷入一帘时光入水 / 让所有很久很久以前都走到幸福结局的时刻 / 又陌生。”

最后的余音我哼了很久，仪式已经结束，教堂的大门缓缓开启。

我把手塞进唐佞森的掌心，生平第一次直呼他的名字：“唐佞森，我们回去吧，外面的冬天真的好冷。”

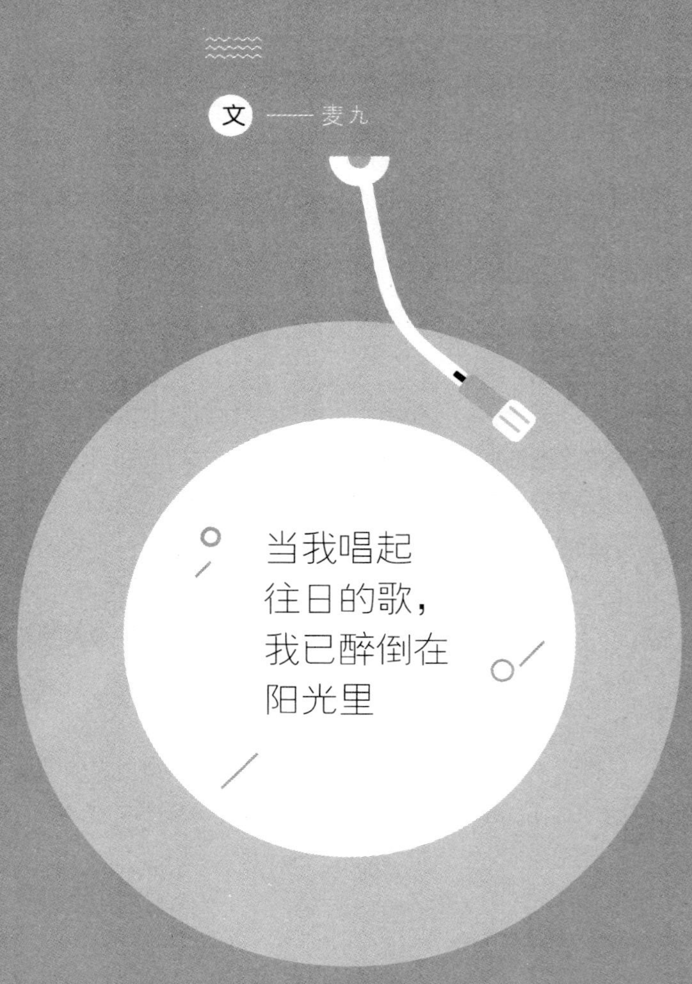

文——麦九

当我唱起往日的歌，我已醉倒在阳光里

当我唱起往日的歌，

我知道我已醉倒在阳光里

把云朵献给你，把河流献给你
把晚风献给你，所有光彩只为你
——张过年《世界》

01 | 楚念

凌晨四点，赵锦时接到同事的电话，要他马上来大雾山支援。

大雾山是当地的一个景点，山峰险峻，常年大雾弥漫，因为还保留着原始特色而广受欢迎。每年都有不少驴友进山探险，结果在大雾里迷了路，报警求救，今天又是这样。

赵锦时赶过去，救援已经开始了，大家打着灯进山分头寻找，同组的老杨一样从被窝里被叫出来，一路不停地抱怨，说这些闲得发慌的小年轻天天瞎折腾。

赵锦时沉默地听着，偶尔应一两声。

快天亮时，他们终于找到失联的游客，是个年轻女孩，摔伤了腿，蜷缩在树下瑟瑟发抖，被雨水淋得灰头土脸，旁边放着一根拐杖，是很专业的拐杖，不是随手折的树枝。

一看到拐杖，老杨就火了，敢情这位姑娘脚本来就不利索，那学人家探什么险。

他被雨淋了大半夜，怒气冲冲地说：“这位小姐，算我求求您，您能不能懂点事，好好在家待着，少给人民添麻烦，这大雨天几十号人就找你一个……”

那姑娘被说得连头都不敢抬，也不敢应一声。

赵锦时没说什么，只想尽快解决回去，蹲下来看清她的脸时，愣住了。

那是张苍白的脸，如果她不是让大家折腾了大半夜的罪魁祸首，平心而论，她长得很好看，特别是一双水汪汪的眼睛，不安愧疚地看着他们，带着楚楚动人的可怜。

是……她吗？

赵锦时动作一滞，脑海中浮现出一双眼睛，也是这样惊恐不安，求救地看着他，而他就远远地看着，还转身跑了。

“你……你叫什么名字？”

“楚念。”女孩战战兢兢地回答。

楚念。赵锦时也在心里说了答案，他手颤了下，还是稳住自己，把女孩背起来。

老杨还在碎碎念，夹枪带棍指责她不懂事。

这是气话，也可以理解，赵锦时却像被当面打了一巴掌，他有些突兀地吼了一句：“够了，别再说了。”

老杨蒙了，许久才说：“行，就你人民公仆，有担当。”

话音刚落，赵锦时的脸一下子白了。

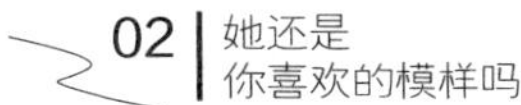

02 她还是你喜欢的模样吗

因为楚念受伤了，赵锦时直接送她去医院。

她的左腿被刮了一条长长的口子，行动不便，赵锦时又送她回旅舍，买了早餐，嘱咐她这几天要小心，伤口尽量不要碰水。

楚念简直受宠若惊，自己不自量力进山，走散了让人找了大半夜，这个警察不仅没有怪她，还这么温柔细心，她感激又愧疚地看着他，感动得不知道说什么。

赵锦时话不多，看着还一身雨水的楚念，想着她要再不收拾下会感冒的，留了电话便向她告辞。

“有什么困难就打电话给我。”

“好的，好的。”楚念如获至宝地捧着薄薄的纸片，看他离开，竟有些不舍，在门关上的刹那，追了过去，鼓起勇气道：“赵……赵警官，您真是个好人。”

神情特别郑重，像个有礼貌的小学生，眼里全是感激。

赵锦时微微发愣，问：“你是洛水镇的吧？”

楚念诧异地点头，赵锦时指了指自己：“我也是，咱们是老乡。”

这是对老乡总会有所照顾的意思，只是楚念刚才并没有提到她是洛水镇的。

说罢，赵锦时大步离开，急急上车。

一关上车门，他像卸去满身的伪装，趴在方向盘上大口大口地喘着气。

他……他是个好人吗？

好人？他有什么资格在她面前做一个好人？

他神情凝重，眼里有些说不清道不明的自责，想到那泡在泥水里的拐杖，眼睛止不住地发着烫。

副驾驶座不知何时出现一个年轻男人，穿着纯黑的西装，长得颇为英俊，有一双爱笑的眼睛，此时正眉眼弯弯饶有兴致地盯着赵锦时，一脸笃定地说："你遇见她了。"

赵锦时点头。

男人笑了，又兴致勃勃地问："她还好吗？"

赵锦时没回答，男人又继续问："怎样？这么多年没见，她还是你喜欢的模样吗？"

话音刚落，赵锦时脸色一变，怒视男人，很不客气地说："下车！"说着，也不管男人，开了车门，把男人推了下去。

"啧啧，还人民警察呢，真没礼貌。"男人小声地抱怨了一句，但并不见怒意，仍是笑容可掬的模样，优雅地向前走，走着走着就蓦地消失了。

03 他害了她，却连救都没救她

赵锦时胡乱地开着车上路，想到男人问——

她还是你喜欢的模样吗？

她……相貌并没有什么变化，但一切都不一样了，起码过去她不用拄着那根碍眼的拐杖。

赵锦时是认识楚念的，不只是老乡，他们曾经上同一所中学。

那时，赵锦时是学校出了名的小混混，每次校风校纪通告批评，总少不了他的大名，他坐在教室最后一排，上课趴着睡觉，晚自习找不到人，老师也默契当没看到，当班里没这么一个人。

而楚念简直是站在赵锦时的对立面，她是那个白衣飘飘走在无数少男心中的女神，穿整洁的校服，有干净的脸庞，和要好的同学有说有笑走过长长的走廊，就像一道亮丽的风景线。

课间时，赵锦时睡得迷迷糊糊，抬头，就看到楚念笑靥如花地从窗前走过。

她笑得真开心，阳光照在她乌黑的长发上，像打了柔光，连不服帖的碎发都显得过分可爱。

神采飞扬。

赵锦时失了神，心里像开了一朵又一朵棉花糖做的云朵，软软的、甜甜的。

他注意到她，对楚念却是一场劫难。

楚念品学兼优，赵锦时只是一个臭名昭著的小流氓。想和她交个朋友被拒，假装偶遇被当透明人之后，赵锦时急了，他好歹是走到哪儿都被簇拥着，被叫“老大”的人，从来没被这么无视过。

这是不识抬举，小弟这样说，唆使他去堵她。赵锦时被说得心热热的，一下子就答应了。

为了显示声势浩大，他的“兄弟”还找了几个校外人士。他们在楚念回家必经的小巷集合，看到楚念骑着单车过来，就全部围了过去。别说，十几号人，有骑摩托车的，有骑单车的，赵锦时被围在中间，还挺像那么一回事。

赵锦时心里挺得意的，楚念却被吓坏了。

她是个三点一线的好学生，什么时候跟流氓打过交道，尤其是那几个头发染成杀马特的小混混特别不像好人，她像只惊弓之鸟，只想骑车尽快离开。

可她骑得越快，他们越是紧追不放，朝她吹口哨，不断起哄喊着“楚念，我们老大想认识你”。

小巷很暗，被摩托车的灯照得光怪陆离，四周像个妖魔鬼怪出没的人间，耳边是乱哄哄的马达声还有哄笑声，楚念急得快哭了，也不敢停下来，就拼命地踩着单车向前冲，连路都没有看。

意外就是在这时候发生的，楚念像一支脱弦的箭冲出包围圈，一辆轿车从侧面驶了过来，直直地撞在单车上。

刚从小巷驶出来的赵锦时清楚地看到，楚念被撞得凌空飞起，重重地摔在地上，脸正对着赵锦时的方向，清透的眼睛惶恐痛苦，求救地看着他。

她在向他求救。

太突然了，赵锦时傻了，直到被身边的人拉住。

“还不快走！”

“啊？”

“再不走，要被抓去坐牢吗？”

对，对，要不是他们追着楚念，她也不会惊慌失措地冲出去，就不会被撞，是他们的错。

“可……”

“你……你想坐牢吗？”

赵锦时没说话，本能地跟着大队伍跑了。

那一刻，他忘了倒在地上生死不明的人是他想认识的女孩，他还给她写了几封信，幻想过如果他们成为朋友，他会很称职，帮她打饭，给她买饮料……但忘了，他全忘了，他只记得，不要被人发现，是他们害了楚念。

慌乱中，赵锦时回头看了一眼，明明那么暗，楚念的眼睛却那么清楚，乞求地看着他，求救地看着他。

赵锦时犹豫了一下，最终还是跑了。

他害了她，却连救都没救她。

04 我想抓住罪恶

这一晚的事，大家都心照不宣地没再提，也统一了口径，他们没有去追堵楚念。

第二天，楚念出车祸的消息很快传遍全校，据说伤得很重，特别是腿，很有可能走不了路。

为了引以为戒，学校办了场交通安全讲座，赵锦时站在台下，惶恐不安，怎么没人找他们麻烦？

可能是那晚太混乱了，楚念根本认不出他们，可能她自认倒霉，反正赵锦时就这样逃过一劫，连责怪他的人都没有。

再次有楚念的消息，是她退学了。

楚念也是普通家庭的孩子，家里花了很多钱给她治疗，但还是落下残疾，父母索性让她退学，一方面养伤，另一方面将来好了，来帮家里忙。

反正都残了，一个女孩读书也没什么用。八卦的同学说，这是她父母的原话。

赵锦时听得心里不是滋味，想随波逐流地指责她父母，发现最没资格的是他。

他跑去看楚念，看到她坐在轮椅上，被推着离开校园，单薄瘦弱，脸色苍白，眼睛无神，一点没有初见的光彩照人。

赵锦时没敢上前，只是躲在角落默默地看着，眼睛酸涩，却始终没有眼泪落下。他有什么资格为她流泪？

楚念退学后，平时和赵锦时玩得好的哥们很快就恢复吊儿郎当肆意青春的模样，赵锦时却沉寂下来。

他没再去找过楚念，连打听消息都不敢。他怕，怕听到更不好的消息。而杳无音讯，他还能假装，安慰自己，或许楚念还没有被他毁掉全部人生。

赵锦时开始认真学习，想着如果楚念没有出车祸，大概是这样，高考，考一所名校，有很好的工作，还有同样优秀的恋人……但这些都被他毁了，她失去的，赵锦时却顺着她原本的人生轨迹走下去。

高考后，他报了警校，以最优异的成绩毕业，又考了警察。

面试时，主考官问他为什么想当警察。赵锦时沉默了好久，说，我想抓住罪恶。

不是社会上的罪恶，是他内心的罪恶，他年少时，曾因一时的肆意和自身的胆怯，毁了一个女孩的前程。

赵锦时没再找过楚念，但楚念的那双眼睛没有放过他，一次次出现在他的梦里、他的生活里，静静地看着他，求救地看着他，提醒着他，他害了她，她向他求救，他没有救她。

这是赵锦时心中的恶，提醒着他，他曾是多么懦弱自私的人。

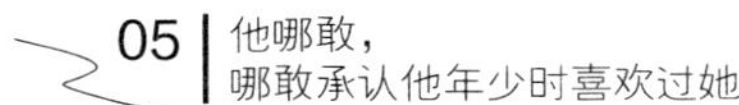

05 他哪敢，哪敢承认他年少时喜欢过她

赵锦时把车停在路边，眼睛通红，却没有眼泪。

他不容许自己落泪，他没资格为楚念伤心难过，也无法原谅自己。

男人问他，楚念还是他喜欢的模样吗？多讽刺啊，他哪敢，哪敢承认他年少时喜欢过她，楚念说他是个好人，他怎么好意思接受这一句感激的赞美。

多年未见，他们早已长大成人，她认不出他，或许从来没有记住过他，他却像老蚌藏珠，楚念是他心里那颗根植在他血肉里日日夜夜折磨他的珍珠，如此美好又如此痛苦，他忘不了她，也不敢见她。

但他们还是遇见了，第一眼，赵锦时就认出那是楚念，她没什么变化。

可那又怎样，萍水相逢，一面之缘，也就这样。

对，也就这样。赵锦时安慰自己，其他的，他也无能为力。他开车回警局，和多年前一样心安理得。

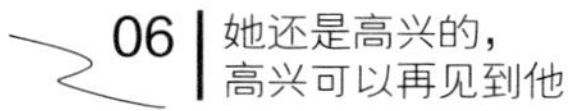

06 她还是高兴的，高兴可以再见到他

三天后，赵锦时接到楚念的电话。

听得出她很紧张，说话都有些磕巴。她说，她要离开了，和他做个告别，很谢谢他的热心和帮助。

赵锦时听得不是滋味，脱口而出：“你在哪儿，我送送你。”

楚念还在之前的旅馆，赵锦时到时，她已收拾好行李，但桌上有杯冒着热气的奶茶，明显是她买的，笨拙地表示她的感激。

赵锦时喝了一口，问怎么就她一个人，同行的朋友呢。

“他们去下一站了。”

“你不继续？”

“不了，准备回家，不给大家添麻烦。”楚念淡淡道。

这句话她说得很平静，眼里没有波澜，有种世俗的认命感，仿佛在说，是的，像她这样行动不便的，就该待在家里，不要学别人，看什么世界。

赵锦时低头喝奶茶，好久才问：“你们本来的路线是什么？”

楚念说了一条挺经典的路线，有壮阔的山，有波澜的海，有草原的风……提到旅行，她倒是神采飞扬，眼睛在发光，一瞬间，赵锦时仿佛看到过去那个明眸皓齿的少女。

她是渴望的，她还是想到处走走的，走完这段行程。

赵锦时把奶茶喝完，问：“你票买了没？”

“还没，到火车站再买。”

“那你要是相信我的话，我们一起旅行吧。”

赵锦时这样说，楚念蒙了，半天才反应过来，问：“为……为什么？”

“我三年没休年假了，”赵锦时站起来，说了句烂俗的段子，“况且，世界这么大，我也想去看看。”

“可……可……”楚念还是不安，束手无策，她不明白，他是一时的善心，同情她，还是……

“别嫌我是个路痴啊。”赵锦时笑道，还是看她，眼神温柔而坚定，一脸认真。

他不常笑，一笑就显得整个人非常亲切，给人一种值得信赖的感觉，况且他还是一个长得很俊朗的人民警察，初见时，他背着她，背温暖而宽阔，很安全。

楚念踟蹰了半晌，还是点头，抿着唇笑了下，很羞涩还有些兴奋。

不管他是同情还是其他，她还是高兴的，高兴可以再见到他。

07 | 她的运气真的太好了，遇见一个这么好的人

赵锦时马上去请假了，当天下午，他们就踏上旅程。

真的是一场说走就走的旅行，却不见仓促和匆忙。赵锦时很会照顾人，只让楚念感到细心和体贴，也没有让她产生自己是个累赘的感觉。之前和网上的朋友在一起，他们虽然没说什么，但她总觉得她在拖累他们。

和赵锦时在一起真好，有时候，楚念想，如果她有男朋友，和男朋友旅行大概就是这样的。

他们去海上看落日，当晨曦的阳光照在身上，楚念偷偷看身边的男人，看他沐浴在阳光下的脸庞，英俊柔和，会想，他要是我男朋友那该多好啊。

可楚念清楚，她不会拥有一个这么好的男朋友，因为她是个瘸子。

这是爸妈说的，也是她车祸后最大的感受。

车祸后，她的腿残了，就算再怎么努力做康复，也不可能恢复，她不得不拄起拐杖才能行走。落在她身上的眼光变成同情、怜悯还有惋惜，她从一个别人家的孩子变成辍学生，在自家的小超市帮忙。

可惜吗？楚念是有些难过的，她本以为她会上大学，离开洛水镇，去更大的世界看看，而不是在七八十平方的小超市日复一日。

她年少最大的梦想是白衣怒马，仗剑走天下，且吟且啸，品味百样人生，但从她退学的那天，她就知道，她走不出洛水镇了。

她没有波澜壮丽的人生，只有眼前的苟且和麻木。

生活都按父母安排的那样，她在家帮忙，减少开支，然后年纪到了，妈妈催她相亲。相亲对象大多是和她一样，身体可能有点小残缺，门当户对，然后结婚生子，为柴米油盐奔波生活。

楚念没有轻视别人看高自己的意思，只是这样的人生仿佛一眼就能望到尽头。

她和相亲对象尴尬地找话题时，心里涌起阵阵悲哀，不是的，不是这样的，她幻想的未来不是这样的。

读书时，她读沈从文的诗，“我行过许多地方的桥，看过许多数的云，喝过许多种类的酒，却只爱过一个正当最好年龄的人”，就想着去看外面的世界。

她还没走过许多桥，看过许多云，甚至连酒都没喝过。楚念心里涌起一个念头，她要去看看外面的世界，哪怕是最后一次，她想去看看。

她跟父母说了要去旅行的事，不出意料地遭到反对，理由很简单，她腿脚不好，就别瞎折腾。这是实话，却还是伤到楚念，在家人眼里，她也只是一个瘸子。

她一定要去看看，因为以后的柴米油盐会将她淹没，她更没机会。她在网上找了志同道合的驴友，出发前，一遍又一遍地告诉他们，她腿脚不方便，他们说没事，欢迎。

可她还是给他们添麻烦了，在大雾山，她一不留神就跟他们走散了，手机又没电，最后，还劳师动众地报了警。大雨中，楚念蜷缩在树下，被找到时，不是高兴，而是愧疚，她很羞愧，羞愧自己的不自量力。

从医院回来后，楚念识趣地和驴友们告别，他们劝了一下，敌不过她的坚持，最后还是离开了。楚念关上门，想装出无谓的样子，却还是忍不住把拐杖砸在地上。

没有拐杖，她一下子失去支撑，倒在地上。她坐在地上，内心无能为力，就像她无能为力的人生。

但现在，她又在路上了，还有人陪她看世界。

楚念看着身边的男人，又一次感叹，她的运气真的太好了，遇见一个这么好的人。

她想，她一定是连同下辈子的运气都用光了，才能和赵锦时一起走落日斜照的桥，一起看连绵成海的云，一起喝草原的酒……

绿皮火车突突往前行驶，楚念靠着座椅休息，不小心把头靠在赵锦时肩头，她没舍得移开，她在心里默默说，我心动的人，希望有一天，你能遇见一个正当最好年龄的人。

那个人不会是她。楚念靠着他，锦时华年，她的心又苦又甜。

08 | 我能走进你的世界吗

最后一站，是茶卡盐湖。

真是个很美的地方，湖面如镜，清楚地照出楚念姣好的颜容，以及她盈盈秋水的眸。

赵锦时给她拍了很多照片，其中有一张，她穿着红色的长裙，坐在湖边，风把她的头发吹得凌乱却肆意，她也笑得快意，和这蓝天蓝湖一样纯净清爽，美得透澈。

“你把我拍得真好。”楚念由衷地说，“你要不想当警察，可以转行当摄影师。”

“不是，”赵锦时摇头，“是你长得好看。”

楚念脸一热，低头看湖面，感叹：“真的好像镜子啊，简直能照到心底去。”

说者无心，听者有意，赵锦时低头看湖面，他该庆幸，镜子照不出人心，照不出他自私自利的心。

晚上，他们到当地的街上逛逛，路过一家酒吧时，楚念回头看了一眼，她想进去看看，但这样不好，他们第二天还要赶着回去。

赵锦时顺着她的视线看过去，带她进去，说：“我想喝酒。”

其实，想喝酒的人是楚念。

楚念试了好几种酒，但并没有醉的感觉，她上一次和赵锦时在草原喝酒就发现了，她天生的好酒量。但她还是装出醉的模样，跌跌撞撞上台唱了一首歌，张过年的《世界》。

楚念并没有多喜欢这首歌，但想唱给赵锦时听，唱这一句：“把云朵献给你，把河流献给你，把晚风献给你，所有光彩只为你。”

如果可以，她多想，把一切献给赵锦时，也走进他的世界。

唱完了，赵锦时上台来接楚念，楚念假装不胜酒力，靠在他身上，梦呓般地问：“我能走进你的世界吗？”

等了很久，赵锦时没回答，楚念想是不是酒吧太吵了，他没听清楚，想再问一次，却已经丧失了所有勇气。

她回到座位，又喝了些酒，这次是真的醉了。她一遍遍地唱，把云朵献给你，把河流献给你，把晚风献给你，却再也没问任何一个傻问题，她醉得如此清醒。

而赵锦时滴酒未沾，只是静静地看着她，还有，那静静放在一旁的拐杖。

把云朵献给你，
把河流献给你
把晚风献给你，
所有光彩只为你

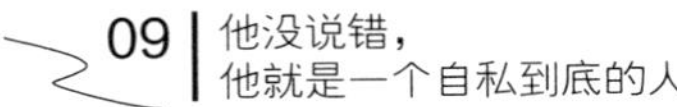

09 他没说错，他就是一个自私到底的人

去的时候一路走一路笑，回来路上却没说几句话，已经到了。

赵锦时坚持把楚念送回洛水镇，下车前，他问她，接下来准备做什么。

“就那样吧，相亲结婚。”楚念不想谈这些，她问，“你呢？”

“还能怎样，继续回去当警察。”赵锦时笑笑。

楚念笑了，又说：“希望每个警察都能像你这样。”

“为什么？”

“你很好，特别地好。”

楚念非常认真，赵锦时却笑容一滞。

好在目的地到了，赵锦时帮她把行李搬下车，不知道说什么，最后干巴巴道：“以后想旅行还可以找我。”

“好啊。”楚念笑，调皮地冲他摆手，“警察叔叔再见。”

赵锦时上车，楚念站在原地看着他离开，直到完全消失在视线，才垂下眼，眼泪毫无预兆地落下。

不会了，她不会有下次旅行了。

而赵锦时开车离开，直到觉得应该看不到她，才敢回头看一眼。

他静静地开车，直到觉得快喘不过气了，才把车停在路边，趴在方向盘上。他知道不会了，她不会有下次旅行了。

那个穿黑西装的男人又凭空出现了，优雅地坐在副驾驶座上，问：“你就这样送她回去，什么都不做？”

“不然呢？”赵锦时猛地抬头，眼睛红得快滴出血，“我还能做什么？”

“呵！”男人有些嘲讽地笑了，“你能做的事可多了，是你不愿意做罢了，说到底，你就是自私。”

“你——”

“怎么？又要赶我下车，难道我说错了吗？”男人无辜地耸肩。

赵锦时气得脸都白了，想反驳他，却一句话也说不出来，许久，才颓废地靠着座椅，眼神灰败。

他没说错，他就是一个自私到底的人。

10 她更不会知道，你又一次见死不救

几个月前，赵锦时开始反复做一个梦。

一个关于楚念的梦，那时，他已经很久没去想楚念了，时间太久了，他几乎忘了她。

从梦中醒来，赵锦时又想起楚念了，想起她从窗前经过，想起她的笑和她身上的阳光，想起……她求救的眼睛。

排山倒海的愧疚袭来，赵锦时毫无睡意，开了灯想倒杯水喝，发现客厅出现一个陌生男人，坐姿优雅，笑容迷人，一字一顿地说：“她要死了。”

“赵锦时，你的初恋要死了。”

是的，赵锦时做了一个楚念去世的梦。

他梦到楚念柱着拐杖去什么地方，在等红灯时，身边一个小孩突然跑过去，她去救小孩，被迎面而来的大卡车直直撞上去。

梦很真实，像一场慢镜头电影，赵锦时清楚地看到楚念穿着

什么衣服，脸上是什么表情。灾难来得太突然，她还没做出反应，已经失去生命，连眼睛都来不及闭上。

男人说，楚念要死了，或许，赵锦时可以救她，改变她的命运，只是作为交换，他会失去生命。

这世界是不公平的，但男人很讲究公平，要想得到什么，就得失去什么，这就是代价，人命也一样。

赵锦时不相信，疯了般把男人赶出去，但时间一天天过去，他不得不相信，他说的是真的。因为赵锦时的生活，下一秒会发生什么事，和男人所告诉他的一模一样，他未卜先知，他什么都知道。

可他能怎么办，用自己的命去救楚念吗？

不，这怎么可能，他这么年轻，他不想死，也不愿去死。

是，他是犯了错，害了楚念，毁了她原本的美好前程，可他罪不至死，那场车祸是意外，他是无意的，他不是有心的。也许他曾经喜欢过楚念，多年后重逢时也依旧心动，这几天一起旅行时更不是没感觉，可那又怎样，他的喜欢不足以一命换一命。况且这几年他一直在赎罪，他当警察这几年，大家都夸他是个好人。

“我也不知道事情会变成这样，我不是故意的。”赵锦时哑着嗓子说，连日奔波，再加上要面对楚念，他很累，真的很累。

“那就是楚念活该倒霉喽？”

赵锦时不知说什么，好久才痛苦地开口：“我……我不想死。”

他不想为自己开脱了，他就是怕，怕死，他不想死，他想活着，就算他知道他是欠着楚念的。

男人没再逼他了，反而笑了起来，意味不明地看着他，说：“赵锦时，你还真是一点变化都没有呢，和过去一模一样。”

“不过你放心，这件事没人知道，也不会有人怪你，你可以继续当一名好警察。”

“当然，楚念也不会知道的，她不会知道，她要死了，更不会知道，你又一次见死不救。”

话音刚落，赵锦时脸色又白了一分，但他还是握紧拳头，保持沉默。

“那么再见了，赵警官，我想我们不会再见面。”

说完，男人就凭空消失了，留下赵锦时一个人坐在车上，好久，才一拳砸在方向盘。

他又做错了吗？但他真的不想死！

11 他怕，怕她知道真相后，只会憎恨他

赵锦时回到警察室，继续当他尽职尽责的好警察。

他很卖力也很热心，出警时，很多人都夸他，小伙子真不错。

赵锦时笑笑，想起的却是他和楚念告别时，她说“你很好，特别地好”，她总觉得他好，那是因为她根本不知道他做过什么。

赵锦时甩甩头，不去想楚念，脑子里却像有一个上了发条的时钟，嘀嗒地走着，一针一秒地计算着，还有多久，楚念会因为意外离世。

赵锦时觉得自己快要疯了，他已经做好决定了，却控制不住地去想，想楚念那双来不及闭上的眼睛，没有责怪，没有向他求救，只是有那么一点点诧异。

时间一天天过，离那个日期越来越近，最后一天，赵锦时和老杨出警。老杨一向是个话痨，赵锦时心不在焉地应着，隔几分钟看一下手机。

“在等女朋友电话吗？”老杨挤眉弄眼，“是那个女孩吗？叫啥来着，楚……楚念？”

突然间楚念的名字又被提起，赵锦时吓了一跳，苍白着脸：“不是，你瞎猜什么。”

老杨笑了下，又碎碎念：“那姑娘确实可惜了，那么好的模样。”

他又说：“那天你吼了我一句，我本来挺不高兴的，后来我想了想，觉得你说得对，我不该那样说她，就算她的腿脚不好，也有看世界的权利……”

世界？赵锦时突然想起，那天在酒吧，楚念反复唱的歌，就叫《世界》。

她问，我能走进你的世界吗？

他假装没听到，其实是不敢回答。他怕，怕她知道真相后，只会憎恨他。

他记得，她反复地唱，把云朵献给你，把河流献给你，把晚风献给你，所有光彩只为你。

蓦地，赵锦时猛地站起来，头撞到车顶上，他却感觉不到疼痛般，大喊：“停车！停车！”

12 | 我想告诉你，你也能有你的世界

赵锦时在敲门，疯了般地敲门。

楚念出来开门，看到他，一脸诧异。

赵锦时喘着气看她，她穿着件粉色薄外套，像梦里那样，化了点淡妆，很美。今天，她要去相亲的，相亲对象在另一条街的

咖啡馆，离她家很近，她走过去，在等红绿灯时发生意外。

赵锦时问：“可不可以不要去相亲？”

楚念惊了，不明白他怎么知道自己要去相亲，但脸一热，眼睛也染上一丝欢喜，他来，来找自己了！

女孩要矜持的，但楚念此刻心里只有高兴，她请赵锦时进屋，然后打了个电话，说她今天不去相亲，介绍的人很生气，楚念坚定地说：“不去。”

今天不去，以后也不想去。

她笑盈盈地坐到赵锦时面前，欢喜又娇羞。

赵锦时神色复杂地看着她，张了张口，终于发出声音：“其实，我……我很早就认识你……”

他讲，讲他年少时的错，一五一十地全部告诉她，没有隐瞒，没有欺骗，说就是他害她出车祸，讲他在大雾山也一眼就认出她，所以陪她去旅行……

楚念的脸从泛着红晕变成苍白，她不敢置信地看着赵锦时，手在颤抖，控制不住地发抖。

她想开口说点什么，嗓子眼却被堵得严严实实，一句话也说不出来，只是眼眶盛满了泪，没有落下。

车祸后，楚念对当年围堵她的小混混确实埋怨过，只是当时她太慌乱了，并不清楚那是赵锦时专门在堵她，他只是众多流氓中的一个。后来时间一天天过，她也认了，忘了这本来就没有多少印象的人，连名字都没记住。

想不到，她倾心不舍心心念念的人竟是那个害她惊慌失措出了意外的人。

楚念看着赵锦时，视线模糊，有些埋怨，既然一开始就不说，

为什么不瞒到底，又跑过来做什么？

“那天在酒吧，你问我，能不能到我的世界，我不是没听到，我是不敢回答，因为我怕有一天你知道真相，觉得我在骗你。”赵锦时看着她，嗓音沙哑。

“哦。”好久，楚念才发出这样平平淡淡的声音，她藏在桌下的手握成拳，“我……我都知道了，那……我还有点事，我要出门了。”

这是赶他，一时间，她接受不了这么多，她只想逃得远远的。

赵锦时看了下表，时间还差一点，他说：“等等，我有些话想跟你说。”

他说，就算她腿脚不好，也能开创自己的世界，不要被局限了，不要妄自菲薄，不要被人随意安排。还有，她很好，长得也好看，她和过去一样，还是会有很多人喜欢。

赵锦时说了长长的一段话，发自肺腑，等他讲完，他暗暗松了口气。

楚念脑子里乱成一团，她能感到他的诚意，可是这并不是她想要的，她现在也弄不清楚她要什么了。她有些愤愤地问：“你到底想说什么？要我原谅你吗？”

“不是，”赵锦时摇头，“我想告诉你，你也能有你的世界。”

诚心实意，字字情义深重，赵锦时又说：“不用原谅我。”

说罢，他没等她反应，深深地看了她一眼，走了出去。

来得匆忙，也走得莫名。

13 嗨，我叫赵锦时，能认识一下吗

赵锦时匆匆地走了出去，头重脚轻。

他得赶紧走，他怕再不走，他忍不住，他会说实话。

其实，他真正想说的话是她之前唱给他听的，“把云朵献给你，把河流献给你，把晚风献给你，所有光彩只为你”，他想问一下，她知道了真相，还愿意给他一个机会吗，一个喜欢她的机会？

可他不能说，因为他救了她，改变了她原本的命运，就像击鼓传花，那代表死亡的花传到他手上了，他不知何时会死去。

赵锦时茫然地向前走，头有些晕，他只是想离楚念远点，再远点。

迷迷糊糊，他走到一个红绿灯处，是红灯，他站着等，身边有一个小孩突然跑过去，有车驶过来，赵锦时本能地冲上去，伸出手……

一股剧痛袭来，赵锦时失去意识前，他又看到那个男人。

“我要死了吗？”

男人点了点头，赵锦时问：“她会一直好好的，对吧？”

男人又点头，赵锦时放心了，突然觉得全身说不出的轻松，他终于不欠她了，只是有些遗憾，他不能告诉她，他喜欢她，愿意陪她走世界。

男人看着倒在地上的赵锦时，摇了摇头：“真是笨啊，不过……”

谁叫他今天心情好呢，很愿意给愚蠢的凡人一个奇迹。

赵锦时再醒来时，第一眼就看到一个沐浴在阳光中的女孩。

她温婉地坐在旁边，全身仿佛会发光，脸庞秀丽，眉眼带着淡淡的忧愁，有些傻地看着他。

是楚念，在陷入昏迷前，赵锦时隐约听到有人叫他的名字，楚念有追出来找他。

她怎么不笑了呢？赵锦时想，然后，楚念终于注意到床上的动静，瞪大眼睛，而后，开心地笑了。

这笑容，如此熟悉，一切仿佛回到年少，她笑靥如花地走过。

赵锦时笑了，蓦地想起过去，其实那一晚，他也没什么特别的想法，就是想和她说句话——

嗨，我叫赵锦时，能认识一下吗？

真好，他们可以重新认识彼此。

第二章

你是我穷极一生，都做不完的一场梦

文 —— 微酸袅袅

相信爱的年纪

没能唱给你的歌曲

让我一生中常常追忆

01 | 在一起的第七年

安灿常觉得，北京这座巨大的城市真像一台轰隆作响的机器——二十四小时不断电，永远繁忙，永远喧闹。而生活在这座城市里的人，大多行色匆匆，匆忙得模糊了人生应有的色彩和感情的温度。

在寒风和雾霾携手肆虐的十二月街头，她裹紧大衣，等着对街的交通灯由红转绿，平静的眼神里有某种灰淡的坚定。

穿过这条街再拐个弯，就是安灿和温然合租的旧公寓了——六楼，没电梯，冬冷夏热。

她已经有大半个月没回来了。

安灿提着在路边农贸市场买的蔬菜，打开公寓的门，迎面而来的是呛人的烟味。

温然没有出门，叼着烟，胡子拉碴地坐在电脑前，噼里啪啦地敲着键盘——屏幕上，战况激烈；屏幕旁，是不知放了多久的外卖残骸。

安灿看着他的背影，想说什么，最终还是什么都没说。她把包扔在沙发上，大衣挂在衣架上，弯腰收拾起来。丢了两大袋垃圾，收拾出大概后，她又转身走进厨房准备晚餐。

这是安灿来北京的第七年了。

这是她和温然在一起的第七年了。

好像什么都没有变，又好像，什么都变了。

02 冷面少年活像个小包拯

安灿第一次见到温然，也是十二月——十二年前的十二月，属于南方的懒洋洋的冬日。

安灿是转校生，明年学校要统一换校服，所以那一学期，全校只有她像有特权一般穿着私服。

旧款校服灰黑色，每天早上出操时全校学生涌到操场上，像一朵巨大的乌云慢慢聚拢。

那天安灿迟到了，穿着粉格子的呢子大衣，围着柠檬黄的羊毛围巾，背着书包匆匆忙忙地穿过开始出操的人群。

有人突然拦住了安灿的路，声音清冷地问："几班？名字？"

女生抬眼，对上另一双清澈的眼，像深潭一般闪着幽暗的光。男生似乎也有些慌乱，却偏偏装作镇定的模样，手臂上写着"值周生"的红袖章给了他莫大的勇气。

"我踩着铃进来的，学校太大了，我跑得慢，所以才到这儿。我可真没迟到。"安灿说得理直气壮，但眼神却是可怜兮兮的，"你行行好，放我这一次，下次我肯定不会迟到了！”

如果迟到被记名，班级就会被扣分；班级被扣分，会影响年底先进班级评比；先进班级的名额和班主任的奖金挂钩，班主任会因此而找安灿麻烦——这一连串，环环相扣。

“班级，名字。”冷面少年不为所动，活像个小包拯。

安灿急了，一把按住他拿着笔的手，说：“我可以告诉你我的班级和名字，但你别往上记成吗？算我欠你一个人情，我一定会还你的！”

少年垂着眼，以沉默作答。

安灿以为没戏，嘴角直往下掉，乖乖收回手，瘪着嘴说：“安灿，七班。”说完瞪了男生一眼才开跑。

少年收起笔，原本抿紧的唇线突然微微上扬，露出一个不自知的笑容。

安灿后来才知道，他叫温然，温吞而正直的温然。

03 你干吗脸红

安灿第二天就发现，自己迟到的事并没被“记录在案”，她们班昨天的“出勤”是满分。

她正暗自得意逃过一劫，谁知这一周还没结束，她又“栽”在了温然手里。

这一次的“罪名”，是“在非休息时间，购买校外的食物”。

“案发”时，明明几秒钟之前周围还有好几个小伙伴，一眨眼就跑没了影，就剩她一人被抓了个正着——她的半只胳膊卡在围栏外抓着刚打包好的麻辣烫，慌乱中怎么都收不回来。

“名字，班级。”依然是熟悉的句式，依然是熟悉的声音。

安灿眉眼笑得弯弯地看向少年，慢慢地收回胳膊后，将喷香的麻辣烫举到温然眼前，热情洋溢地问：“吃吗？我请你！”

“名字，班级。”温然皱着眉头重复道。

见“贿赂”失败，安灿垮下笑脸，看着温然嘟囔：“你是不是在跟踪我啊？怎么那么巧，我就犯这么点小规，可每次都被你抓到？”

温然原本一身浩然正气，被安灿这么说，竟然诡异地红了耳根。

“哎，你干吗脸红？”

这下，温然不只是耳根红了，整张脸都在女生探究的直视下变得绯红一片。

“啊，难不成，你真的在跟踪我？你暗恋我呀？”安灿笑眯眯地向温然靠近一步。

少年吓得后退了一大步，像是遇到了女妖精的唐僧。

“胡……胡说什么？这是……这是我的职责所在。”温然勉强守住自己的定力。

“我不信。”安灿笑得贼贼地又向前走一步，“你肯定在暗恋我。不然，你脸红什么？”

“我没有脸红。”温然有点恼怒，可他红着脸的青涩模样，一点说服力都没有。

“好啦，你没有脸红，你也没有跟踪我，你只是想知道我的班级和名字。”

"嗯……"温然被绕了进去,点头之后才发现这回答意向暧昧,赶紧补救,"不,不是!"

"那你不想知道我的班级和名字?"

"……"

温然看着安灿发亮带笑的眼,抿了抿唇,恢复了平日的冷静自持,低头在值日本上边写边冷淡地说:"你不说我也知道。七班,安灿。"

"哦,我的名字和班级,你是不是过耳难忘?"

"嗯……不是!"温然差点咬舌,瞪了安灿一眼,转身离去的背影,像是落荒而逃。

安灿提着她的麻辣烫,在他身后爆发出一阵小铃铛碰撞般的清脆笑声。

她觉得这个故作老成的害羞男生真的太有趣了,比家里那只爱发脾气的傲娇小灰猫还要有趣。

04 他就是个"死脑筋"

这一次,温然没有对安灿"笔下留情"——她的名字端端正正地出现在班级"扣分原因"栏里。

班主任在早读课上冷嘲热讽:"我就不明白了,有些女生是不是嘴里有馋虫啊?在校时间不买校外的东西很难做到吗?"她一边说,一边用眼尾扫安灿。

安灿窘得无地自容,自然迁怒于"铁面无私"的温然。一下课,她就向蒋正打听这星期的值周生名字。

蒋正是安灿爸妈旧同事的儿子，两人也算某种意义上的“青梅竹马”。他听了女生的形容，想了想说：“你问的是温然吗？你昨天就是被他抓到的？他可是个死脑筋。”

“死脑筋？”安灿愣了愣。

“我和他初中就是同学，虽然称不上死党那种，但是关系也挺不错。上次我们班眼保健操音乐开始了教室里还是很吵，他一下就给扣了两分。其他班都是10分、9.5分，就我们班8分。班主任让我去找他求情，结果你猜怎么着？他给加了0.1分，扣1.9分！你说这是正常人的脑回路吗？这就是个死脑筋！”说起这事，他仍义愤填膺。

“……”

“这次分也已经扣了，你就算了吧。下次再碰到他值周，你躲他远点。”蒋正真诚地建议。

安灿扬扬眉毛，小手一挥：“这笔账，我给他记上。”

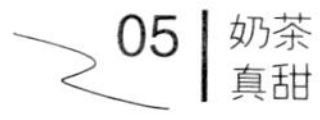

05 奶茶真甜

因为有了这两次小小的交集，安灿开始留意起温然。

她知道了他是七班的班长，身高一米七八，摩羯座，看似少年老成，总绷着一张脸，但偶尔破冰一笑，竟腼腆得像个小孩。

她知道了他喜欢打篮球，爱喝蓝色瓶子水蜜桃味的运动饮料，只用黑色水笔，理科出色，语文偏弱，但作文却神奇地写得很好。

她知道了他父母离异，和爸爸一起生活，但平日丝毫看不出单亲家庭对他有什么影响……

那一年的圣诞节结束后，安灿还知道了温然的另一个“弱点”——他五音不全，唱歌严重走音。

平安夜刚好是周六，第二天就是蒋正的农历生日，大家在群里起哄，要他组个局，请客唱歌。

蒋正雷厉风行，迅速约定时间，订好了包厢。

安灿去得晚，半路又收到蒋正的短信，让她带所有人的奶茶过去。当她拎着大包小包，从电梯里挤出来时被绊了一下，差点摔飞出去。幸好在她即将以脸着地的方式狼狈扑倒时，电梯外的人身手敏捷地捞住了她。

“谢谢，谢谢。”安灿感激不尽地抬起头，对上温然深邃如星的眼眸。

“你……”她莫名紧张起来，像做了坏事被抓包。

温然很自然地接过她手里的奶茶袋子，语气平淡地说：“现在不是在学校，我也不是值周生，你不用紧张。”

安灿恍然大悟自己的紧张感来自哪里，忍不住笑起来，笑自己被温然抓了两次就草木皆兵。

看到他们两人一起走进包厢，八卦触觉灵敏的蒋正意味深长地“哦”了一声，正准备起哄，安灿赶紧举起手里的奶茶大声说：“见者有份，快来拿！”成功转移了话题。

唔……那天的奶茶，真甜。

06 五彩的星星

蒋正性格外向，爱捉弄人，那天喝了点啤酒，酒精让他变得更难缠，借着“寿星最大”的名头，非要输了游戏的安灿也喝一罐。

“我酒精过敏，不能喝。”安灿觉得有点奇怪——蒋正不是不知道她酒精过敏的事。谁知下一秒，他就掉转枪头，对着温然说：“安灿她过敏，要不你替她接受惩罚？”原来他醉翁之意不在酒。

“为什么是我？”温然的脸又无故涨红。

“因为……你们刚才一起进来，缘分。”蒋正瞎扯。

“好吧。”温然竟然答应了。他接过拉罐，皱着眉头，有点勉强的样子，但还是一口气喝了个干净。

安灿仰着头看着眼前这穿着灰色毛衣、蓝色牛仔裤的少年，彩色的琉璃灯在他肩头斜后方旋转闪烁，像一颗五彩的星星落在他的肩膀上。莫名的，她的嘴角如美好的月牙般微微上扬。

07 少年的眼神，像小狗的鼻头

也是那次，安灿见识了温然的酒量——大概就是传说中的“一杯倒”吧。不过他醉了不倒，而是拿着话筒不撒手，一首接一首地唱，唱到大家纷纷走掉。

蒋正结账时对安灿说：“你知道吗？我从没听过温然唱歌。

初中毕业，全班哭着大合唱，他也只是动动嘴唇，没唱出声。我以前不知道原因，现在知道了——他唱歌真是要命啊，开口就能让人‘跪’。”

安灿笑得歪倒在沙发上，一抬头，却看到温然一边唱着大走调的《恋恋风尘》，一边眼神发亮地望着她。

“午夜的电影 / 写满古老的恋情 / 在黑暗中 / 为年轻歌唱 / 走吧女孩 / 去看红色的朝霞 / 带上我的恋歌……”

少年的眼神，明亮、潮湿、温热，像有只小狗的鼻头，轻轻蹭着安灿的皮肤，又像有只小猫，用收起了利爪的小肉垫，一下一下地触碰着她的手心。

08 | 黑暗中的电影院

高中时期安灿和温然最接近的一次，是高考前的最后一次模拟考试后。

高三总让人有种莫名的慌张，好像决定命运的关卡就在前方，没有顺利通过的人会万劫不复。

那次模拟考，安灿发挥严重失常，分数惨不忍睹。晚自修时，她把位置搬到教室最后面的空位上，趴着修改试卷，改着改着突然心烦意乱。安灿索性把笔一丢，简单收拾了书桌后偷偷溜出了教室——她决定把晚自修翘了。

安灿沿着林荫道，拐个弯，跑到围墙根，熟门熟路地找到翻墙的位置。从围墙上方往下跳的时候，她觉得自己像一只逃脱牢笼的小鸟。

安灿正得意自己落地的动作轻盈优美时，突然发现离她不远的几米开外，又有人翻墙而出。

这“后来者”竟然是坚决拥护并执行“中学生行为规范”的温然。

“你……你……你怎么……怎么回事？”因为太过惊讶，安灿说得结结巴巴。

“心情不好，出来逛逛。”温然连说这种话时都一脸正直。

“你呢？”他状若随意地反问。

“这么巧，我也是。”安灿苦着脸，夸张地说，“这次模拟考试，我考得糟糕极了，坐在教室里，像有万箭穿心。”

“哦……”

“你‘哦’是什么意思？”

“同感。”

“……”

一阵沉默后，温然轻声问道：“接下来，你有什么计划吗？”

安灿想了想说：“我想去看电影。高三之后，我连电影院的门都没进过。今天既然把自修给翘了，那就干票大的！”

“哦。”

“你又‘哦’什么？”安灿突然有点后悔自己的坦白，生怕温然突然从口袋里掏出个小本本，又要记她的名字。

幸好，温然没有。

“和我想的一样。”他顿了顿，眼神望着别处，腼腆地说，“我也想去看电影。”

气氛突然变得旖旎起来，华灯初上的街头像被仙女撒了一把香气扑鼻的金粉。

安灿咬了咬唇，指指右边的路口说："那……"

"一起。"温然抢了她的话，带头走在前面。

那场看的什么电影、演了什么，安灿已经完全不记得了。她只记得那天温然买了最大份的爆米花，塞在她的怀里。

"放中间吧，一起吃。"安灿害羞地小声说。

"你吃吧……"

"你说什么？" 电影开始了，片头的音乐声很大，温然后面的话，安灿没听清。

少年不得不靠近女生的耳边，后者才得以听清他说的话。

温然贴心地说："你吃吧，我不吃垃圾食品。"

"……"

09 | 一场暗恋的失败，埋葬了另一场

年少时，我们总喜欢将感情的发展寄希望于"缘分"和"巧合"，希望心里不断默念着对方的名字，就能在下个转角见到想见的人——显然在真实生活里，这样的事件堪称奇迹。

安灿和温然没有遇到"奇迹"，高考结束后，他们失联了。

安灿有想过向蒋正探听温然的消息，甚至暗暗期待蒋正再组个局，让他们可以有个借口相见，可蒋正却在这个时候向她告白了。

"我之前以为你和温然有什么，故意起哄拱你们，但看你们

等青春散场

午夜的电影

写满古老的恋情

后来也没什么发展……所以，我还是想争取一下。安灿，我们在一起吧。”

安灿十分感动，然后拒绝了蒋正，却也因此失去了询问温然去向的可能。

一场暗恋的失败，埋葬了另一场。

那年夏天，安灿觉得自己的忧伤像开满山冈的花朵，一大片一大片的。

10 七支最热门色号的唇膏

二十一岁的夏天，安灿在商场的化妆品柜台当兼职柜姐。

安灿读的大学只算二流，专业更是冷门，这些年学长学姐的就业率连年走低，她不得不未雨绸缪。有个室友是狂热的化妆品爱好者，找了个彩妆品牌的专柜兼职，将爱好和工作结合，做得乐趣横生。安灿由她介绍，从大二开始在专柜兼职，业绩竟然还不错。

也因为这份兼职，整日站在全上海人流量最大的商场里、最显眼的柜台前，安灿神奇地与温然再次相遇——而他仅仅是来这座城市旅游，原计划停留不过两日。

这像是老天对他们这些年失联的某种弥补。

温然先认出了安灿，安灿微微惊讶后，笑靥如花。

眼前的少年清俊如昔，他发亮的眸里映着她的笑脸，也是青春正好的模样。

温然在这座城市短暂停留的计划被改了又改。他每天都会光顾安灿上班的专柜，闲聊半小时，然后买一支口红。

一周后，温然集齐了七个颜色。

七颗龙珠可以召唤神龙，七支最热门色号的唇膏被扎成一捧小小的花束，变成他们阔别之后第一次约会，男生送给女生的礼物。

这一次，他们终于留了对方的联系方式，却依然没有什么超过朋友界限的承诺。

安灿确定温然是喜欢她的，可不知为何，那声“我喜欢你”“我们在一起吧”，像夏日阳光下的冰块，总是一转眼就消失无影踪。

11 幸福的香甜气息

大四毕业，安灿不顾家人反对去了北京，奔赴温然。

温然的梦想在北京，而那时安灿的梦想还只是一个模糊的轮廓，唯一清晰的是，她希望她最终实现的那个梦想和温然有关。

安灿没有告诉温然她来北京是因为他，在安顿好后才打了个电话给他。

“哎，我现在也在北京漂着呢，以后可要多多关照啊。”这句话，她在闲聊中用很不经意的语气说了出来，可心却是悬着的——开玩笑的语气，藏着忐忑的心意。

但温然好像没有接收到任何特别的讯息，说着“我有些事要忙”，就匆匆挂掉了电话。

“那你忙吧。”安灿收起手机，望着还有点乱糟糟的廉价出租屋，心里怅然若失。

半个小时后，门铃响了。安灿有点疑惑还有点害怕，小心翼翼地打开一条门缝，惊讶地看到因为一路狂奔而直喘气的温然。

安灿拉开保险栓后，温然给了她一个结结实实的拥抱。

“你是不是傻？”他哑着声音问，眼底有感动的泪光。

“嘿嘿！”安灿只会傻气而幸福地笑。

他们聊了一夜,从过去到未来,一个灵魂向另一个灵魂剖白、袒露。

黎明的时候，他们在安灿的廉价出租屋露台上看日出。

红色的朝霞绚烂夺目，这片破旧待拆的旧城区像被蒙上了一层纱，平日的肮脏陈旧都变得有韵味起来，绿叶葱茏的树梢写满了希望。

温然还是没有对安灿说出那句俗气的告白，但男生拉着女生的手，朝气蓬勃又信心满满地说：“安灿，我一定会让你幸福的。”

这一年，安灿二十二岁，青春如盛开的鲜花，前程未知但充满希望，她闭上眼睛，好像就能闻到幸福的香甜气息。

12 | 逐渐转淡的日常

一年后， 安灿和温然在东四环边上选了一套小公寓，亲手粉刷墙壁，重新布置家居，小小的租来的房子，有了家的气息。

他们开始同居了。

所有爱情好像都有相似的模式，一开始的如胶似漆，渐渐到习以为常，然后要么成为彼此的左手与右手，要么相看两厌，从此陌路。

刚开始住在一起的时候，安灿和温然有聊不完的话题和说不完的笑话，但随着时间推移，不知是新鲜的爱情被琐碎的生活和沉重的压力淹没，还是温然的工作实在太耗费心神，他们聊天的次数越来越少。

安灿有时候很想和温然吐槽隔壁专柜那个眼线画得极其彪悍的女生如何和她抢客户的事；有时候想和他抱怨一下挤地铁时被一个男人踩了脚，她脚趾都乌青了的事；有时候只是单纯地想要撒个娇，想他抱抱她……

可温然要么困得听不了两句就倒头睡着了，要么就抓紧时间打游戏，听得心不在焉的。

安灿有点失望，但安慰自己："老夫老妻"的日常，都是这样的吧？

13 我让你觉得丢人了吗？

第一次大争吵，发生在他们在一起的第三年。

同事聚会结束后，女上司想要买支隔离霜，温然陪着去了。好巧不巧，女上司选了安灿所在的专柜。

温然在对上安灿的眼神一秒钟后移开了目光，视她为陌生人。

安灿愣了愣，但还是维持着职业的微笑，细心为温然的女上司讲解和试用各种产品。

安灿为女上司试用新出的眼线笔时，没控制好力道，戳到了她的眼角。

“哎哟，你怎么回事啊？你差点给我戳个洞出来！”女上司很不高兴地发了脾气。

安灿唯唯诺诺地道歉，说尽了好话。她的余光瞥到温然，心里冰凉——从头到尾，他都像个局外人。

五个小时后，两人都披着一天的疲惫和尘土回到家。

安灿原本想当无事发生，可到底还是耐不住，问他：“为什么装作不认识我？”

温然逃避她的眼神，只答：“她是我上司，我这次能不能升职，都看她的意思。”

“怎么？我是你女朋友这件事会影响你升职？有个当柜姐的女朋友让你觉得很没面子吗？”安灿敏感地追问，像一只奓毛的猫。

温然的公司是世界500强，同事不是名校毕业就是有留学背景，配偶也多半工作出色、外表光鲜。

“我没有这个意思……你知道我现在正在关键期，我不想被其他事情影响。”温然的解释很苍白，虽然是否认的句式，却更像承认了安灿的工作让他觉得丢人的事实。

“我的工资可不比你少！这一年来房租都是我付的！”安灿口不择言。

温然的自尊被刺痛，带着怒火说：“对对对，我就是没用，赚得还没一个柜姐多！你最厉害你了不起你养着我，行了吧？你要是后悔了，回去找蒋正啊！”

安灿怔在那里。她看着温然，眼睛突然像被针扎一样痛，泪水汹涌而出。

半个月前，他们刚和蒋正聚了聚，在市中心人均四五百的西餐厅里，蒋正做东请他们吃饭。

蒋正大学毕业后进了一家只有五个人的创业公司，谁想几年间做到业内翘楚，现在每年光分红就有上百万。

看得出，他对安灿仍然上心，但安灿从来没想过和他有未来——十几岁的时候如此，二十几岁的时候，依然如此。

“温然！你太过分了！”安灿呜咽着喊出这一句，然后转身跑上露台，在瑟瑟的秋风中号啕大哭。

温然追上来道歉，将冻得发抖的安灿抱在怀里，终于放软了语气，述说他职场上的瓶颈和不安，以及同事多嘴、上司刻薄，他怕节外生枝的担忧……

安灿原谅了温然——不原谅又能怎么样呢？她爱了他这么多年。可伤过的心，像有过裂缝的骨头，好了之后看不出伤痕，可每一次剧烈运动后莫名的隐痛，会提醒她，那伤痕，出现了就不会再痊愈。

讽刺的是，半年后，因为经济不景气，温然所在的公司在全球范围内进行裁员，第一批名单里就有他。

14 | 精华拍在脸上，眼泪落下来

恋爱第五年的冬天，温然结束了近两年来的第三份工作，在家里睡了三天。

安灿辞职半年有余了。她利用这几年做“柜姐”建立起来的人脉和资源，在家专职做起大牌彩妆和护肤品代购的网店，一开始手忙脚乱的，但收益竟比预期还丰厚。

晚上，安灿洗完碗，收拾好房子，坐在镜子前涂护肤品时，对着身后打游戏的温然说：“哎，要不明年我们结婚吧？我妈说，我也不小了。”

温然点鼠标的手顿了一下，差点被对手一枪毙命。他骂了句脏话，迅速调整战略，安静的房间里，只剩键盘和鼠标被敲打的声音。

几分钟后，结束虚拟世界的战斗，他才皱眉道：“现在我们哪有条件结婚？”

“我们不买房，拍照请客花不了多少吧？这些年，我也存了些钱……”

“你有钱，我知道，可我没钱，我现在要靠你吃饭，怎么娶你？”温然背对着安灿，语气淡淡的。

安灿仰着头，将精华拍在脖子上，连同无声滑落的泪滴。

其实她早就预料会得到这个回答，也没有太伤心，可不知道为什么，眼泪还是落了下来。

15 一个人的努力

安灿的网店越做越大，她一个人忙不过来。

温然不愿帮她，他说那是女人的事，他做不来。而且要是别人知道他给女朋友打工，会笑他是个“吃软饭的”。

安灿没再说第二次，一个人跑了大半座城市，选了一处相对来说交通便利、房租便宜的房子做工作室；自己谈价钱、买材料、设计图纸、请装修队；自己请了人，培训员工……她摸着石头过河般开始创业，她相信渡过这河，彼岸就是她的新世界。

安灿自己负责网店的售后，目标是做到百分百好评。

销售量大增后，售后问题也多了起来。有个顾客在安灿好话说尽后仍不改差评，坚持说她店里销售的不是专柜正品。

安灿第一次生气地挂了电话，然后大哭了一顿——不是因为那个差评可能会让她损失上百个或者更多潜在客户，而是觉得冤枉和委屈。

她靠在洗手台边给温然打了一个电话。铃声响了很久对方才接，熟悉的“喂”之后，是更熟悉的游戏背景音乐。

她挂了电话。

16 剩下的时间，我想好好爱自己

过完这个十二月，安灿就二十九岁了。这是她来北京的第七年了，也是她和温然在一起的第七年了。

安灿做好了三菜一汤，都是温然爱吃的。她放好筷子，盛好饭，还顺手开了电视。

这次温然没让她等太久，走过来抱了抱她，看着桌上的饭菜说：“我老婆真贤惠。”

安灿笑了笑，安安静静的，心里却伤感极了，像有大片大片的雪花落下来。

吃完饭，收拾完餐桌，安灿又切了水果给温然吃。

做完所有事情后，她才坐下来，平静地对温然说：“温然，我们分手吧。”

因为惊讶，温然顿了一下，但他没说话。

音乐频道正在重播某台拼盘演唱会，老狼在温柔地唱着：“那天黄昏 / 开始飘起了白雪 / 忧伤开满山岗 / 等青春散场 / 午夜的电影 / 写满古老的恋情 / 在黑暗中 / 为年轻歌唱……”

记忆中那个爱在风里歌唱的惆怅少年，如今已长成气质恬淡的中年人。他还是唱着相同的歌曲，听歌的人却换了截然不同的心境。

安灿继续道：“你知道，我妈妈身体不好，弟弟还在读大学，明年毕业，他想去留学……我压力一直挺大的。家里人催着我结婚……我想了很久，我们还是分手吧。”

温然还是没出声，沉默地看着手里切得很漂亮的橙子。

“房租我上个月交了，你还能再住三个月。不过过完年，你还是赶紧找个工作吧。”

“我打游戏也是在工作……”

“我知道，电子竞技嘛。”安灿特意上网搜索过这四个字，看了半天，用网上的话形容，就是“不明觉厉”。

温然终于抬起头，眼眶通红：“我们不分手好不好？你再等我一年，我保证一年后我就有资本和你结婚了……我每天在家打游戏，不是你想的那样只是玩。”

“算了吧，温然。”安灿打断他，“我们在一起七年，我爱过，努力过，现在累了，不想再等了……我们就到这里吧。”

她起身，穿好大衣，围上围巾，拿上背包，背影萧索而坚定。

她留给温然的最后一句话是：“我爱过你，剩下的时间，我想好好爱自己。”

17 我曾爱你，不输于你爱我

二十九岁这一年，安灿着手准备她定于初夏的婚礼——新郎当然不是温然。

在婚礼前夕，她收到一份快递，是温然寄给她的。漂亮的粉色盒子，里面有一张银行卡和一封手写的信。

温然在信中说，卡里是今年他打游戏赢的奖金，不算多，但是一个心意，祝福安灿新婚快乐。

他说:“安灿，这些年，我也不是没努力过的。你爱我的那些年，我也以一样的心情爱着你。”

女生穿着粉格子的呢子大衣，围着柠檬黄的羊毛围巾，背着书包匆忙飞奔的身影，落入他的眼底，就像黑夜里突然绽开的一朵烟花，璀璨夺目。

他故意拦住她，想知道她的姓名和班级，惹来安灿的不快，女生瞪他一眼才跑开。

安灿不知道的是，那天温然一直望着她的背影，直至她消失在林荫道的拐角才收回目光。而被她触碰过的手背上的皮肤一直微微发烫，像被一块温柔的炭熨着。

从此，只要安灿出现，温然的眼神就跟着她——理所当然，安灿一违反校规，他便会在第一时间冒出来。

新学期，换了校服，安灿终于不再是人群中的“异类”了，她和大家一样穿着崭新的校服，躲在同龄的少女中，像施展了隐身技能。

可温然依然能在人群里一眼就看到她：看到她总爱从校服袖口里将毛衣袖子拉得长长的，盖住整只手掌；看到她做早操时用力伸直胳膊和腿，蹦起来时活力满满的样子；看到她跑着去上体育课，一边跑一边把马尾扎成一个“小揪揪”，确保跑步的时候不会散落……

她在他眼里，每个小动作都那么可爱，每个眼神都生动鲜亮。

她像是人群中最闪亮的一颗星，自带光源，闪闪发光。

那次蒋正说：“我订了 KTV，温然你去不去啊？”

温然原本想拒绝，蒋正又开玩笑道：“你最好别去，你记安灿的名字，害她被班主任骂的账，她还没跟你算呢。”

温然光是听到安灿的名字就觉得心里一甜——去，当然去，就算会被赠以白眼也要去。

电梯门口是偶遇，但最后他带着醉意唱着走调的《恋恋风尘》看向安灿的眼神不是巧合，也不是因为酒精，而是因为他只能看向她，他只想看向她。

高考前的翘课，自然也不是无缘无故的相遇。

他逃的那节晚自修是班主任坐班，第二天被“恨铁不成钢”的班主任批斗了一整节课，可他整颗心都是甜的。

管老师骂了什么，管电影演了什么，重要的是他和他喜欢的女生，在黑暗中安静地坐了九十分钟。

对，什么都不用说，什么都不用做，那九十分钟，就是幸福的极致。

18 大概我的努力，配不起这些年你给我的爱情

温然对安灿的爱，要比后者所知的要庞大许多，可他不敢让女生知道。

父母失败的婚姻和糟糕的家庭关系，让温然对确定的感情生活有一种天然的恐惧，像是一朵小小的乌云，始终跟着他。

他对爱情是悲观的，他相信世俗的琐碎生活会打败一切。

“结婚”这两个字，光听到就让他想逃跑。

安灿学习不如他，工作不如他，为了他来到北京，他曾信誓旦旦要给她幸福。可是几年之后，她在北京的朋友比他多，收入比他好——他不是不自卑，不是不焦虑的。

那又能怎么样呢？

匆忙大城市的生活让人压抑，似乎只有游戏的虚拟世界才是温然的避难所。他逃避安灿，逃避自己，逃避工作，逃避未来，逃避所有一切。

生活偶尔也给温然一些“柳暗花明”的惊喜——他把全部时间投入游戏，游戏又回馈他一些额外的奖励。

他出色的战绩引起了业内人士的注意，获得机会，加入了专业的电子竞技团队，和队友一起参加比赛，赢得奖金……

转机出现在安灿说分手前的一个月，而他人生的上坡路在安灿离开之后才正式开启。

温然终于觉得自己大概有能力兑现当年让安灿幸福的承诺了，可是安灿不见了。

她要成为别人的新娘了。

温然在信的末尾说：“安灿，我确信我也努力过了，只是如今想来，大概我的努力，配不起这些年你给我的爱情吧。”

19 唯一的遗憾

2016 年的冬天，安灿快要当妈妈了。

她在咖啡厅里和朋友小聚时，听到背景音乐放的是《恋恋风尘》，但演唱者却是个女生，声音清澈动人。

那些曾经的怅然和遗憾，在女生的吟唱里显得轻盈而温暖。

“当岁月和美丽 / 已成风尘中的叹息 / 你感伤的眼里 / 有旧时泪滴 / 相信爱的年纪 / 没能唱给你的歌曲 / 让我一生中常常追忆。”

安灿听着听着，突然笑了，落下泪来。

幸好，她曾在相信爱的年纪，听过她爱的少年为她唱的歌；幸好，在相信爱的年纪，不是她一个人在努力；幸好，她曾拥有过爱情，而今也在俗世生活里幸福温暖。

唯一的遗憾，是那个带给她幸福的人，早已不是曾经信誓旦旦要带给她幸福的，那个温柔少年了。

文——张芸欣

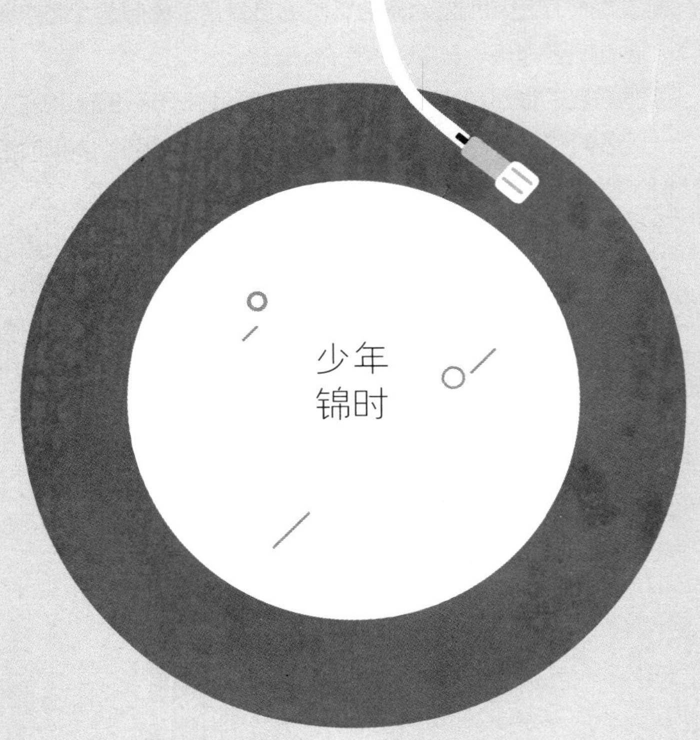
少年
锦时

陪我入睡的，
是月亮的忧愁，
和装满幻梦的枕头，
沾满口水的枕头。

少年锦时

| 文/张芸欣

“我忧郁的白衬衫/青春口袋里面的第一支香烟/情窦初开的我/从不敢和你说。”

你暗恋过一个人吗？像在春末的五月等待八月的风，像坐着城市里最后一班公交车，像不停地听着一首满怀心事的情歌。

那是装满梦的枕头，里面有情窦初开的年少和少年。

01

素年十六岁的时候，被父母寄养在南方一座叫白水的小城里。

白水是个常年阴雨绵绵的城市，街道破旧，小得一眼就能望到头。

她刚到的第一天，小城刚下过一场雨，车子开过小城并不宽的马路，溅起一地的水花。

大货车在路上颠簸着，素年打开窗，探出头，闻到了空气里散发着一股春天的气息。

那是白水城的春天，湿润、混沌，柳树靠在马路两边，像在低低地唉声叹气。

卡车在一间照相馆面前停了下来，不大的门面，看得出年代有些久远。

母亲领着她走了进去，和柜台上的姑姑说着话。

“妹，你看看能不能先帮我照顾素年一段时间？我父母去世得早，家里早就没人了，你哥哥又……”母亲为难地说着讨好的话。

“嫂子，我家情况你也看到了，这么个店就够忙活了，再多带个孩子，太不方便了……”

“我每个月会寄钱来的……求求你……素年很懂事的，她什么都会做，你可以让她帮你们做事……”母亲哀求的声音让素年皱紧了眉头。

素年的父亲在一年前的车祸中去世，肇事司机逃逸，家里还欠着一堆外债，母亲在别人介绍下去新西兰做劳务输出，十六岁的素年成了母亲唯一的牵绊，不得已之下，母亲只好带着素年来投奔她们唯一的亲人——早已经远嫁的父亲的妹妹。

十六岁的女孩子，已经明白很多人事，母亲的哀求让她感到非常羞耻。

她站立不安，几乎想逃走。

“轰”的一声巨响，打断了母亲的哀求声。

时间在一瞬间停止了下来，姑姑从柜台里走了出来：“谁啊这是！”在看到门口那辆车的时候，突然变了脸色，“哟，是卓少爷啊。”

素年走到门口，看到有一个穿着白衬衫的少年从车上走下来。

那是十七岁的卓杭，一米七八的身高，挺拔的身材，一张少年的脸融在春日的绿色垂柳下，虽不苟言笑，却彬彬有礼。

他们的车胎不知道被什么物体扎破，此刻正干瘪得无法动弹。

“沈阿姨。”白衣少年礼貌地和姑姑打招呼。

“车胎破了啊？”姑姑问道。

“是，可能会占用你门口一段时间。”卓杭看了看正准备换轮胎的司机。

“没事儿，您要不要进来喝杯茶？”姑姑对卓杭的态度和对母亲的态度判若两人。

“不用了，谢谢。”卓杭拒绝了姑姑的邀请。

司机把轮胎从后备厢拿出来，这是一名老司机，看得出他身体有些不好，拿轮胎的时候，差点没站稳，素年放下箱子走过去扶了他一下。

司机的眼角爬满皱纹，两鬓斑白，显然年事已高，素年看到他就想起了自己的父亲，不禁有些悲伤。

“我来帮你吧。”素年说道。

“不用不用，这个很难的，你一个女孩子做不来。”

“谁说女孩子做不来。”素年抡起袖子，拿过司机手上的一字改锥，取下装饰的盖子开始松螺丝。她用力地用脚把螺丝松开再支上千斤顶，卸下螺丝，再从路边找来橡皮胶垫在千斤顶下面，再把新轮胎换上，再慢慢地把螺丝重新上紧。

这些动作素年一气呵成，像是操作过上百次一样熟练，周围的人都看得目瞪口呆，谁也没想到这个看上去有些胖的女孩身上能爆发出这么强的力量。

“好了。”她拍了拍手，装上装饰盖。

“小姑娘你真厉害啊。”老司机都不得不佩服素年换轮胎的速度。

“小事情。”素年笑着说。

“大嫂，你这是闺女呢还是儿子啊？怎么连轮胎都会换啊？我可是小瞧了。”姑姑嗑着瓜子，话里透着一股看不起的嘲讽。

素年并不知道自己哪里做错了，愣在原地。

“沈阿姨，我觉得这个小姑娘好棒啊，勤劳善良又会做事，我妹妹想找个陪她一起学习的姐姐，不知道能不能让她去呢？”卓杭问。

“能能能，卓少爷发话了，还有什么不能的。”姑姑听到这话就咧开了嘴。

“那就这么说好了。”卓杭说完这句话走到素年面前，低声说，“今天谢谢你的帮忙。”

少年的声音温润而柔软，美好得令素年几乎抬不起头，她只是很怯懦地说了一句：“不客气。”

“没想到这丫头还有点用，那就留下来吧。不过说好了，一年之后你必须把她领走。”姑姑说。

“谢谢妹妹，谢谢，谢谢……”母亲感激涕零地说着，“素年，你可以留下来了，听到了吗……以后……”

母亲说了很多话，素年一句也没有听进去，她探着头，看着卓杭家的车走远，看着这条路上溅起一阵阵的水花，久久没有回过神。

02

素年没有想到，她留在白水城，是因为那个叫卓杭的白衣少年。

卓家是白水城的商贾大户，姑姑所在的桐花街上的商铺都是卓家的产业。做生意的人都想巴结的对象，开照相馆的姑姑自然也不例外。

所以当姑姑发现卓杭对素年青眼有加的时候，二话不说把她留了下来。

那一年的素年，有着一身怎么也去不掉的肥肉，胖胖圆圆的身体和肉呼呼的脸，远看像一个充满了气的球。

她住进姑姑家的当天晚上，表姐嘉嘉在穿衣镜前几乎蔑视地打量她的身材："就你这个小胖妞，居然能让卓杭夸你。祖上不知道积了什么德啊？"

狭小阴暗的房间里，素年穿着宽松的睡衣，靠在床边，望着窗外的夜景发呆。

她没有想过和卓杭还会有怎样的瓜葛，在她的心里，虽然和他的初遇带给她有些不一样的悸动，可是她也明白，那只不过是一场意外。

素年在白水城留了下来，在姑姑的安排下，进入了白水城一所并不重点的高中。

早上她很早起来，帮忙打扫照相馆的卫生，然后进厨房把一家人的早饭烧好。她最擅长的就是做饭和做家务，而且做得井井有条。放学有空就在照相馆帮忙，给摄影师端茶送水，给客人找衣服，布置道具。

她不敢吃太多的饭，每天做完照相馆的事情才开始写作业，她知道母亲把她放到姑姑家是最后一根稻草的选择，她不想成为母亲的累赘，如果她不好好表现，她不知道自己还能去哪里，更何况她并没有觉得那个叫卓杭的少年会真的再来找她。

她以为那天他说要让她去陪她妹妹这件事，只不过是帮忙安抚姑姑的一个说辞。

她没想到，在半个月后，卓杭真的再次来到照相馆。

那天晚上姑姑一家出去看喷泉表演，让素年一个人在照相馆看店，素年坐在吧台上，开着一盏昏黄的灯写作业。

大约九点的时候，突然照相馆的灯灭了，素年吓了一跳，转头看到外面整条街的灯都灭了。她从吧台的凳子上滑了下来，摸黑想去找蜡烛。还没走几步，就被一个东西绊倒了，狠狠地摔了一跤。

她忍着痛爬起来，看着黑漆漆的照相馆，害怕得站也站不起来。

素年很怕黑，尤其害怕这种全世界都熄灭了的感觉，仿佛置身在茫茫的海上，看不到岸。她想起父亲出事的那天也是一个漆黑得没有灯的夜晚，有人打着手电筒跑到她家来告诉她："你爸爸出车祸了，快去，快去看看。"

妈妈拉着素年在黑暗中奔跑，跑到医院的时候，父亲已经被送进了太平间。

爸爸是在给素年买生日礼物的时候出的车祸，临死前手里还攥着一个芭比娃娃。

妈妈在走廊里哭得站不起来，素年走过去，妈妈扬手就给了她一巴掌："要什么生日礼物！要什么芭比娃娃！都是你，是你害死了你爸爸！"

素年呆呆地站在原地，看到妈妈把那个芭比娃娃撕扯得不成

| 文/张芸欣 130

我忧郁的白衬衫，
青春口袋里面的第一支香烟，

情窦初开的我，
从不敢和你说。

样子，然后扔在地上，她走过去把娃娃拿起来。

她记得那天的夜特别暗，天空一颗星也没有，她拿着那个断裂的芭比娃娃在黑暗的街道上走了很久。

爸爸的死像一根刺一样扎在她的心上，也扎在妈妈的心上。

想到这里，素年坐在地上哭了起来。

她哭的声音不大，但是在这个静谧的照相馆里，分外清晰。

有人推门而入："素年，是你吗？"是一个温柔的声音。

素年擦了眼泪，不知道来的人是谁，只是抱紧膝盖，半天没有作声。

那个人走到素年面前，从口袋里拿出打火机，微弱的火光照出卓杭的脸，也照出素年像兔子一样红肿的眼睛。

素年撇过头去，不想让卓杭看到她的脸。

"地上冷，我扶你起来吧。"卓杭没有细问，只是温柔地去扶素年。

素年整个人都在发抖，几乎没有自控的意识，更别说站起来了。

卓杭轻轻地、轻轻地拍了拍素年的后背："不怕啊，只是停电而已。"

见素年没有好转，他又继续说："我给你唱首歌。"

他轻轻地哼起来，是一首民谣，声音清澈温柔，很快就让素年安静下来。

两个人一起坐在地上，街道上一片漆黑，只有月亮和繁星闪耀的光。

许久之后，素年轻声说了一句："谢谢你。"

"你帮我一次，我也帮你一次，以后我们就是朋友了。"卓杭笑着说。

"朋友？"素年没想过卓杭会说这句话。

灯突然亮了起来，桐花街恢复了光亮，姑姑大跨步而入，看到坐在地上的素年和卓杭。

"哎呀，卓大少爷怎么坐在地上？"

素年慌忙站起来："刚刚停电了，我摔了一跤，卓少爷来扶我。"

“是啊，天太黑了，什么都看不见。”卓杭站起来，“我是来和沈阿姨谈新合同的。”卓杭拿过一份合同，“上次说了让素年去陪我妹妹，已经征求父亲同意，今天想过来签约。一个月一千块，素年每周末过去就行。”

素年没想到卓杭还一直记着这件事。

姑姑喜笑颜开地把合同签了，再千恩万谢地把卓杭送走。

卓杭走后，表姐嘉嘉非常不乐意地说：“妈，这种好事你怎么不让我去啊？”

“你懂什么？卓杭那个妹妹可是个傻子，据说脾气还很坏，之前都吓跑了十几个陪她的人了。你去，你受得了那个苦吗？”姑姑转头对素年说，“不管怎么样，你都不能跑回来，必须给我待下去，知道吗？”

“是的，姑姑。”素年回答完，收拾好作业，走上了小阁楼。

晚上睡觉的时候，素年就着星光，环抱着自己，觉得心里注入了一丝温暖。

自从父亲死后，她没日没夜地做噩梦，这是这么长久以来，第一次感觉到温暖。

她闭上眼，卓杭的脸从黑暗中出现，放大出现在她的面前。

有什么情愫悄然在素年的心里发了芽，让她面对糟糕的一切，都感觉没那么悲惨。

没过几天就是周末，素年坐上了去卓家的轿车。

素年坐在舒适的轿车上，始终不敢相信这是真的，直到车子开到郊区的一栋豪华别墅里，她才猛然惊觉，自己来到了另一个世界。

十几名忙碌的帮佣，巨大的花园，装修豪华的别墅，所有的一切都让她惊诧。

她跟着帮佣走到楼上，卓杭正坐在一个粉色的房间里给一个女孩唱歌。

那是卓杭的妹妹卓芸，小时候因为脑膜炎导致现在的智力只有七八岁孩童一般。

她有着黑色的长发和漂亮精致的五官，坐在半圆的粉色沙发上，手里还抱着一只限量版的芭比娃娃。卓杭唱歌的声音很温柔，像是夏夜里的小夜曲，女孩静静聆听他的歌声，阳光从窗户外面洒落进来，那幅画面美丽又美好。

素年终于明白卓杭为什么会那么温柔地给她唱歌了。

她站在门口，久久不忍打扰。

后来是女孩先看到她的，扬着一张漂亮的脸问："喂，你是谁啊？"目光里带着孩童的天真和骄纵。

"这是素年姐姐，哥哥找来陪你玩儿的。"卓杭对她说。

"我不要别人陪我玩，我就要哥哥陪我。"女孩搂着卓杭的胳膊，天真地撒娇。

"哥哥姐姐一起陪你玩，好不好？"

"好。"女孩甜甜地应道。

卓杭出去帮卓芸拿水果。素年看着眼前这个漂亮得和娃娃一样的女孩，不知道该怎么做。

"你长这么胖，胃口一定很好咯？"

素年不知道怎么和卓芸说，她长得胖并不是因为吃得多，而是她小时候得了一种病，长期吃药，药的激素导致她变得这么胖。

她走过去，笑着说：“是啊，我胃口特别好。”

“那我以后就喊你胖姐姐吧。”卓芸伸手用力地抱着素年。

素年没有想到，像天使一样的女孩，在拥抱她的时候，快速地在她的肩膀上用力咬了下去。初春的季节，素年只穿了一件薄秋衣，隔着秋衣女孩的牙齿让她生疼。

“芸芸，你在做什么？”卓杭走进来，用力地把卓芸拉开。

素年的肩膀上已经被卓芸咬出了一道齿痕，因为咬得用力，此刻正在往外渗透血珠。

“哥哥骗人！哥哥不要芸芸了，哥哥要丢掉芸芸才找人来……”卓芸开始大哭大闹，开始砸屋子里的东西，完全停不下来的样子。

卓杭束手无策，包括闻声赶来的帮佣，没有人敢上前，大家都知道，这是卓芸的老毛病，经常大喊大叫，见东西就砸，见人就打，像个神经病。

他们习惯了等卓芸自己冷静下来，再去善后。

素年没有顾及自己肩膀上的伤，走了过去，伸手就把卓芸抱在怀里：“如果咬人能让你开心点，那就咬吧，反正胖姐姐肉多，不怕。”

她胖胖的身躯把卓芸包裹住，轻轻地抚摸卓芸的发梢。

大家都被她的举动吓到了，生怕她再受伤害。

可是很奇怪，卓芸却真的在素年的安抚下安静了下来，她没有吵闹，而是抱着素年放声大哭。

“傻孩子，你哥哥怎么会不要你呢，你哥哥永远是最爱你的啊。”素年轻声在卓芸的耳边说道。

“真的吗？”卓芸问。

“真的，以后胖姐姐也会这么爱你。”素年笑着向她保证。

卓芸擦了眼泪，双眼通红地说了一句：“姐姐，对不起。”

把卓芸哄睡之后，素年才离开。

卓杭送她出门，到门口的时候，卓杭说：“真的抱歉。”

“她只是没有安全感。”就像她一样。

卓芸的惶恐和她如出一辙，因为懂得，所以分外慈悲。

两个人直到分别，没有再多说话，只是车子开远了之后，素年转头去看，卓杭还站在路边，往她车子的方向张望。

素年说不清那是一种什么样的感觉，只要站在卓杭身边，她的自卑统统就张牙舞爪地伸了出来，连说话都带着小心翼翼，连呼吸都不敢过分用力。

04

因为卓杭，素年没有了初到白水城的惶恐和不安，也因为卓杭，素年有了青春懵懂记挂一个人的小心事。

卓杭的事情很多，除了学习，家里还请了很多老师在教他会计、管理方面的知识，就连运动都是骑马和高尔夫球，他所接触的一切都是高级又令人望尘莫及的。素年在卓家的每一天，这里所有的一切都在提醒她，这个世界和她毫无关系。

可是，她还是忍不住会想去亲近他。

那种卑微却又想获得的心态，无时无刻不充斥着她。

素年会把卓杭和她说过的每一句话都记下来，会把他穿的每一件衣服都画在日记本上，每当她觉得日子艰难的时候，想到这个人，又可以元气满满地去生活。

她不知道这种心事要怎么界定，无从诉说，也不足对外人道。

每周素年最幸福的时刻，就是陪卓杭去买糖炒栗子。

那是卓芸最喜欢吃的东西，开在一条小小的巷子尽头，素年回家的时候，卓杭会送她一程，顺便停下来去买。

买完栗子两个人会在小巷子里漫步，卓杭会轻声哼着一些歌，然后剥一些栗子放在素年的手心里，巷子的风微微的，却分外暖心。

除了卓杭，素年没有朋友，一个学习平常长得又胖的女孩是很难获得友情的。女生们都不喜欢跟她玩，觉得和她做朋友没有面子，男生们对她也避而远之。

可是她一点也不在乎这些，她最开心的是，每个周末都可以去卓家陪卓芸玩。

因为那样说不定又可以见到卓杭。

卓芸喜欢画画，她们总会在花园里画一些花草，有时候也在草坪上放风筝，是素年自己做的风筝，卓芸拉着风筝跑得很开心。

素年很喜欢坐在草坪上看卓芸放风筝，看卓芸像个孩子一样奔跑，感觉回到小时候爸爸带她去放风筝的时候。

卓杭不常在家，他已经上高三了，课业繁重，周末还要上各种培训班。

他在白水城最好的国际学校上学，那个学校她曾经去过一次，是去给表姐嘉嘉送雨伞。

也是在那一天，素年看到了卓杭青梅竹马的女朋友肖晓。

嘉嘉那天在学校的篮球馆看比赛，素年走进去的时候，两个队伍的人正在半场休息，素年一眼就看到了在赛场上的卓杭。

有个长得非常漂亮的女孩站在他的面前给他递水，女孩身材窈窕，有一双水汪汪的大眼睛，和卓杭站在一起，素年第一次知道了什么叫男才女貌，她生怕别人看见她，缩在一个角落里不敢向前。

后来有个篮球从远处砸向卓杭，素年看见了，立刻冲过去挡在卓杭面前。

篮球准确地砸在素年的脑门上，直接把素年砸趴下了。

素年只感觉自己眼冒金星，笨拙的身体在地上发出咚的巨响，她晕了过去。

醒来的时候，素年发现自己在学校的医务室，隔着布帘她听到有人在外面聊天。

“这胖妞是谁啊？”

“不知道啊，可能是卓杭的疯狂粉丝吧。”

“太可笑了，还帮卓杭挡球，以为自己是谁啊？胖子救美啊？”

“就是，谁不知道卓杭喜欢的人是肖晓，她能和肖晓比吗？猪扒和天仙，简直笑死人。”

“……”

两个人说笑着走掉了，素年紧紧地抓着衣角，觉得自己整颗心都要揪起来了。

她知道她们说得没错，她连反驳的资格都没有。

她迅速从医务室的床上爬起来，穿好鞋子快速地走了出去，在门口她撞到了卓杭，卓杭手里拿着热牛奶和面包。

“素年，干吗着急走？”卓杭一脸关切地问。

“你们认识？”旁边的肖晓问。

“我们……”

“我们不熟。”素年打断卓杭的话，对肖晓解释。

说完这句话，素年绕开卓杭往外走。

“我给你买了热牛奶和面包……”卓杭在她背后说。

素年停了一下，折回来，低头把他手里的东西拿上：“谢谢。”然后头也不回地离开。

回家的路上，她一边吃着面包和牛奶，一边嘲笑自己的没用，在街口的橱窗里，她看到自己，臃肿的身材，鼓起来的脸，吃着面包的样子，真的很像一块油滋滋的猪扒，还是在火上烤的那种。

她一边吞着牛奶和面包，一边对自己说：“猪扒怎么了？猪扒就不能和帅哥做朋友了吗？”

在路上，素年一直在想，她到底是什么时候开始和卓杭熟稔起来的呢？

只不过半年的时间，他们说过的话寥寥无几，她怎么就特别注意这个人？

在篮球场她那么奋不顾身地冲过去替他挡下那颗篮球，她完全没有想到自己会受伤，这就是想靠近一个人的感觉吧。

想靠近一个那么闪耀又璀璨的明珠，高不可攀，永远只能仰望。

05

从那天开始，素年下定决心要减肥。

每天的饭量减少一半，不管多晚多累都坚持去夜跑。

白水城的夜里人很少，四处都是昏黄的路灯，柳树垂挂在小城的每个角落，也有晚上摆摊的小贩推车出来叫卖，素年闻着白水城夜里的气味，跑过小城的每一个地方。

姑姑家没有人为她夜里出去担心，嘉嘉自从那天看到她为卓杭挡球之后变本加厉地嘲笑她。她的台词和那天她听到的一模一样，都说她猪扒想吃天鹅肉。

还好素年不是国际学校的学生，在她所在的那所普通高中，没有人知道她为了一个男生做出那么疯狂的举动。

她开始更加认真地学习，有不会的地方积极主动地去找老师问个清楚，别人嘲讽她，她不仅不生气还会主动帮助人家值日大扫除，每天的早操她都做得分外卖力认真，肥胖的身体在一堆同学里扭得最起劲。时间长了，渐渐开始有同学对她刮目相看，不像她刚转学的时候那样排斥她。

因为她的积极乐观，她渐渐收获了一些朋友，也有人会把她们的小秘密和她分享。

每次她都做仔细聆听的那一个听众，可是如果有人问她："胖年，你呢？"

她总是笑着说："我这样一个胖子，能喜欢谁呀？"

大家都喜欢喊她胖年，开始是嘲讽，后来变成了昵称，有时候在学校里，大老远就能听见有人喊："胖年，胖年……"

她开始融入这座城市，融入这个学校，融入白水城的一切。

在无数个疲惫和饥饿交织的夜里，她无数次闭起眼想起卓杭的脸，就可以战胜所有困难。

可是她的肥胖并不是因为吃多造成的，而是生病吃药的后遗症，她每天站在体重器上看着那些数字，发现只有一点点微弱的改变，镜子面前的她还是那个胖胖的素年。

那么臃肿，那么难看。

尽管她渐渐适应了白水城的一切，也收获了很多朋友，可是她知道，她和卓杭的距离，却是永远都无法缩短的。

站在卓杭身边的只有像肖晓那么漂亮美好的女孩，一颦一笑都带着美好，他们走在一起才是一幅最美的画卷。

当街边的柳树换了一茬树叶的时候，素年的妈妈从国外回来了。

她给素年找了一个新爸爸，那个男人家境还算不错，在西班牙开餐厅，妈妈这次回来要把素年带过去读书。

素年知道这件事之后，连夜坐车去往卓杭的学校。

彼时卓杭已经升入大学，在上海的一所知名高校就读。

素年离开谁都没有告诉，只是给妈妈发了一条短信，身上带着她省吃俭用存下来的几百块钱。

她跟着地图找到卓杭所在的学校，大学校园比中学校园大太多了，那里有成片成片的梧桐，找得素年眼花缭乱，还好卓杭名气大，学校里大多数的人都认识他，素年随便问了几个同学就知道他的所在位置。

素年按着大家指的方向走的时候，正好看见卓杭迎面走过来。

他不是一个人，他的背上还背着肖晓。

此刻肖晓正亲昵地搂着他的脖颈，把整张脸埋在他的肩膀上。

素年怎么忘了，卓杭和肖晓自幼青梅竹马，两小无猜，他们无论是从外貌、家世背景还是学历都那么相配。

她在卓杭面前，又算得了什么呢?

充其量只是妹妹的一个陪玩而已。

卓杭看到素年非常惊讶，走到她面前问她："素年，你怎么来了？"

素年佯装镇定:"我准备离开白水城去西班牙了,在上海转机,我看有时间，就想来和你道个别。"

"你要离开白水城，去国外？"卓杭有些吃惊。

"是啊。手续都办好了，这几天就走了。"

"那我请你吃个饭吧。"卓杭说。

素年看着他背上的肖晓："不用了，不麻烦了。"

"可是……"

"对啊，卓杭，人家都说不用麻烦了，你干吗还非要请人吃饭啊，人家办出国肯定特别忙，你就别耽误人家时间了啊。"肖晓在一旁插话。

"那，我在这里，祝你一路顺风……不，飞机不能说顺风，祝你一路平安。"

"谢谢。"素年转过身，迎着阳光离开。

F大校园里的梧桐树像是一张大大的网，阳光从绿色的树叶里照下来，像是生活的脉络，素年拼命地深呼吸，可是脚下的每一步都显得分外沉重。

走到学校树林的时候，素年站在一棵巨大的梧桐树下，捡起地上的石头，在树干上写了一行字：卓杭，我喜欢你。

喜欢了整整两年零一百天。

可是他，却永远不会知道。

07

离开白水城之后，素年在西班牙开始了新的生活。

国外的人都很爱锻炼，素年也加入了健身锻炼的行列，每天坚持在健身房体能训练两小时，每周末还和同学一起去骑行爬山。不知道是不是因为国外的环境和空气，素年竟奇迹般瘦了下来，短短的一年时间，她瘦了整整四十斤，后来她爱上了运动，渐渐地减掉了半个自己。

素年瘦了，圆圆的脸不见了，露出了大大的眼睛和尖下巴，妈妈和叔叔都非常惊讶，妈妈甚至把自己珍藏了很久的旗袍拿出来给素年穿，镜子前再也不是那个又丑又胖的小姑娘，而是一个玲珑有致的古典美人了。

东方脸孔，素净的脸，一头黑发，穿着漂亮旗袍的素年成了西方学校一道亮丽的风景线。

大家都在讨论这个东方女孩，她的同学里有很多胖子，可是她们热爱生活，热爱化妆，积极参加学校里所有的活动，也不放弃把自己打扮得美美的。

素年才发现自己当年的自卑是多么可怕，那种遇到喜欢的东西不敢争取，站在优秀的人面前抬不起头的自卑，现在想想简直可笑。

在学校里追她的人非常多，大家都觉得她充满了神秘和魅力，追求她的男生里，不乏长得英俊潇洒的富家公子，可是她一个都看不上。

午夜梦回的时候，她的脑海里会想起卓杭那张白皙又干净的脸，那个一直跟随她到二十岁让她念念不忘的男生。

她会低低地呢喃他的名字：卓杭。

这里没人会嘲笑她，也没有人听得懂。她的舍友问她，这两个字是什么意思?

素年说，是爱人。

可是自那次一别，素年再也没有过问过有关卓杭的一切，她删了和他所有的联系方式，也断了自己所有的念想。

她像一个狼狈的逃兵，不愿面对自己失败的过去，确切地说，不愿面对那个青春时期最糟糕的自己。

在西班牙的四年，素年一次也没有回过白水城，她在那里学习、工作，谈过几场无疾而终的恋爱，毕业之后去过很多国家，最后定居丹麦。

那是安徒生写童话的地方，安逸美好，与世无争。

她对恋爱没有渴望，对爱也提不起兴趣，她不知道自己是怎么了，只能寄情在她的工作上。

素年经常会做梦，梦到自己站在卓家空荡荡的花园里，和卓杭隔着一个偌大的花园，她问他："你知道我喜欢你吗？你知道吗？"她一遍遍地问他，可是他只是沉默，没有回答。

醒来的时候一头汗，她在夜里给自己倒水喝，顺便回复几封工作上的邮件。

这是她现在的生活，充实高质量，就连她的脸和身材也管理得非常精致，她和那个十六岁的胖妞相去甚远，她有时候也会给别人看她十六岁的照片，人家都不敢相信地说："没想到你以前那么胖。"

时间久了，素年开始怀念以前的自己。

那个会小心翼翼地喜欢一个人，为了追赶一个人的步伐努力地去改变，因为他而不惧怕任何困难和风暴，而不是像现在这样行尸走肉地生活着，对一切完全不敢松懈，生怕一步走错，就不能保持好不容易获得的体面。

那样的青春是多么多么难得呢。

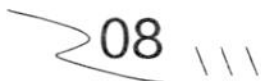

素年三十岁的时候，突然想去冰岛看极光。

请假、订票，很快就前往，当极光出现的时候，同行答应帮她拍照的女孩突然跑到了别处，到处都是人，素年看不清他们的脸，随便找了一个人帮她拍照。

那个人很随和，在哄闹的环境里说了一句 OK。

在刺眼的光线中，她摆了 N 个剪刀手，拍了足足有一分钟的时间。

当极光褪去的时候，素年才看清楚前面帮她拍照的人，是一张她再熟悉不过的脸，他留着茸茸的胡子，脸上爬上了岁月的痕迹，沧桑却依然英俊。

是卓杭。

他像个背包客，脖子上还挂着单反，他静静地看着素年笑着说："Hi，素年，好久不见。"

"卓杭，快走啦，导游在催了。"旁边一个有些微胖的女人走了过来，一把挽住卓杭的手。

他们在匆忙中交换了彼此的 FB。

素年呆呆地愣在原地，直到同行的女孩过来推推她："隔壁团有个大帅哥，老婆长得不怎么样，如果让我早认识他十年，我肯定把他追到。"

女孩说的帅哥是卓杭。

回去之后，素年的 FB 收到卓杭发的照片，他拍照的技术很好，每张照片上的她都很漂亮。

素年打开他的 FB，上面发的都是这么多年他行走过的地方，从伦敦到巴塞罗那，从俄罗斯到圣托里尼，他变成了一个行走的摄影师，并没有接管家里的产业。

他的妻子也是和他在旅行中认识的，是个马来西亚的华裔，长得不算美，甚至有些胖，却格外自信开朗。

他把他和他妻子的故事写在 FB 上，包括他拍的那些照片，很多人因为他们的故事和他的照片而来，他的粉丝团非常多。

素年不停地翻，看到了一条在许多年前的内容。

他说：我经常会想念一个人，我们曾经坐在漆黑的地上聊天，我给她唱歌，她曾经为我挡过一个篮球，后来我经常去她住的那条街上，走了一遍又一遍，可是她再也没有出现过。

不知道她现在过得好不好。

在这条文发布的第二个月，他遇到了他现在的妻子，他写：她笑起来的样子，很像我想念过的那个人。

素年关了电脑，开着昏黄的灯，静静地坐在床上。

为什么那时候会没有勇气呢？连问一下的勇气都没有呢？可是问了又怎么样？现在的我们，结局还会不会一样？

人生是没有如果的，到处都充满着错过和遗憾。

可是也是因为这些错过和遗憾，才把那段暗恋的青春岁月衬托得分外美好吧。

至少她知道，他想念过她，至少她知道，她曾在某时某刻，成了他非常记挂的人。

我喜欢你，这或许是我在青春里，做过最好的事情。

文 —— 叶离

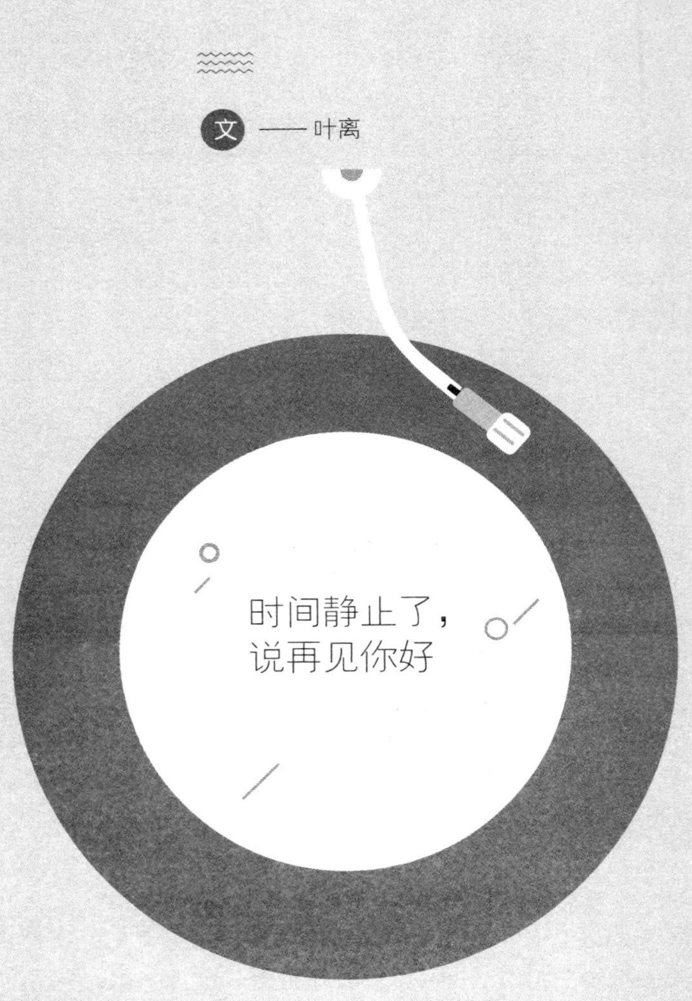

时间静止了，说再见你好

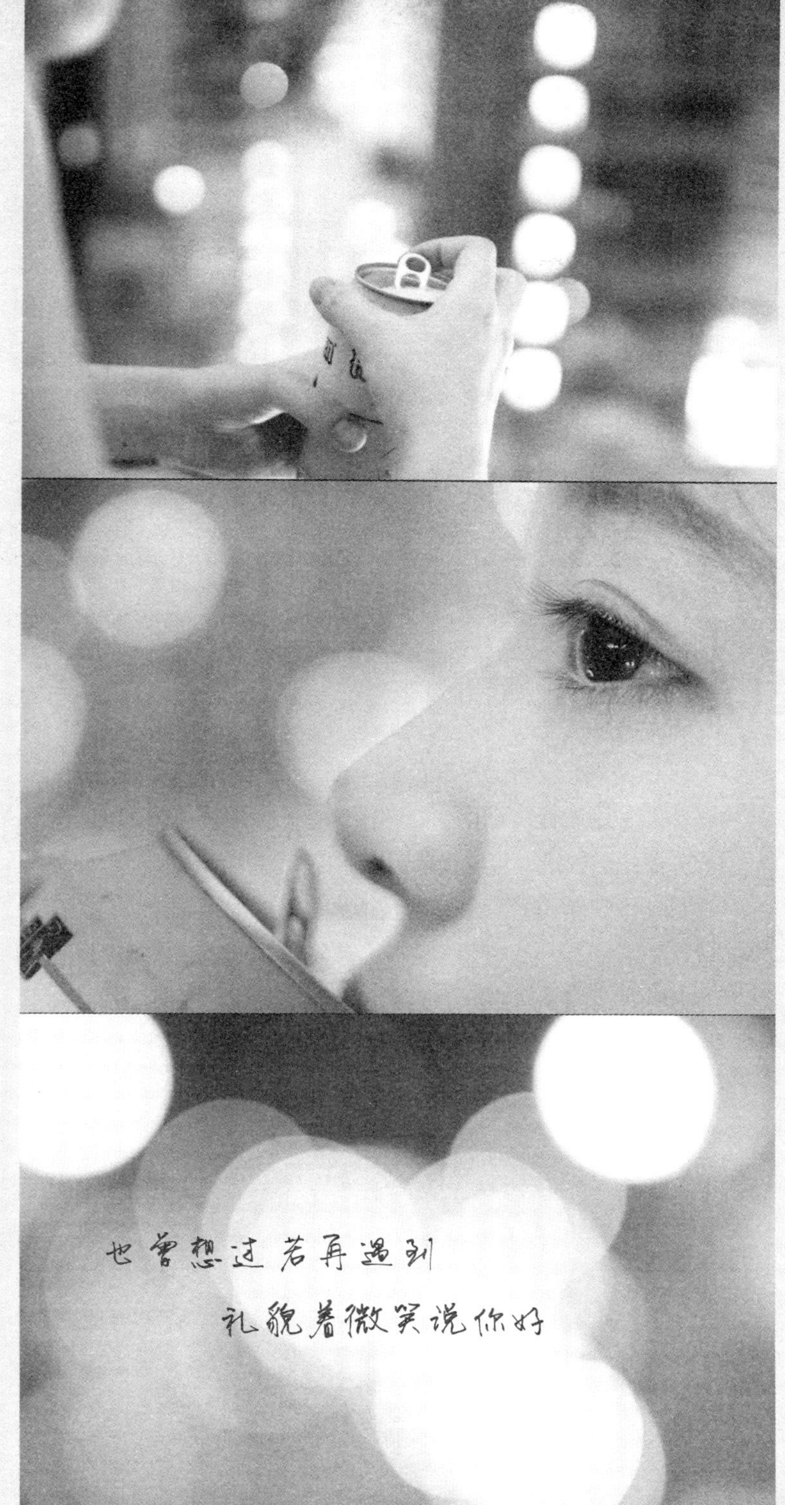
也曾想过若再遇到
礼貌着微笑说你好

五月昏昏欲睡的午后。

宋小黎百无聊赖地坐在广播室里，燥热侵占着每一寸空气。今日的点歌时段已经结束，她随便放着一首周杰伦的歌，开始望着窗外翠绿的树冠，和底下成双成对走过的情侣发呆。

两年前，宋小黎考进这所名牌大学，报的第一个也是唯一一个社团就是广播社。之后因为音色动听，成了固定的广播员。眼看社长快毕业了，她成了最有力的候选者。这两年，基本上每天的午后，她都是在这个狭小偏僻的办公室里度过的。有时写作业，有时看小说，实在没有干劲，就捧着手机打游戏。

但大部分时间，她都在想李凉柚。

一阵风从窗口扑了进来，宋小黎如梦初醒似的晃晃脑袋，又在想他了。

宋小黎端起桌上那杯已经变成常温的饮料，翻开了笔记本。

就在这时，广播室门被推开，一个满头大汗穿着篮球服的男生探进脑袋，冲宋小黎露出憨憨地笑：“就猜你在这儿。”

他是系篮球队队长，不知道什么时候盯上了宋小黎，三天两头冒出来献殷勤。

“我很忙。”宋小黎没好气。

队长抱着篮球走进来：“我不打扰你，我就点首歌。”

“什么歌？给谁？”

“《再见，你好》，给你。”

宋小黎猛地愣住，转头看着他：“你……为什么选这首歌？”

队长扇着衣领：“你室友说的呀，她们说你每天都在循环这首歌，我猜你一定很喜欢。”

防东防西却忘了防室友。宋小黎不留情面：“谢你的好意，我心领了。”

然后直接把对方赶出了广播室。

重新坐到广播前，宋小黎再也无心复习笔记，她从包里掏出一部痕迹斑斑老旧的 iPod，将耳机塞上，按下播放，沙哑低沉的女声开始唱：

“那些年的颜色 / 渐渐淡掉 / 而我很好 / 只缺了些烦恼 / 也曾想过 / 若再遇到 / 礼貌着微笑说你好……”

01

故事要从那年的三月二十四号，上午九点十六分说起。

那天是周六，宋小黎起晚了，赶着去打工，随便洗了把脸便出了门，公车上人满为患。宋小黎站在靠窗位置，紧握住扶手，身体左摇右晃，几乎快挤散架。

车开过两站，原本一直被挤压的后背忽然松懈下来，宋小黎转头看一眼，不知何时，一位高过自己一个脑袋的男生站在了身后，他轻松地拉着吊环，刻意与她保持着一定距离。因为视角有限，宋小黎只能看见他宽阔的肩膀和一小片侧脸，虽然仅仅是一小片，她也能感觉出这个男生长得有些好看。

车上的状况并没有好转，多少人下车就有多少人填补进来。但男生的后背仍然与宋小黎之间空出一段缝隙，尽管有几次因为车子拐弯，两人稍微碰触了一下，对方也会迅速弹开，当作什么也没发生。

其实不用那么在意的。宋小黎很想这么告诉他，但又好像是自己太不识趣。

正当宋小黎这么想，忽然从车门附近传来一股推力，男生没站稳，撞到了宋小黎身上，他匆匆简单说了句“对不起”，宋小黎也赶紧站稳，回“没事”。男生腾出手拿手机，一句话还没打完，忽然他身边的大叔又一个转身，他再次倒向宋小黎。宋小黎这次也没防备，身体猛地撞到扶手，脚下一崴，痛得倒吸一口气。

男生恼了，他冲那位大叔吼道：“撞了人能不能说声对不起？没看到这小姑娘都快单脚站立了啊！”

大叔想反驳，见眼前这个二十岁左右的男生目露凶光，一副惹不起的样子，他便撇了撇嘴，嘟囔一句：“对不起啦。”

男生转过身，轻佻地抬抬下巴，漫不经心地问宋小黎：“你没事吧？”最后一个“吧”放得极轻，听起来并不像真的在关心人。

宋小黎终于看清他的脸，英气得让她说不出话来。

见宋小黎没答，男生低头继续回短信。

接下来，宋小黎再也没了困意，她的眼睛时不时朝身边瞥去，他的肩线、鼻尖、睫毛和桀骜不驯凌乱的刘海。再往下看，男生胳膊上搭着一件她学校的制服，难不成他们在同一所大学？男生似有察觉地回看过来，宋小黎才做贼心虚地看向窗外，才发现自己坐过了站。

公交车放缓速度驶进站牌，男生准备下车。车门打开，乘客蜂拥而出，男生刚迈出一步，忽然蹲下身，拾起一部 iPod，很自然地递给宋小黎："你的随身听掉了。"

宋小黎条件反射地接过来，回过神，男生已经下了车，她赶紧也跑下来，可男生已经不知所终。

她望着茫茫人潮，握紧手里并不是自己的 iPod，戴上耳机，歌曲还在继续播放。

"我终于可以不再爱你了 / 我终于可以不再想你了 / 日子填满了 / 心却空空的。"

宋小黎看了一眼 iPod，是一个叫金玟岐的女生唱的《再见，你好》。随着和缓的鼓点，胸腔里剧烈的心跳逐渐清晰起来。

隔天，学校既不用上课，兼职也放假，但宋小黎还是出了学校，踏上昨天的那趟公交车。她之所以做出这样的决定，是因为昨晚

她梦见了他。

梦里没有发生什么特别的事情，无非是将白天发生的一切重演了一遍，但这也足以令宋小黎醒来时脸颊发烫，失眠直至天明。

如果不是公交车一路停靠的站台与昨日一致，宋小黎一定会以为自己搭错车了。昨天这辆车挤得像咸鱼罐头，今天却空得只有她和几位提着购物篮去买菜的老人家。车子每到一站，宋小黎就全神贯注地盯着上客门，可他的身影始终都没有出现。

失落便像窗外的日光，在心里越加强烈起来。

宋小黎觉得自己一定是疯了，不过是一面之缘，就对他开始朝思暮想。也不是没有过暗恋人的经历，只是发生的地点在学校，对方是近在咫尺的同学，却始终没有告白的勇气，最后也就不了了之了。可这次不一样，尽管不知道他是谁，是不是同校的校友，但恰恰因为彼此间的距离感，反而让她奋不顾身地迈出第一步。

宋小黎回忆着他的一眼一眉，处处都透着与众不同的气质。他和学校里任何一个男生都不一样，没有怠倦的书卷气，眼睛像鹰一样锐利。叛逆，却又不是她这个年纪里的叛逆，要更强大和剧烈。像火，也更像能扑灭火的水，炽烈而温柔。

越是这样详尽地描述，宋小黎就越觉得遥远。就算再见到又如何，无非是再在拥挤的车厢与她保持安全的距离，在她受伤时站出来替她讨回公道，然后转身漫不经心地问一声“你还好吧”？最后再次消失在人海中。

又到了昨天分别的地方，宋小黎戴上耳机，下了车，一首歌刚好唱完，继续下一首。前奏刚响起，宋小黎又倒回去，设置循环播放。她漫无目的地沿着马路走，夏天的风沙沙地吹着树叶，也不知道走了多久，正当她打算上天桥去对面乘车回家，忽然停下来，倒退几步，停在一家拉面店门口。几秒钟后，宋小黎几乎惊喜得跳起来，因为她看见他穿着白色的店员服，正在为一桌客人点单。

宋小黎找了个空位坐下，附近的服务生立刻上前招呼，她翻开菜单说“我看一下”。等他来到周围，宋小黎才举手：“你好，我点单。”

他熟练地将口袋里的小本子拿起来，头也不抬：“你好，吃点什么？”声音仍然冷冷淡淡。

宋小黎害羞地望着他，男生的名牌上写着“李凉柚”，原来他叫这个名字。没听到回应，李凉柚看过去：“有什么问题吗？”

宋小黎笑笑：“没……不知道你还记不记得，昨天在公交车上，谢谢你……”

李凉柚愣了下，说：“哦，不记得。如果还没选好，我一会儿再来。”

“不不不……”宋小黎很是尴尬，她立刻看向菜单，匆忙点了个招牌套餐，等李凉柚走开，她才发现价钱比她两天的饭钱还多。不过比这更令她失落的是，李凉柚根本连正眼都没看她一下。

另一个服务生将面端上来，宋小黎打算将失落化为食欲，好好享受一番。可她反复对照实物和菜单，疑惑道：“不对啊，我点的只有一颗蛋。”

服务生冲她挤眉，指了指忙得晕头转向的李凉柚：“另一个是那家伙送的，说你是他妹妹。”

宋小黎愣住，妹妹？她扑哧笑起来，看看李凉柚，再看看眼前满满当当的拉面。空落的心瞬间被抛到空中，宛如走在云端，似乎就要融化进这碗香气四溢的浓汤里。

不过是一颗卤蛋，宋小黎却宛如看到了星星之火足以燎原的希望。

于是隔天，上午一放学，她便叫上几个朋友特意乘车来到了这家拉面店。学校距离面店有两站路，平日里极少会有学生来光顾，一群青涩的女生浩浩荡荡走进店门，服务生们也都备感惊奇。

宋小黎和朋友坐在昨天同样的位置，大家开始闹哄哄地挑选拉面，和宋小黎关系最好的女生朝服务生招招手，对方走过来。她却轻声问他："可以麻烦叫李凉柚过来吗？"

宋小黎顿时红了脸，但那个服务生似乎认出她了，心领神会地点点头。没一会儿，李凉柚一边整理着围裙一边走来，语气依然没有什么温度："吃点什么？"

"……她想吃你。"好友指着宋小黎。

李凉柚抬起头，这次他没有失忆了，而是轻佻地翘着嘴角："得了便宜就天天来啊。行，看在你面子上，今天给你们一人免费加一颗蛋。"

朋友们纷纷窃喜，宋小黎想笑却又不敢，只好抿嘴低头。李凉柚无暇继续和他们几个打趣，说了声"吃好喝好"便继续去忙了。

面上来之后，大家默契地大快朵颐，只有宋小黎迟迟没有动筷，一脸花痴地盯着李凉柚。

不一会儿，不知李凉柚犯了什么错，店长站在前台就开始训起他来。言辞犀利态度强硬，宛如此刻店内只有他们一般。

“你要是那么喜欢看手机，就回家好好看，好好和女朋友聊天，别来上班了！”

宋小黎这才明白过来，印象中，李凉柚的确手机不离身，一有空档就掏出来看一眼，上次在公交车上也是因为回短信才有了后来那一幕。等等……刚才店长说什么……女朋友？宋小黎的心咯噔一下，等她回神，训话已经结束，李凉柚将头上的帽子一摘，走去门口点上一支烟，满心烦躁地吞云吐雾。

服务生过来续水，宋小黎趁机问他：“李凉柚怎么了？”

服务生叹口气：“英雄难过美人关啊，那小子女友最近闹分手呢。”顿了顿，又补充道，“啊，对了，他老婆就是你们学校的校花啊。”

所以那天他才会那么小心拿着那套学生制服，怕折皱又怕弄脏。

最后直到买单付钱，宋小黎碰也没碰那碗面。和大家从店里出来，李凉柚已经回去厨房工作，满头大汗也顾不上擦。宋小黎同朋友一起去车站，忽然她转过身，急匆匆跑到街道尽头的奶茶店，买了一杯冰镇的青柠水，然后又回到面店，将饮料交给前台，拜托对方交给李凉柚。

她像逃似的快步跑出店门，夏天的燥热感将她团团包裹住，这一瞬她仿佛听见了蝉鸣。

04

朋友说：“死心吧，他和你是两个世界的人。”

因为这句话，宋小黎哭了一整个晚上。当时正在做题，眼泪吧嗒吧嗒地往下掉，沾湿了试卷，手一抹，试题也变成了一团黑。导师走过来，担心地问她是不是身体不舒服，不问还好，这一问，她哭得更凶了。最后只能让她早点回去休息。

宋小黎魂不守舍地走在回宿舍的路上，平日里这个时候脑子里总是会想考试的重点，解题的思路以及几个月后的专业大考。而此刻，她满心都是李凉柚。他英气的眉眼、痞气的嘴角、不温不火的声音和从他嘴里吐出来的美丽妖娆的烟圈。

她其实早该想到，像他那么特别而夺目的人，怎么可能没有女朋友，就连对方是学校的校花，似乎也是合情合理的事情。她既找不到任何嫉妒的理由，也没办法消化心中的酸楚。这种戳心无助的感觉，像失了恋一般。可明明她从未恋爱过。

对了，失恋！面店的服务生不是说李凉柚和女友正在闹分手吗？是不是说明，她还有机会？

顾不得多想，宋小黎看看时间，面店还没有结束营业，她在路边拦了一辆出租车，十分钟后，她到了面店门口，店内已经没有客人，服务生正在清扫卫生。她小心翼翼地问附近的一个服务生：“请问……李凉柚在吗？”

对方环视四周，说：“奇怪了，刚才都还在的。”

宋小黎道过谢，但并没有放弃。她先在门外等了会儿，然后绕过店门，进入旁边的巷子，打算去后面的厨房找一找。刚出了巷子，便听见李凉柚大吼的声音：“你就这么想甩了我？”

“你有没有听到我说什么？”女生的声音。

“我听见了！你说你要休学嘛！能不能找点别的理由？想甩了我直接说！”

“好，我就是想甩了你！行了吧！”

“不行！”

宋小黎小心探出脑袋，昏暗的路灯下，李凉柚背倚着墙，手里夹着烟，一个大学生模样的女生站在他面前，两人久久对峙。沉默像李凉柚指间那点猩红，很快燃到了尽头。

女生低声说：“总之，我要走了。”

李凉柚别过脸：“随便你。”

女生果真走了，李凉柚想追上前，看见几个女学生在路口等着她，便作罢了。他目送女生离开，碾灭烟头，朝店内走。

宋小黎走出来：“她好像真的要休学，她没有骗你。”

自从得知校花是李凉柚的女友，宋小黎专门去探查过，校花的确正在办理休学手续。

李凉柚转头，个头娇小的宋小黎双手紧握，紧张得缩着肩膀。他冷笑：“我说你这小丫头倒是蛮有毅力的啊！这么晚也敢来。”

“我只是……”

李凉柚打断她：“别浪费时间，你不是我的菜。知道了吗？赶紧回去看书当个好学生。”

宋小黎忽然愣住了，她还没告白，他就决绝地拒绝了她。尤其是那句“你不是我的菜”更是让她恼羞。宋小黎冲到李凉柚面前，仰头瞪着大眼睛：“我不是菜！虽然我没有你女朋友漂亮，但我不是菜！”

李凉柚“呵”一声：“行，你不是菜，你是一个长得像高中生的大学生，行了吧！”

这并没有让宋小黎心情稍微好点，她也不知道自己哪来的勇气，忽然拉住李凉柚的衣袖，注视着他，一声不吭。

李凉柚心情本来就糟，这下更恼了：“放开。”

宋小黎摇头。

李凉柚用力一甩，宋小黎被丢到一边。他大步流星走了进去。

宋小黎咬着嘴唇，较劲地站了半天，最后只能悻悻地转身离开。刚走到路口，身后忽然传来李凉柚的声音，他大吼：“有没有朋友同你一起？”

仿佛不吼就不能好好说话一样。

宋小黎摇头，他利落地脱下店服，快步走来：“附近治安不太好，别误会，我只送你到车站。”

李凉柚不耐烦地往前走，宋小黎赶紧跟上，心里忽然融进一颗糖，稀释了所有的苦涩。

等车时，李凉柚故意走开很远点烟，宋小黎跟过去，他皱眉看了她一眼，没说什么。

车来了，宋小黎快速占了个靠窗位，打开窗户，朝李凉柚挥手：“谢谢你。”

李凉柚随意摆摆手：“谢谢你的青柠水，下次送给学校的班长或者体育委员吧。”

车子启动，宋小黎探出脑袋往后看，直到再也看不到他的身影。她打开 iPod，听着《再见，你好》，嘴里轻轻哼着调，时不时地傻笑，惹得前排乘客频频回头。

05

李凉柚生病了，连续好几日都没去店里。

宋小黎打听到他的员工宿舍，走到楼下又却步了。她不是害怕李凉柚又吼她，而是担心此刻李凉柚想看到的人未必是她。

宋小黎回到学校，来到校花的班级，希望她休学前可以去看看李凉柚。宋小黎以为她会质疑自己的身份，但校花没有，她考虑了一下，同意了。宋小黎以为自己能做的已经做完，没想到校花却问她："他不在店里，我上哪儿找他啊？"

宋小黎这才知道，原来他们虽交往了几个月，但校花从未去过李凉柚的宿舍。

"我知道他住在员工宿舍，只是一大帮邋遢男，我嫌脏。"这是校花给出的理由。

宋小黎虽然满心愤怒，但也只能带她过去。

李凉柚所住的员工宿舍是一栋老旧的居民楼，到了宿舍楼下，校花忽然变卦，说学校临时有事。未等宋小黎反应，她已经消失得无影无踪。既然第二次来了，没有再退缩的道理。

宋小黎去对面药店买了各种家里必备的药，又在小区门口买了一袋水果，找到李凉柚宿舍的门牌，捋了捋头发，敲几下门。

等了许久，门才被打开，李凉柚穿着脏兮兮的睡衣，一脸憔悴，看见宋小黎，他才恢复了一丝精神。

“你……你怎么找来这的？”

宋小黎见他病恹恹的，心想肯定死扛着没去医院。她把水果和药塞给他：“吃点水果再吃药，每天几次每次几颗都写好了，照着吃就行。我先走了。”

李凉柚喊住她：“嘿，这就走了？没看见我都快站不起来了啊？”

宋小黎窃笑一下，转过身，走了进去。顿时，一股霉味扑鼻而来。房子是普通的两居室，却摆了六张上下铺的床位，每个床位都堆满了脏衣物，地上也堆满零食包装纸和泡面盒。

宋小黎尽量不让自己表现出错愕的神情，但李凉柚一眼看穿她：“觉得可怕就直说吧，你是第一个来这里的女孩子。”

宋小黎拾起地上的烧水壶，先清洗了一遍，又烧了一壶水消毒，然后才烧第二壶水给他吃药。

李凉柚坐在床上啃苹果，宋小黎望着水壶咕噜咕噜地冒着热气。她很想告诉李凉柚，他的女朋友刚才就在楼下，却没上来看他。这样的话，是不是就能在他心里争取一丝好感。但她不允许自己这样做，比起自己，她更不想看到李凉柚难过。

宋小黎倒好水，将药片放在手心，递给李凉柚。宋小黎说水很烫，先晾一会儿，李凉柚直接去兑了点自来水，一饮而尽。

宋小黎没敢多说什么，站在原地，不知接下来该做什么。应该到了该道别的时候，可她却舍不得离开这里，尽管多待一秒，她就越觉得反胃。

“不过是给你捡了随身听，你就那么喜欢我？”李凉柚裹着被子，漫不经心地问。

宋小黎握紧口袋里的 iPod："那个……其实不是我的。"

"是吗？"李凉柚伸出手，"那还给我。"

宋小黎慌了："可也不是你的啊。"

李凉柚笑了，声音更沙哑了："别喜欢我，不值。"

"值不值，由我说了算。"宋小黎难得拿出强势的态度。

李凉柚站起身，慢慢逼近，宋小黎只能不停地退后，直到无路可退。李凉柚把脸凑到她面前："你说什么？"

宋小黎吓得不敢呼吸，手心直冒汗："我……我……你别这样！"

"你以为我要怎样？"李凉柚步步紧逼。

宋小黎干脆一闭眼。半晌都没动静，再睁开，李凉柚已经坐回床上，吃起香蕉，像看奇珍异兽似的看着满脸通红的她。

宋小黎顾不得多想，赶紧夺门而出。下楼梯时，听见李凉柚叮嘱她："回去好好做个乖学生，别再来找我。"

宋小黎忽然顿住脚步，鼻尖猝不及防地酸起来。

06

一个星期之后，校花走了。但这和宋小黎没有半毛钱关系，她照样顶着平淡无奇的学生头，两点一线地过着无聊的日子。她没再去那家拉面店，只是偶尔坐车经过，会全神贯注地扫过里面的每一张面孔，却始终没有李凉柚。

李凉柚说，以后不要再去找他。宋小黎担心他真的讨厌她，就真的没有再去。每天除了上课，去图书馆自习，就是听《再见，你好》。把歌词背得滚瓜烂熟，梦里也能哼出几句来。

可他却在某个日光倾城的日子，魔法般地出现在了她面前。

好友戳戳宋小黎的肩膀："快看，谁在门口！"

"别闹了。"宋小黎不耐烦地转头，只见李凉柚痞痞地站在门口，漫不经心地冲她点点下巴，女生们顿时议论纷纷。

宋小黎走出教室，拉起他的胳膊："我们换个地方吧。"

李凉柚挣脱开："怎么？嫌我影响你形象啊？"

"不是……"宋小黎说，"你来找校花吗？她已经离校了。"

"我知道。"李凉柚笑笑，"我来找你的。"

宋小黎愣住，随后心里乐得开了花，但嘴上还不以为意："找我干吗？"

"想你啊。"

宋小黎彻底招架不住了，怔怔地说不出话来。李凉柚弹弹她的额头："天真！"

宋小黎嘟嘴，李凉柚认真起来："我来是和你道别的。本来不想来的，想到你之后可能会伤心地哭鼻子，还是不太忍心。"

宋小黎反应敏捷："你要去找她吗？"

李凉柚一愣，只好承认："啊，吃醋了？"

这种时候还能开玩笑的也只有他了。宋小黎终于憋不住了："你生病了，她连看都不去看一眼，你还喜欢她干吗？"

李凉柚替她开脱："是我不许她来我宿舍的，不怪她。"

宋小黎听见自己的心悄悄裂开的声音，是啊，他喜欢她，喜欢到害怕她目睹到自己生活的环境而瞧不起他。但他不知道，他牵肠挂肚的那个女生在进入小区后的瞬间，就已经却步了。

宋小黎红着眼睛，不说话。

李凉柚摸摸她脑袋，安慰道："对不住啊，伤你心了。"

不明情况的围观群众却在一旁连连起哄。

宋小黎摇头："是我自愿的，不怪你。"

李凉柚意味深长地看她一眼，最后挑挑她下巴说："那，再见了。"

宋小黎死死低着头，不肯再多看他一眼。直到上课铃打响，眼泪终于决堤而下。

暑假转眼就到。

放假前一天，宋小黎一个人在校园里转悠，走累了就在图书馆前的绿荫下坐着。手里拿着 iPod，耳朵塞着耳机。金玟岐在唱："回忆就像电话偶尔打扰 / 它说过去 / 是善意的玩笑 / 我仰起头 / 不让泪往下掉 / 如果各自安好 / 就应该放掉……"

要是能这么轻而易举就好了。

她幻想着李凉柚此刻身在何处，是追回了女友还是独身一人。在另一家面店打工，还住在乌烟瘴气的群居宿舍吗？他会不会有那么一瞬间，想起过她来？哪怕只是一瞬间。

但这些，她都无从得知了。她唯一清楚的是，她的心随着他也离家出走了，漫无目的，四处飘零。

正当宋小黎发呆出神，忽然有个女生走到她面前："你好……"

宋小黎回神，对方指着她手里的 iPod 继续说："我能看看你的 iPod 吗？"

宋小黎递给她。

女生欣喜地笑起来："不好意思，这个 iPod 是你的吗？"

"……不是。"宋小黎如实回答，"是我在 56 路公交车上捡到的。"

女生更激动了："这个 iPod 是我丢的，我找了很久，你能还给我吗？"

宋小黎赶紧起身，取下耳机："当然，我听了很久，可能有点脏了。"

"没关系，谢谢你。"女生再三道谢，转身离开。

没走多远，忽然宋小黎追上去，女生疑惑道："怎么了？"

宋小黎诚心诚意地恳求："虽然很过分，但你能不能把这个 iPod 卖给我？我出原价也可以。"

女生看着宋小黎湿润的眼睛，感觉如果自己不答应，她可能会哭出来。

最后宋小黎半价买下了那部 iPod，和里面的那首《再见，你好》。

在她心里，这部 iPod 和任何一部都不一样。就像里面那首她循环过无数遍的《再见，你好》，也和别处任何一首不同。

它们，是这个夏天独一无二的回忆。

宋小黎想，倘若未来的某天，能再与李凉柚不期而遇，她或许也能举重若轻地对他说一句"你好，别来无恙"。

08

午休时间即将结束，学生们纷纷从宿舍走出来，前往教学楼上课。

宋小黎将广播连接上 iPod，对着麦克风说："接下来是今天中午最后一首歌。经贸系大二（3）班的宋小黎想把这首《再见，你好》送给遥远的李凉柚，希望他，永随真心，始终安好。"

宋小黎按下播放键，金玟岐动人的声音传遍校园每一个角落，但他却不可能听见。

一首歌，四分钟。转瞬即逝。

而过去的一年，宋小黎在无数个这样的四分钟里，一次次落泪，一次次微笑。

任何人都替代不了，他叫李凉柚。

第三章

我在那黑白时光里，留念过去的痕迹

文 —— 顾白白

我睡在你眼睛的沙漠里

其实心有灵犀只是一场误会

别分错与对

01 | 自古红颜多祸水，老祖宗诚不欺我

遇见宋时缅时，他正坐在装修豪华的理发店角落的小板凳上，漂亮的眉眼低垂着，有些失落的样子，白色衬衫黑色长裤的店服穿在他的身上别有一番贵公子的气息，同理发店里的杀马特风极为不符。

旁边从我进店起就一直在我耳边喋喋不休的迎客小妹不厌其烦地向我介绍发廊有名的设计师："一号是我们的首席设计师，获过很多奖，刚从广州进修回来，同学你要不要……"

我瞄了瞄墙上那张被放大的首席设计师的鞋拔子脸，不禁打了个哆嗦，目光不由得转向角落里的贵公子，他正好抬头，目光与我相遇，瞬间亮了起来，含着有些期待和温暖的光芒，像是某种小动物。

我对美男一向没什么抵抗力，没出息地红了脸，羞涩地眨了眨眼。

他朝我比出一个十二的手势，我心领神会地打断洗头小妹的长篇大论，豪气地说："我要十二号。"

迎客小妹表情有些僵硬，停顿了两秒，犹豫道：“十二号那个还是实习的……”

我翻了个白眼，不耐烦地摆摆手：“十二是我的幸运数字，我就要十二号！”

迎客小妹闭了嘴，指引我坐到座位上，我从镜子中看到迎客小妹走到角落里，同他嘀咕了几句，那张好看的脸立马笑开了花，迫不及待地走向我。他微微弯下身，我甚至听见了他略显紧张的吐气声：“呃，你好，我是十二号宋时缅，这位同学，请问你想要个什么样的发型呢？”

他的忽然靠近让我有些失神，心脏跳动的速度让我有些慌乱，我随手翻开一本身边供顾客参考的发型书，丢给他：“就照这个剪吧。”

“好！”

他满脸笑容地点点头，拿着小剪刀、小梳子，比对着杂志上的图片，小心翼翼地开始为我剪发，手甚至还有些微微抖动。

我在心里微微叹气，一向完美主义的我，也不知道是着了什么魔，居然会把自己爱护有加的头发交给一个新人。

自古红颜多祸水，老祖宗诚不欺我。

只是当我从镜子里看见他像雕琢一件艺术品一样认真的模样时，突然就欣慰地笑了。

作为一个合格的颜控，就是，尽管宋时缅把我养了六年的长发剪成参差不齐的蘑菇头时，我还是满心欢喜地结了账同他说再见。

宋时缅似乎也很满意自己的作品，对我更有些英雄所见略同的意味，在店门口和我上演了一场十八相送，一直到路口，我回头时还能看见他站在发廊门口，夸张地对我摆手。

很久以后我才知道，我是宋时缅的第一个顾客。他从小就被寄予厚望来培养，长大后也在家人的授意下按部就班地考进了A大的医学院。只是他的心里有个梦想，那就是成为一个优秀的理发师，可是这个在我看来都有些可笑的梦想毋庸置疑地遭到了他全家的谴责。

从小就是乖宝宝的宋时缅只能偷偷地用课余时间考取了理发师资格证，还在暑假兼了一份发型师的职。只是他那些千奇百怪的发型想法却得不到老板的认同，甚至被打入了冷宫，直到我的出现。

宋时缅说："洛洛你真是个善良的女孩子，愿意为了一个祈求的眼神就把自己的头发交给一个陌生人，完成他的梦想。"

我看着他感激的模样，有些心虚。宋时缅啊宋时缅，我要怎么告诉你，我之所以会把自己交给你，完全是因为你的美色。

宋时缅，我贪图你的美色，从第一眼看见你开始。

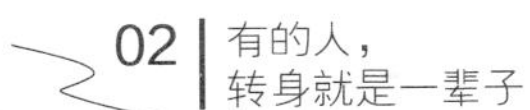

02 有的人，转身就是一辈子

那天晚上，因为我的新发型，让下班回家的杨柯吹胡子瞪眼，他指着我"你你你"了半天，我一把抓住他的手："我知道你要说什么，但我剪都剪了，你再怎么骂我也接不回去了，况且我养了这么久长发，也该尝试点新的东西了。"

我意有所指，有些期待地看着他。

杨柯避开我的目光，将油纸包好的叫花鸡递给我："行了，吃饭吧。”

饭桌上，我咬着筷子，对杨柯说：“哥，我有件事，想和你分享。”

每一次我叫他“哥”就总没好事，杨柯紧张地看我一眼：“什么？”

我却头一次有了小女生的羞涩，扭捏了半天，小声说：“我喜欢上了我的发型师。”

“啪嗒”一声，杨柯手里的筷子掉了下来，他看着我，很久都没有动作。

我喜欢宋时缅，尽管当时我对他知之甚少，不知道他的家庭、他的人生、他的一切一切，可是我仍旧无可救药地喜欢上他，甚至连他额头上两颗青春痘我都觉得可爱得不得了。杨柯说我这莫名其妙的感情叫作犯花痴，对此，我很不能赞同，我矫情地认为，我们的相遇就叫作有缘千里来相会。

只是彼时的我怎么也没想到那竟是宋时缅最后一次在发廊工作。

隔了一个星期去发廊修头发的我，却被告知宋时缅被老板炒了鱿鱼，原因是他自作主张地为首席设计师的顾客加长了烫发的时间，结果可想而知，那位鞋拔子脸设计师以跳槽威胁，老板在权衡之下，放弃了没有天分却偏偏很有想法的宋时缅。

我站在理发店里，突然慌张起来，我断了与他之间唯一的联系，世界那么大，城市那么小，相遇的机会那么渺茫，有的人，转身就是一辈子。

为此，我消沉了很长一段时间，整天死气沉沉，做什么都提不起劲来。

杨柯为了让我开心，特地带我去大学城附近远近驰名的台湾牛肉面馆吃饭。我坐在面馆里呼啦呼啦吃着面前热气腾腾的面条，一面听着杨柯喋喋不休地讲着大道理，不过是“天涯何处无芳草”“长得好看的一般都不靠谱”之类的话。

我听得烦了，筷子一扔：“你还要不要人吃饭啦？！”

杨柯狗腿地将筷子重新拿起来，擦干净递给我，皱着眉有些苦恼的样子：“洛洛，你到底喜欢那个洗剪吹什么？”

我托着腮，望着落地窗上用来装饰的星星灯，认真地想了一会儿，回忆了那天理发店里短短三十分钟的相处，说：“大概是因为他长得很像陈浩南吧。”

杨柯正在吃面，被我这句话震得一个激灵，被辣椒油呛到，喝下大半瓶水后，他的眼红红的，一脸难以置信地望着我：“许洛洛！你明明和我说你喜欢的是山鸡！”

昏黄的灯光下，他锃亮的光头特别显眼。我默默看了一会儿，什么都没说，低下头狼吞虎咽。

“杨柯，”突然间，一个声音在桌边响起，“我找了你好久，明天下午的篮球赛，你一定记得来，别又放我们鸽子。”

我下意识地抬起头，嘴边还挂着来不及咽下的拉面。

来人是被我的样子给吓着了，愣半天才反应过来：“啊，是你！”

宋时缅？！

就在我以为这辈子都不会再与宋时缅相遇时，我居然又遇见了他，我使劲嚼着嘴里的面条，咽下，看了看杨柯，又看了看他：“哥，你们认识？”

“他是我一个社团的朋友，”杨柯看了看我，又看看他，“你们又是怎么认识的？”

我没有理会杨柯，对着宋时缅连连发问：“你是 A 大学生？

你不是理发师吗？”

他不好意思地挠挠头：“我是兼职在那当暑期工，不过前段时间，被炒了。”

坐在我对面的杨柯大约是明白过来是怎么一回事，轻轻“靠”了声。

03 你是我的男主角，我是不是你的女主角

第二天 A 大的篮球馆里，我拿着一张写了“宋时缅加油！你是最棒的！”的 A4 纸，站在一群女孩子里，显得特别鹤立鸡群。

双方队员入场后，不知谁往观众席上指了指，然后就是一阵爆笑，人群里的宋时缅在其他人的指引下，也向我的方向看过来，不好意思地笑起来。

我正对着他的笑脸花痴着，眼前突然出现一张愤怒的脸。

我吓了一跳，拍着胸口翻白眼：“杨柯，你干吗呢？”

杨柯将一个装满零食的塑料袋递给我，凶巴巴地道：“拿着！”

我立马眉开眼笑，甜甜地喊：“谢谢哥。”

他瞪了我一眼，转身走了下去。我朝他的背影吐了吐舌头。我知道杨柯本来是不想来的，只是拗不过一大早就守在他床前寸步不离的我。

那场比赛，宋时缅一摸到球我就开始尖叫，整个一小迷妹。也不知道是不是我的尖叫起到扰乱敌军的作用，那场比赛赢得很轻松，尤其是杨柯，带球过人、投篮一气呵成，又狠又准，引得周围女生尖叫连连，瞬间就盖过了孤军应援的我。

我一边生气，一边着实很吃惊，我竟从不知，杨柯这样受女孩的欢迎。

我看着杨柯辣眼睛的光头，不由得感叹现在大众的审美实在有些特别。

因为杨柯的发挥，比赛以大比分的优势获得胜利。

我拿着早就准备好的饮料颠颠地跑上场，递到正在擦汗的宋时缅面前："那个，给你。"

他有些意外地愣了愣，伸手接过，对我咧嘴一笑："谢谢你啊，许洛洛。"

我正惊喜着他竟然知道我的名字，却眼尖地看见，就在他身后不远处，杨柯虎视眈眈地瞪着我们，然后，一抬手，将手中的篮球扔了过来。

"小心！"

我也不知道哪来的勇气，一把推开了宋时缅，篮球直直砸在了我的脸上，我捂着鼻子，痛得整个人缩了起来。

"许洛洛！"

我抬头，看见自己在宋时缅渐渐睁大的瞳孔里一点一点变小，然后就是无尽的黑暗。

醒来的时候我已躺在医院的病房里，天色已黑，我艰难地睁开肿胀的眼，透过微弱的灯光就看见宋时缅站在床沿若有所思地看着我。我当自己是在做梦呢，反正他也不是第一次出现在我的梦里了，于是，我像个女流氓般对他勾了勾手指："嗨，帅哥，咱们又见面了。"

他表情一滞，伸手戳了戳我脑门，笑："许洛洛，你的脑子里都在想些什么呢？”

指尖微微的刺痛和温度让我惊觉这不是一场梦。

我顿时愣住了，恨不得有一条缝，可以让我钻进去避一避羞。

幸好破门而入的杨柯打破了这份尴尬，他扑到我面前，眼眶红红的，刚要发作，就被我一巴掌打在了光秃秃的脑门上，毫无防备的他瞬间被我打趴在病床上。

我冲他吼：“奶奶的杨柯，你居然砸我？受死吧！”

我正要扑上去和他决一死战，宋时缅眼疾手快地抱住了我的腰：“别冲动，你还伤着呢，不能打架！”

这只是宋时缅无意间的举动，我却怔住了般，感觉整个世界轰然震动，他手心的温暖像一场连锁反应传遍了我全身，我就像一只高温烹煮的螃蟹，毫不意外地红了脸。

杨柯面色通红地从床上爬起来，颤颤巍巍地指着我，正想开怼，却被我的脸色吓了一跳：“许洛洛，你发烧了？”

我又羞又气，翻着眼皮瞪他，什么叫猪一般的队友，说的就是杨柯啊！

从病房出来时，我背着宋时缅一直冲杨柯挤眼睛，提醒他：“六点了，到你打工的时间了。”

没想到杨柯直接忽略了我眼神里想要支开他的意味，义正词严道：“你都这样了，我还打什么工啊，这样，我请个假，送你回家。”

然而，当杨柯拿到医院的缴费单后，看着上面的数字踌躇了许久，最后咬了咬牙，说：“算了，我还是不能旷工，宋时缅，你帮我送她回家。”

我差点没欢呼出声，感动地抱着杨柯的胳膊，说：“我最爱你了哥！”

我清楚地感觉到，杨柯恶寒了一下。

同杨柯在医院门口分手，宋时缅从同学那里借了一辆自行车送我回家。

明明是十几分钟的路程，我却坏心眼地乱指路，让他满头大汗地载着我绕了几条街。我坐在车上心情大好，含混不清地哼起了支离破碎的民谣，一边肆无忌惮地打量他挺拔的背影。

宋时缅踩着脚踏，哼哧哼哧地喘气，问我："唉，我怎么觉得你哼的这旋律有些熟悉啊，好像在哪里听过。"

我偷偷弯起嘴角，没有搭话，继续哼着我的歌。

"我睡在你眼睛的沙漠里 / 想用我所有温存了解你 / 我潜入你眼睛的深海里 / 探索那令人好奇的秘密 / 总要时刻去防备 / 害怕会变成那缩成一团的刺猬 / 一不小心就伤悲 / 害怕会变成那四处躲藏的海龟 / 其实心有灵犀只是一场误会 / 别分错与对……"

深夜的街上空无一人，我们的影子被路灯扯出一道长长的影子。暗橙色的道路像是舞台剧的地毯，尽头就是舞台。

如果每个人的人生都是一场舞台剧，那么，在我的那幕剧里，你就是男主角，可是宋时缅，在你的舞台上，我是不是女主角？

04 许洛洛之心，路人皆知。宋时缅，你知不知

那天之后，我就常常去 A 大晃悠，凭着和杨柯的关系，顺利混进了他们篮球社的圈子。

我常常一手挽着杨柯，一手拉着宋时缅，走在 A 大的林荫小道上，一脸灿烂地迎接那些或是嫉妒或是羡慕的目光，就觉得特

有成就感。

篮球社的其他人估计是看穿了我的小心思，常常拿我和宋时缅开玩笑。

宋时缅说："你这样不行的，杨柯是你哥，宠你惯你迁就你是正常，可我还要找女朋友呢。"

我把头摇成拨浪鼓，任性地说："我不管我就是要缠着你黏着你要你找不到女朋友……"

宋时缅一把将一个苹果塞进我的嘴里，堵住了我的话，看着我哇哇乱叫的样子，没有办法地摇头笑骂："许洛洛，你啊你。"

宋时缅对我一直都是纵容的，我想这或许是因为他生来的好修养，又或者是因为他惦记着当初在理发店里我对他的"一面之恩"。

然而他的宽厚和善也让我很困惑，我表达得这样明显，可他到底知道不知道，我喜欢他呢?

六月底的时候，篮球社为了解决社内单身状况，同舞蹈社举行露营联谊。

得知这个消息的我跑去找宋时缅，扭扭捏捏地问他："你要去吗？"

"唔，去啊。"

他正在练习三分球，想都没想，随口便答。

我傻在原地，看着他手中的球在半空中划了个优美的抛物线，砸在篮筐边缘的刹那，我的眼泪也没出息地掉了下来，我怕他看见，转身就走。

"哎呀，差点就进了，哎，许洛洛，你怎么就走了？"

他在背后叫我，我没有理他，反而加快步伐往篮球馆外跑。

跑到门口时，我迎面碰上了杨柯，他拦下我，看着我满脸眼泪，又看了看馆内仅有的宋时缅，脸立马就黑了，就要往里冲："那小子怎么你了？"

我一把拉住他，将一肚子的委屈撒在他身上，我说："杨柯，你烦不烦，你能不能少管点我的事？"

说完我就后悔了。

杨柯是刹住了脚步，可他看着我的眼神充满了悲伤和愤怒，他冲我吼："许洛洛，你说话能不能带着良心？"

他猛地甩开我的手，我心里虚着，脚步也虚着，被甩得往后退了好几步，刚巧撞上了抱着用来画跑步线的石膏粉盒的体育老师，瞬间，石膏粉抛到空中，就像下了一场雪般，将我淋了个正着。

呼吸像被堵住般，窒息感如火焰般在我体内迅速窜起，蒸发掉我每个细胞的生命力，我张着嘴，像只搁浅的鲸鱼，呼吸不到让我赖以生存的气息。

杨柯的眼睛一下子就红了，他来不及多说什么，拔腿便跑，边跑边冲我喊："我的包里有放气雾剂，洛洛，你坚持住，等我！"

突发的状况引来了许多人的围观，却没有一个人敢靠近跌坐在地上的我，篮球馆内的宋时缅也跑了出来，他推开人群，看见我狼狈的样子，惊恐地大叫了一声"洛洛"，冲过来将我扶到楼梯口坐下。他轻轻抚去我脸上的石膏粉，一向斯文的他对着四周围观的人群爆了粗口："都给我让开！"然后又低下头，温柔地对我说，"洛洛，别怕。"

这是我第一次在宋时缅面前犯病，哮喘是我从娘胎里带出来的病，最严重的时候，只能躺在医院靠呼吸机活着，漫长的年月里，是杨柯不放弃，小小年纪就承担起赚钱养家的重任，我才慢慢好起来，像个正常人那样活着。

很快，杨柯回来了，他满头是汗，喘气声比我还要大，我就着他手里的气雾剂贪婪地吸了几口，呼吸渐渐平稳下来。

直到这会儿，杨柯才像泄了气般瘫坐在地上，垂着头的样子让我特别心疼，我知道他是在自责刚才推我的那一下。

我伸手去拉他：“哥……”

他没有抬头，默默抽出自己的手，说：“对不起，洛洛。”

然后他站起来，向着楼下走去，自始至终，都没有抬头看我一眼。水泥地上，他刚才瘫坐的地方，是一颗颗绽开的水滴。

宋时缅不放心，半拖半扯地将我带去他呼吸道内科的师兄那儿，坚持要给我检查一遍。

师兄正好在会诊，我和宋时缅坐在办公室里等人时，他问我：“你哥没事吧？我给他打了几个电话都是关机。”

“不知道。”

我心不在焉地摇摇头，想到杨柯刚才的表情，就觉得很愁。杨柯看上去是个粗人，但实则是个心思细腻又敏感的人，这种人啊，不怕他生别人的气，就怕他生自己的气，若钻了牛角尖，是很难释怀的。

气氛突然沉默，有些尴尬。

半晌，宋时缅咳了两声，说：“我知道……杨柯是孤儿，他总是独来独往，有些孤僻，也从不提起他的家人，遇见你之前，我以为他没有家人的。”

“大概是因为，某种意义上来说，我并不算是他的亲妹妹吧。”我想了想，得出这样一个结论。

宋时缅惊讶地挑起眉毛。

“我们的父母都不在了，我们都不愿去福利院做没人要的孤儿，就一起凑合着生活了。”我简单地同他解释。

宋时缅点点头，没有多问。

这让我深感意外，要知道，我认识的大部分人，都会对我和杨柯的身世进行一番刨根究底，满足他们的好奇心之余，顺便发泄一下他们满溢的同情心。

我早就厌倦了一遍遍向人重复那段黯淡惨痛的日子，没有人愿意若无其事地去揭自己的伤疤的，所以，此刻的宋时缅在我眼里的形象又有些超凡脱俗起来。

“宋时缅。”

我也不知道哪来的勇气，又或许，在追求他的问题上，我总是这样厚脸皮。我转过身，抬头看他，无比认真地说：“许洛洛之心，路人皆知。”

“宋时缅，你知不知？”

他看着我，好看的脸上一片平静，就在我以为事情黄了时，他突然倾过身，轻轻抱住我。

“宋时缅之心，亦然。”

我埋在他怀里，鼻息间尽是他身上的味道，我头一次觉得，消毒水的味道是这样好闻。

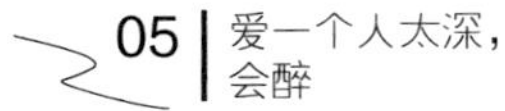

05 爱一个人太深，会醉

那天杨柯很晚才回家，我在客厅的沙发等到睡着，直到被人轻抚我脸颊的动作弄醒。

我揉着眼睛坐起来："哥……"

杨柯的手微微一颤，偷偷摸摸缩了回去，他身上有很重的酒气，我出院后的这些年，他已经很少将自己灌得这样醉了。

我凑过去，像小时候那样，头靠在他的肩膀上："对不起，今天我不该同你说那样的话。"

很久很久以前，若十三岁的杨柯没有牵住我的手，我或许早就死了，而他也一定不会活得这样辛苦。

"我恨死我自己了。"黑暗中，沉默了许久的杨柯突然开口，"我伤了你两次了，洛洛，是我糊涂，你不是我的所有物，你该有自己的思想、行为，喜欢什么就去做吧，以后，我不会再阻拦你了。"

我抱紧他的胳膊，没有说话，黑暗中，我听见他几不可闻的叹息。

许洛洛之心，路人皆知。

杨柯之心，只有许洛洛知。

我怎会不知？

可爱情不是将就，骗不了别人，也骗不了自己。

对于我和宋时缅在一起的事，篮球社的人表示众望所归，嚷嚷着要宋时缅请客。

酒桌上，杨柯拉着宋时缅喝了一杯又一杯酒，他搭着宋时缅的肩膀说："兄弟，这是我从小看到大的妹妹，她身体不好，脾气不好，吃得又多，你既然收了，就好好待她，先说明，我这可不接受售后的哈。"

"杨柯，你大爷。"

我一边骂他，一边鼻子发酸。

我知道，这世上，杨柯比谁都希望我能够幸福。

大四那年宋时缅去了县城的一家精神疗养院当实习医生，每周六回市里，周日再返回县城。

他把仅有的休息时间留给了我，知道杨柯一个人打工挣钱照顾我这个药罐子后，他便常常带着吃穿用度来改善我们的生活，还会亲自下厨犒劳我们的胃。

他厨艺很好，杨柯这个大胃王总爱跟我抢肉吃，我抢不过他，便放大招，夹起一片肉，啧啧地称赞："宋时缅，你不愧是学医的啊，尸体解剖得多了，肉的纹理都切得这么科学，哎，你是不是用你们的手术刀切的啊？"

宋时缅的脸白了，杨柯的脸绿了，撂下碗筷冲去厕所吐了。

我捧着肚子笑得前俯后仰。

宋时缅竖起筷子就往我额头上戳，宠溺地笑："许洛洛，你能不能不要这么恶心人？"

我一边躲，一边呵呵地笑。

平安夜的时候宋时缅留在疗养院值班，我计划着给他一个惊喜，去疗养院陪他过平安夜。通向疗养院的道路正在修，大巴驶不过去，我步行走过满是泥泞的道路方才到达目的地，并在其他护工的指引下找到了宋时缅。

他正站在草坪中央帮助病人做复建，我花痴地捧着脸感叹，我们宋医生穿白大褂的样子可真迷人，阳光在他身上镀上一层淡淡的光晕，好像我第一次看见他那样，美好如天使。

他发现了我，转过头对我微笑。

我突然间想起《天下无双》里李子龙说的那句话。他说："有时候，爱一个人太深，是会醉。"

我觉得此刻的我就像是一个酒醉的人，有点不清醒，也有些肆意妄为。

我跑过去生猛地跳起来，给了他一个大大的拥抱，他的身上如我所想那般，果真有阳光的味道，我埋在他怀里一遍遍喊着他的名字："宋时缅，宋时缅。"

"嗯，我在。"

他温柔地应声，伸手揉了揉我的头发。

旁边传来扑哧怪笑，我别过头，看到那个宋时缅正在帮她做复健的女病人指着我的头发，夸张地笑："哈哈哈，蘑……蘑菇。"

宋时缅和我瞬间石化，表情怎一囧字了得。

还是我打破这样尴尬的局面，我学着广告里的女明星甩了一下头，昂起下巴，说："什么蘑菇，这叫 BOBO 头，是出自这位宋医生之手哦。"话里是明显的炫耀。

宋时缅不好意思地拖着我离开，把我安置在草坪外的石凳上，嘱咐了我几句，又认真地回到工作岗位。一整个下午，那个女人时不时地就把目光飘到我这里，眼底有着深深的妒忌。

那个平安夜我们是在疗养院同留守的医生们一起度过的，简单的饭菜，却无比热闹。我吃得很多，涨肚了，宋时缅让我去走廊上来回走着消食，只是还没走完一个来回，我就被一个身影重重地撞击跌到地上。

我惊恐地抬头，就看见下午那个叫我蘑菇的女病人站在我面前拍着手又笑又跳，我真是欲哭无泪啊，然后我悲哀地发现一个更严重的事情，被她这么一撞一吓，我的哮喘又复发了。闻声回过头的宋时缅急忙冲出来，看到我的状况时吓得脸唰地就白了。

我很想告诉他我没有事，可是我没有办法吐出半个音符，只能看着他，大口大口地喘气。宋时缅，你知不知道那个时候的我，真的好怕就这样一口气没提上来就上天见我爸妈了，我好怕再也看不到你，听不到你的声音。

想到这里，我突然就无比绝望，于是，我的眼泪唰唰地就落了下来。

闻声赶来的医生也被这样的情况怔住了，县城的疗养院没有配备哮喘病的设施，宋时缅抱起我，就往医院外面冲，待他好不容易穿过那条泥泞的道路时，哪里还能看见大巴的影子。

他有些手足无措，深吸了几口气后，轻轻地抚着我的背，喃喃着，也不知道是说给我听，还是说给自己听：“洛洛，你不会有事的，不会有事的……”

他的细语像是有着神奇的效果，我的气息渐渐平稳下来，慢慢地，恢复了正常的呼吸。他如释重负，用袖子为我擦拭满头的汗水，看了我几秒，突然道：“许洛洛，我们结婚吧。”

我瞪大眼，刚缓过来的气息差点因为他这句话又乱起来。

他笑着摸摸我的脸，说：“总觉得，要把你日日拴在我身边，在我看得到的地方，我才能安心。”

他的鞋子早在奔跑中跑丢了，白大褂上也被泥水溅了大半。不知道为什么，我看着他狼狈的样子，难过得不行，一张嘴，就“哇”的一声哭了出来。

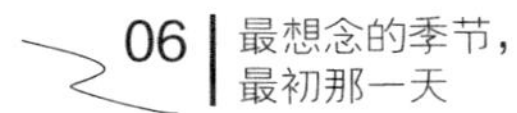

06 | 最想念的季节，最初那一天

宋时缅说到做到，回去后就开始张罗着带我见家长。

见面那天，杨柯作为我唯一的亲人出场，他穿上了笔挺的西装，配着一颗亮堂堂的光头，极不协调。我倒在宋时缅怀里笑得差点喘不过气来，把两个男人吓得够呛。

我看着他们焦急的眉眼，却觉得上天待我不薄，我很幸福。

可我没想到，这样的幸福仅仅持续到了宋时缅父母到场的刹那，我不知道发生了什么，杨柯在看到正在餐厅门口张望的中年男女时，突然站了起来，他眼里泛着仇恨凶恶的光，像下一秒就要扑过去，撕碎对方。

宋时缅并没有注意到杨柯的变化，正欣喜地朝着中年男女迎去："爸、妈。"

"杨柯……"我小声喊他。

杨柯浑身一震，赤红的眼看了看我，猛然拉起我，朝后门快步走去。

这样的杨柯太不对劲了，我没有挣扎，被他一路拉到餐厅后面的小巷，才停下。他双手握拳，狠狠捶在墙上。

我的眼皮突然狂跳，问他："杨柯，你怎么了？"

"是他，我找到他了！多可笑，他居然是宋时缅的父亲！"

我摇摇头，不明所以："他？他是谁？"

"那个来谈收购的老板，"他掰着我的肩，笑中带着恨到极致的癫狂，"洛洛，你说，这到底是老天对我们的恩惠还是残忍？"

晴空白日里，我却仿佛听见了旱天雷的声音，轰隆隆的，成为我脑子里唯一的声音。

我不是江州人，十年前，我生活在江州北方的无名小城，我的父母是纸箱厂的员工，杨柯的父亲是厂长，我和杨柯从小就在厂区员工大院长大，直到我八岁那年，纸箱厂的一场火灾，毁了我们的家庭。

我的父母和其他十一个工人中在火灾中身亡，身为厂长的杨柯父亲因为承受不住巨额赔款和心理压力，在家中烧炭自杀，杨柯是唯一幸存下来的。

所有人都以为纸箱厂的火灾是意外，但真相却是那个前来洽谈收购纸箱厂的外地老板随手扔到地上的一截小烟头所致，事故发生当天，外地老板就离开了小镇，他怎么也不会想到，他丢烟头的那一幕刚好落入不远处偷跑出来玩的杨柯眼中。

那时候，杨柯也曾向大人们诉说他看到的，可没有一个人愿意相信孩子的话。

我和杨柯一起生活后，我因为病痛睡不着，很长一段时间，我都能听见杨柯的梦话，他说："爸爸，不是你的错，是那个人！我看见了！你们为什么不信我？"

人的记忆有限，但唯独爱和恨，是再久的时光都无法磨灭的。

背包里，手机在不停地振动，我知道那是宋时缅打来的，可我不敢接，就像杨柯说的，他恨了十年找了十年的人是宋时缅的父亲，这到底是老天对我们的恩惠还是残忍？

我不知道。

晚上，宋时缅找到了家里来，他在楼下大喊我的名字。我在屋里不知所措，又不敢哭出声，杨柯坐在黑暗的客厅里，不发一语。

后来动静过大，引来了楼里其他住户的不满。杨柯说："洛洛，你去见见他吧。"

我一下楼，宋时缅就一脸惊喜地上来拉我的手："洛洛。"

我甩开他的手，往后退了两步。

宋时缅怔了怔，笑容凝在脸上：“洛洛，到底发生什么事了？”

我不知道怎么开口同他说十年前的往事，只能找理由骗他：“你知道的，我的哮喘病是终生的，杨柯为了我已经辛苦了好多年，我不忍心拖累他。你家境好，有钱有学问，又是医生，只有你，才能让他放心放弃我，去追寻自己的人生。可是，宋时缅，当我知道你是真心要娶我时，我才发现，我根本没有办法去做别人的新娘。”

我从不知，我能将谎言说得这样流畅漂亮，犹如一把利刃，直戳人心，伤了他，也伤了自己。

宋时缅摇着头笑了，他说：“许洛洛，你这个玩笑一点都不好笑，我们在一起两年了，我不傻，我分得清什么是真情什么是假意。”

“你是不傻，”我强忍着眼泪，直视他的眼，一字一句，残忍道，“那你就没有看出来，杨柯对我，已超过了一个哥哥对妹妹的感情吗？”

爱一个人是藏不住的，即使闭上嘴巴，眼睛也会说出来。

宋时缅的脸一下子白了，他就用那么悲伤的眼神看着我，嘴巴张了张，却什么都没说出来。

“你说，和你的两年，跟他的十年，我会选择谁？”

宋时缅哭了，很久，他才说：“原来，是我误会了，那么，许洛洛，我祝你……幸福。”

我转身时湿了眼。

我知道他在背后看我，一步也不敢回头。回到家，我把自己关在卫生间里，水龙头开到最大，我坐在角落里，泣不成声。

当我出来时，杨柯却不见了，我心里忽然一沉，隐隐觉得事情在往最坏的方向发展，宋时缅曾在我和他的手机上下载过彼此的定位器，我看着上面绿点移动的位置，连忙跑出去，招了辆出租车便走。

绿点最终停留的位置是一幢私人别墅，我赶到时，别墅的院门大开着，还没走几步，就听见一声惨叫。

我向着别墅狂奔，门没关，一踏进去，我的心瞬间就凉了，明明是夏天，我却如沐寒风。

宋时缅倒在地上，腹部一片血迹。

杨柯站在旁边，手里拿着一把刀，颤抖着指着扑在宋时缅身边的老人。

“杨柯！”

我大叫一声，他转过头，赤红的目看着我，微微怔住。

我摇着头喊他：“不要，杨柯不要，我没有爸爸妈妈了，不能没有你。”

杨柯浑身一震，半晌，手里的刀“啪”的一声落在地上。

我冲过去抱住他，看着血泊里不省人事的宋时缅，终究是崩溃地哭喊起来。

宋父说这十年他日日做噩梦，没有一刻是心安的。他选择了向警方和媒体道出当年的真相，而宋家也没有追究杨柯的责任，宋父说，这是宋时缅昏倒之前的请求，放过杨柯。

我突然想起那天晚上他对我说的话：“许洛洛，我祝你……幸福。”

就算这幸福，不是你给的。

只要我幸福。

宋时缅，你知不知，我后悔了。如果，我没有遇见你就好了，就让你待在我的记忆里，永远美好，永远如初，你不会受伤，也不必承担生命的沉重。

早知如此绊人心，何如当初不相识。

那一年冬天，宋时缅痊愈出院，我偷偷去看了他一眼，他恢复得很好，只是眉宇之间有着浓得化不开的愁绪。

我轻轻地对着他的背影说：“宋时缅，再见。”

再见再见，再也不见。

我和杨柯离开了江州，一路往北，在丹东停了下来，这是北方的边境小城，跨过地界，就是俄罗斯。这里的天空很蓝，我常常仰望着天空想，几千公里之外的你，会不会也不经意地抬头看一看天空，然后想起我。

只要这样想着，聚集在我心中声势浩大的悲伤便有了片刻的安宁，思念已成疾，而与你有关的记忆才是我唯一的良药。

宋时缅，我会很好地生活，很好地去爱，在陌生的地方，带着你的记号，慢慢变老。

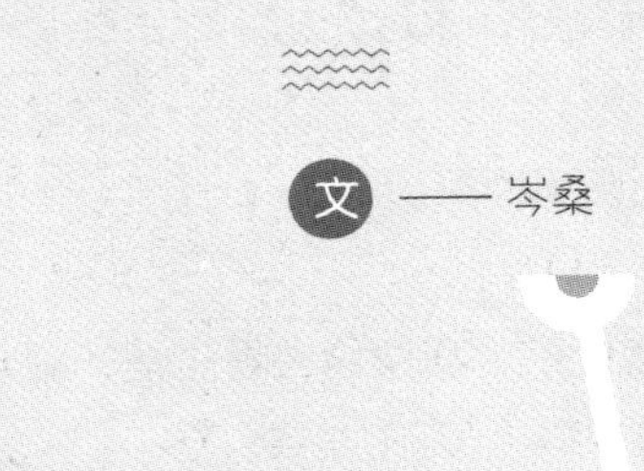

文——岑桑

你是谁的浮光掠影

感谢那浮光掠影里，

能拥有你们的幸运

01 她与他们的关系

许颜新下班的时候，已经是七点了。她从格子间里站起来，伸了伸懒腰，发现梁潮还在加班。已是11月末的深冬，窗外夜色浓重。公司的规矩，加班不许开大灯。梁潮的格子，像夜晚中的孤岛，笼着白色的光晕。许颜新走过去，轻轻敲了敲隔板说："师兄，还不走。要不要帮你买便当上来？"

梁潮心不在焉地摆了摆手说："不用，你走吧，你不是还要和猫粮看电影吗？"

许颜新含含混混地答："嗯，还早。"

其实不早了，八点半的电影，猫粮已经来短信催了。猫粮叫任伟嘉。和许颜新是大学同学，梁潮的学弟，虽然有个猫的外号，却是柯基般可爱又忠诚的男孩子。

许颜新站在那里磨磨蹭蹭地不想动。这几天，梁潮看起来有点颓，多半是有什么心事，但他们的关系还不足以当面八卦。从前，他们是无名学妹和明星学长的关系，现在是公司新人和Boss红人的关系。

算起来，许颜新入职也才四个月，梁潮一手带她。许颜新见人就喊老师，唯独叫梁潮师兄。她用一个称呼把他放在不一样的位置，但这一点点的小私心，梁潮肯定是不会懂的。

许颜新问："要不要我留下来帮你？"

梁潮笑了，说："赶快走吧，要不然一会儿猫粮过来撕了我。"

许颜新尴尬地咧了咧嘴，只好说："那我先走了。"

许颜新到电影院的时候，猫粮已经来了，捧着一只巨大的爆米花桶，坐在电影院大厅的沙发上。许颜新走过去，指了指沙发前面的圆桌说："放桌子上呀，抱着个大桶不累吗？"

猫粮说："对哈，还是老婆聪明。"

虽说已是上班的人了，可猫粮身上还是满满学生气，迷彩大衣，牛仔裤配耐克。一口一个"老婆"，仿佛他们还天天混在校园里。

这一天他们看的是部很有喜感的恐怖片，猫粮一边嚼着爆米花，一边嘻嘻哈哈地笑。他还时不时地用手肘碰许颜新的胳膊说："这恐怖片拍来搞笑的吗？"

许颜新敷衍地牵了牵嘴角，没回答，然后在女主角高低起伏的尖叫声中想起了梁潮。

02 | 你是谁

许颜新第一次遇见梁潮，也是在漆黑的电影院里，同样放着某部尖叫不断的恐怖片。那时许颜新刚上高一，有男生求她帮忙便请她看电影。

想起来,这也算是第一次和男生看电影吧。可她只迟到五分钟,男生竟然先进场了。

唉,真是一言难尽。许颜新赶到的时候,电影已经开始了。她在幽暗的影厅里摸索着找到座位坐下来。身旁的男生转头看了她一眼,没说话。许颜新还没吃饭,看见他手里有一大桶香喷喷的爆米花,却不主动奉上,心里十分不爽。于是她用十五秒的时间做了个判断,一个连五分钟都不等你,且拿着爆米花不给你吃的男生,有必要在他面前装淑女吗?

所以形象什么的,统统不在乎了。她伸手在男生的纸桶里,抓了一把,哗啦哗啦地嚼起来,心情也顿时阴转晴。只是这一把好像有点大,爆米花甜甜腻腻地卡在嗓子眼儿,怎么也下不去。她又捶胸又摇头,男生仍坐在一旁,安静地看着电影,无动于衷。

许颜新瞥见他手边的扶手上放着一瓶水,随手拿起来咕咚咕咚猛灌两口,才透过气来。男生又侧过头看了她一眼,然后继续看电影。

许颜新刚想开喷,就你这样没有一点风度,还想请我帮忙啊。手机短信提示突然响了,就是此男生发过来的,上面写着:“怎么还没来?”

许颜新怔了一下,拿起手机照了照身边的人,冷不丁地冒出一句:“你是谁啊?”

那个人把脸往前凑了凑说:“应该我问你吧?”

微蓝的光线里,许颜新看到一张美而不腻的脸。

是梁潮——高三一美, 校中名草。

许颜新的脸腾地就红了。她像突然转换了频道,细声细气地说:“你好,我认错人了。”

03 | 喷死都要爱

有时候，许颜新会觉得自己多了块心病。每次在电影院里坐下，都会下意识地看看右边。她说不上是怕遇见某人，还是期待遇见某人。然而，某人再不曾出现。

电影刚飞起字幕，猫粮就“呼啦”一下站起来，抖落沾在衣服上的爆米花。

他这个人就是这样，吃什么漏什么，一天吃过什么东西看衣服就知道了。猫粮说：“饿不饿，咱们去吃点东西？”

“哪天我胖成猪，你就不这么说了。”

“怎么会？我老婆是胖瘦两相宜好吗？”

这大概是猫粮最可贵的地方吧，永远的暖心 Boy。从他向许颜新表白的那天起，他就是这副模样。

算起来，许颜新和猫粮谈了有四年了。一千五百个日夜，都没能改变猫粮，他大概真的可能是守着一份爱情爱一辈子的人。遥想当年，猫粮刚上大一就发誓要追到许颜新。平安夜那天，他和他的兄弟们在许颜新的宿舍楼下摆了六圈同心的蜡烛。他站在摇曳的烛光里，抱着吉他唱起了《死了都要爱》。

许颜新在室友怂恿与威逼下，款款下了楼。可惜保安大叔比她先一步抵达，手里还拿着红色灭火器，噗噗一阵猛喷。

所有人都当场笑尿，只有猫粮站在白色雾气中，连咳带喘地唱完了那首歌。

后来，许颜新和猫粮聊起那一天。她说："知道吗？开始你站在蜡烛圈里真是土爆了，如果不是室友逼我下去，我肯定当作不认识你。"

猫粮反问她说："那你还答应我？"

"因为你站在白烟里把歌唱完，我觉得 Man 爆了啊。"

猫粮嘿嘿笑了，不要脸地说："你是不是没听过比我更动听的歌声了？"

许颜新做呕吐状，说："是是是，没听过，没听过。"

但她的心里暗暗表示，她当然听过更动心的歌。

04 | 有检查与歌的午后

许颜新大概永远不会忘记那一天吧。是在高一教研组的办公室，她趴在桌子上写检查。

嗯，写检查。因为一周迟到四天。班主任气炸了。正是推行减负的那几年。五点后的操场空荡荡的。梧桐巨大的叶子落在操场上，随风奔向某个晒不到阳光的角落。许颜新咬着笔杆儿，默默地看着窗外，一个字也写不出来。

其实，留下来写检查比回家让她开心多了。因为家里"二老"正闹得天翻地覆。老妈觉得老爸出轨了，老爸觉得老妈无故怀疑他。在许颜新眼里，都是些鸡毛蒜皮的小事，可两个人就能吵到非离不可。

忽然听到开门声，许颜新以为是班主任回来了，连忙做伏案奋笔疾书状。可身边却响起一声轻笑，说："你们班主任没那么快回来。”

是梁潮，身后背着一把吉他。他一眼就认出了许颜新。谁会忘记那个又抢爆米花又抢水的女生？许颜新做贼心虚地把头埋得更低了。

梁潮是年级组长的儿子，传说中办公室长大的孩子，来办公室就像回家。他坐下来说：“什么事啊，要留下写检查？”

“连续迟到四天……”

“佩服，你爸妈不叫你起床的吗？”

“他们在闹离婚，没工夫管我。”

“那你自己起不来？”

“你爸妈吵到凌晨三点，你第二天起得来吗？”

“也是。”

许颜新不想聊这个话题，看见他的吉他，便问：“你会弹吉他？”

“刚学。”

“弹一首来听听。”

梁潮看办公室里没别人，就拿起吉他，拨了几个和弦，轻轻哼唱起来。

是那种很轻柔、很低婉的哼唱。

至今，许颜新都记得那个美好的午后，阳光穿窗而入。梁潮喑哑的声线，懒散地飘荡在空气里。是阿肆的那首《浮光掠影》。

“最怕那浮光掠影里 / 过往伏笔的小事情 / 过期以后才记起 / 却早已无法回应。

最怕那浮光掠影里 / 还留恋过去的痕迹 / 一点一滴慢慢堆积 / 直到足以让我失去前进的勇气。”

许颜新拄着下巴静静地听着，心跳莫名超过了歌声的节奏。她问：“大男生怎么唱小女生的歌？”

“有人喜欢啊。”

“谁啊？”

梁潮笑了笑，没答。

许多年后，许颜新再回想起来，觉得那段歌词像是被赋予了魔法的预言。她和他，真的只发生了些不痛不痒的小事情，默默地在浮光掠影中，一点一滴，堆积成无法回应的墙。

05 完美配搭的咖位

许颜新觉得青春就是一场漫长的等待。旷日持久的父母大战，终会在某一天结束。教室里的嬉笑，终有一天会替换成另一拨孩子的打闹。

只是有时候等待未必会有一个结局。

高二那年，许颜新就定下了大学唯一的志愿——梁潮考到哪里，哪里就是她的目标。她期待着突然有一天，梁潮在大学的校园里遇见她，然后惊讶地说：“不是吧，你考到我们学校了？”

到那个时候，所有默默埋藏在心底里的等待，都可以尽情释放。

可惜，在许颜新的畅想里少了一样。他们永远相隔着两年的时间差。当许颜新真的在大学的校园里遇见梁潮的时候，梁潮的身边已站着一个漂亮的女生，她叫黄默，听名字就知道文艺十足。许颜新和她打过一次招呼便败下阵来，所有残存的希望，全部湮灭。

再后来，猫粮站在灭火器的白烟里嚎了那首《死了都要爱》。

许颜新相信，如果没有黄默，她不会答应猫粮。是黄默的优越，

最怕那浮光掠影里，
过往伏笔的小事情

过期以后才记起，
却早已无法回应

让她看清了自己的咖位。她这个喜欢狂塞爆米花的女同学和吃什么漏什么的猫粮才是完美配搭。

这天晚上，公司加班到十点多。许颜新从写字楼出来，看见猫粮和保安小哥聊得正欢。那一刻，小温暖和小感动扑面而来，她走过去说：“你怎么来了？”

猫粮说：“这么晚，你准备一个人回去啊？”

许颜新微微一笑，心更暖了。

两个人边说边走出大门。此时，地铁已经停了，出租车也拦不到，整座城市像部待机的电脑，在低暗中发出潜隐的嗡鸣。忽然有车子在他们身边停下来，是一辆黑色科鲁兹。梁潮从里面探头出来，说：“Hey！”

许颜新有些意外，诧异地点了点头。

猫粮恬不知耻地说：“师兄，是要送我们小两口吗？”

梁潮笑了笑：“对了，你一个人住对吧？今天去你那蹭个沙发。”

“行啊。咱们正好喝一个。”

猫粮爽快地答应，可许颜新心里却跳出一串疑问。早就听说他和黄默都走到谈婚论嫁这一步了，怎么忽然找猫粮借宿？许颜新不能放过这个八卦的机会，她说：“喝酒要带上我啊。”

猫粮说：“当然啦，要不然喝醉了，谁伺候我们入寝啊。”

许颜新捶了他一拳：“还入寝？”

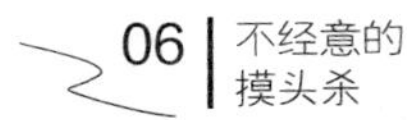

06 不经意的摸头杀

猫粮在闸北老区有套小公寓，是当年上高中的时候，家里买的学区房。不大的一室一厅，收拾得非常整洁。上楼前，梁潮在“全家”买了红酒和便当，三个人进门忙活一阵，席地坐在茶几旁边吃起来。大家喝了酒，话也就多了。

许颜新也就多多少少知道了梁潮过来借宿的隐情。工作后的黄默，开始变得疑神疑鬼，总是抓住一点蛛丝马迹就和梁潮纠缠不清。曾经他们也是学校里的一对璧人，可现在，却是两只火药桶。这几天，黄默干脆驻扎在梁潮家里，守着不走。梁潮惹不起，只好躲了。

猫粮酒力不行，一会儿就趴在垫子上睡着了。梁潮懒洋洋地爬上沙发，胡乱地哼着歌。

许颜新坐在地上，靠着沙发说：“黄默以前很温柔，怎么会变得这么霸道？”

“你以前不是很猛的吗？现在不也淑女了。”

“谁猛了！”许颜新强烈抗议。

可梁潮却伸手揉了揉许颜新的头发，感慨地说：“如果大家都能永远不变该多好。”

梁潮的字尾，渐渐弱下去了，浓重的呼吸有了轻微的鼾声。他的手，从许颜新的头顶滑下来，停在她的耳畔。

许颜新的心脏，瞬间漏跳了一拍。

她不敢动，也不想动。

梁潮不经意的摸头杀，让她生出一丝不敢声张的悸动。她就那样僵直地坐着，微仰着头，看熟睡的梁潮。于是，许多深埋在心里的情愫，便悄然弥散开了。

那是她从大学起，就不敢吐露的情愫。因为她唯恐有人探查到她的秘密，骂她痴心妄想。

猫粮就在这时翻了个身，许颜新惊得浑身一颤，还好猫粮依然深睡不醒。

许颜新慢慢地让自己的脸颊，离开梁潮的手指，然后抱起膝盖长长地出了口气。

她瞥了一眼猫粮，喃喃地说："要死了，被你吓出心脏病。"

可随后，心里就漫上一丝愧疚。

他是她的男朋友，可她心里，永远留着一块不被开放的禁区，圈养着一份从不被人知晓的感情。

每当猫粮和梁潮站上她心里的 PK 台，输的永远是前一个。

07 男生这款生物

这几天，许颜新梳起了高高的丸子头。她不想承认，99% 的原因来自梁潮的那句"永远不变该多好"。

许颜新大学时最爱丸子头。她会梳各种丸子，大丸子，小丸子，半丸子……有时配薄薄的空气刘海儿，有时候会露出宽宽的大额头。颜值虽然不够满分，但贵在古怪激萌。

那时已是大二，猫粮正爱她爱得死去活来。

许颜新加入了配音社团，猫粮明明打得一手好篮球，却死皮赖脸地蹭进来。

许颜新说他："知道吗？你平时说话还行，可配音的时候和你平时的感觉不一样。"

"是吗？"猫粮贱贱地做聆听状，"哪里不一样呢？"

许颜新如实回答:“你一配音就好娘炮啊,我听了好想掐死你。”

猫粮咬牙切齿地说:“怎么可能,我哪娘炮了?”

“没办法,我就爱说实话。”

猫粮表示不服气,问:“那你觉得咱们社谁的好听?”

一说到声音,许颜新就想起梁潮那美好的、沙沙的嗓音,是全世界最好听的声音。

她说:“我喜欢的声音根本就不在本社。”

旁边有社员插嘴说:“对,咱们学校最好听的男声,当属梁潮学长。”

许颜新大声感叹:“知音啊!”

真是没办法,只要有人提到梁潮,她就忍不住从心底里发出欢呼雀跃。

猫粮酸气满满地说:“好听吗?我怎么不觉得?”

那时候,猫粮和梁潮还不太熟,但没过多久就熟了。校内的一场篮球友谊赛,猫粮和梁潮是各自队里的首发。这场比赛打得十分激烈,第三节就打出了火药味儿。后来,猫粮的队友遭到肘击。不管对方是有意还是无意,总之全队都炸了,连板凳球员都冲进场子动了手。猫粮身旁就是梁潮,于是挥拳打过去。

可是谁说好学生就只学吉他呢,梁潮从小学四年级起,就在少年宫学习截拳道。

梁潮像武侠片般左手一带,右手一击,猫粮就捂着鼻子蹲下了,嘴里还号叫:“我 ×,你练过啊?!”

那天是梁潮送猫粮去医院的。后来,他们就成了朋友。

许颜新觉得男生真是奇怪的生物。他们会因为友谊赛结仇,然后再打一架成为朋友。

08 | 女孩子怎么可以动手

梁潮在猫粮家里住的第三天，黄默找到公司来，她一进办公室，就放声骂起来。许颜新已经很久没见过黄默了，曾经温婉的脸上，多了一丝戾气。黄默指着梁潮问："你这几天晚上去哪儿了？"

梁潮沉声说："不要闹了，回去吧。"

"你凭什么让我回去？你今天不说清楚，我就闹到底。"

许颜新看着紧皱眉头的梁潮，有一点替他难过。他还是那个怀着吉他、浅浅低唱的男生吗？他还是那个在球场上，能玩又能打的梁潮吗？

她拨开围观的同事，过去说："学姐，师兄这几天一直在我男朋友家，你想多了。"

黄默转头扫了她一眼，对梁潮说："你来者不拒啊。"

梁潮依旧不理睬，可许颜新却听不下去了。人通常就是如此，心里藏着什么，就越不想听到什么。其实黄默不过是一句赌气的话，却激得她怒火中烧。

"你说什么呢？"许颜新没了理智，扬手"啪"地扇了黄默一个巴掌。后来，就热闹了。黄默坐在桌子上，号啕大哭，梁潮推开许颜新，说了句"要你多事"，就离开了。

没了男主角，黄默也就闹不下去了，被前台送到楼下。

许颜新被叫去了老板办公室。Boss 说："女孩子怎么可以随便动手。再说了，这是什么场合？不说帮忙劝架，还制造更大的麻烦。公司的形象还要不要？我告诉你，你这性子必须改，再有下次，你给我立马走人！”

许颜新低着头，听着 Boss 噼里啪啦地训话，心里却有一点点暗爽。能为梁潮出口恶气，真开除了，也不算什么。

这一天许颜新很早就下班了。她犹豫了半天，还是去了猫粮的家。梁潮也在，和猫粮坐在阳台的凳子上吸烟。

猫粮大概已经知道许颜新今天的壮举了。他说：“行啊，你今天也太猛了吧。”

许颜新有些不好意思，坐在梁潮的另一侧说：“对不起，师兄，今天给你惹麻烦了。”

梁潮却蛮不在乎地说：“没事，不是你的错。”

他攀过猫粮的肩膀，拍了拍说：“看来我要在你这里多住几天了。”

许颜新偷瞄了一眼梁潮，不敢多看，因为她怕竭力保持平静的脸上，会露出窃喜的神情。

09 女生的直觉

那段时间，许颜新每天早上都会去猫粮的家，做早餐！有时是芝士培根烤面包，有时是鸡蓉粥，花样层出不穷。其实她不太擅长厨艺，但一边翻着手机菜谱，一边添油加醋，却做得像模像样。

梁潮对她的手艺赞不绝口，说：“猫粮有你这个女朋友，真是幸福。”

“嘁！”猫粮表示不屑，“她是想蹭你车上班故意表现的好不好，要不然，她哪会这么勤快。”

许颜新都没想过这么好的理由当“挡箭牌”。其实，她只是喜欢一种感觉，一种少女们都期待的感觉——她忙忙碌碌地做着早餐，梁潮喝着他的咖啡，看他的 iPad。然后，她坐上他的车子，一起上班去。平平淡淡的过程，却给了许颜新一份不太真实的幸福。

公司里有关梁潮的绯闻，传得沸沸扬扬，但大多还是集中在“外遇”“出轨”之类的花边上。许颜新听着生气，却也不好再强出头。

一次跑外，许颜新坐在梁潮的车子里，说：“办公室里的那些人，嘴真够贱的。”

梁潮却不紧不慢地说：“怕什么，职场这块地方，还是要拿业绩说话的。你身上的学生气，还是太重了。”

“我还有学生气吗？上班几个月，我就感觉自己老了二十年。”

梁潮听了，微微一笑，说：“是啊，一工作，就催人老。”

梁潮的车子里，放着一个电子相框，以十五秒一张的速度翻着相片。大多是他和家人的合影。后来，许颜新看到一张梁潮高中时代的照片。他和一个女生，并排坐在餐桌旁，笑得阳光灿烂。

女生和黄默有点像。许颜新拿起来，特别认真地看了十五秒。

梁潮扫了一眼，说：“我高中同桌，现在在法国，设计机械玩具。”

许颜新轻轻放下相框，似乎找到了许多年前百思而不得的答案。她说：“她一定特别爱听《浮光掠影》吧。”

梁潮听了，没回答。

看来，女生的直觉永远那么灵。

天气在一天里爬了七摄氏度，提早烘热了城市的初春。许颜新觉得不能再来做早点了，因为她越来越心猿意马。

黄默在周末的时候来过，这次她换了怨尤模式。许颜新和猫粮贴在卧室的门上偷听八卦。

黄默说："给我个理由，为什么非分不可？"

梁潮说："对不起，我以为你和另一个人很像，就会爱上你。"

黄默"啪"地掴了梁潮一个巴掌骂："渣男！"骂完她摔门走了。

许颜新和猫粮依然躲在卧室里没出来，他们都怕露面更尴尬。

不久，梁潮拿下一笔八百万的大单子，签下合约那天，老板请全体同仁吃饭。五星酒店的自助餐厅，梁潮是当仁不让的主角。这一天，梁潮多少有一点忘形，敬酒来者不拒。他说得没错，职场这块地方，流言止于业绩，再没有人评论他的私生活。

后来，梁潮醉了。老板心疼他，在酒店里开了个房间。许颜新扶着他上去。梁潮醉醺醺地躺在床上，不省人事。

许颜新在床边站了一会儿。昏黄的台灯，投射下一片明暗有致的光影，让梁潮的面颊，生动分明。许颜新觉得自己的心里，有股邪念在蠢蠢欲动。喝得这么多，应该不会醒来吧。她蹲下身子，缓缓凑近梁潮，心脏飞快的跳动声，像滚滚翻动的雷鸣。

突然间，梁潮半转身子，睁开了眼。

许颜新吓得直坐在地上，大脑在眩晕中，一片空白。

梁潮说："你觉得我是渣男吗？"

许颜新怔怔地看着他，没有反应。

“对于黄默，我是渣男。”梁潮继续说，“可是，我们都曾是少年，谁能一开始就懂得爱情呢？你以为不爱的，其实是你深爱的。你以为可以替换的，其实根本无法替代。你以为能遗忘的，你永远都忘不了。你以为你能输得起，其实你早已一败涂地。”

许颜新说：“你是要去找你的‘浮光掠影’吗？”

梁潮摇了摇头，说：“去年十一月，她去听了一场演唱会，再也没有出来……”

十一月的巴黎，发生了大规模的恐袭。

许颜新看着梁潮难过的眼神，心瞬间痛了。

11 | 看见时间

第二天，梁潮搬出猫粮的家。一周后传出辞职的消息。

有八卦从茶水间里传出来，梁潮出国了。

许颜新一边泡茶，一边默默地听着。

同事问她：“颜新，你知道梁潮去哪儿了吗？”

许颜新摇头说：“不知道。”

“真的假的啊？你和他那么熟。”

许颜新戴上耳机，不想说话。

她真的不知道梁潮究竟去了哪里。她只记住了，梁潮搬走时，对她说的话。

梁潮说：“你知道当年在篮球场，猫粮为什么专门给了我一拳吗？”

许颜新摇了摇头。

梁潮说：“他什么都懂，只是因为爱你，才选择什么都不说。其实，我注定是你的浮光，但你不要让他成为你的掠影。”

许颜新的耳机里，响着阿肆的歌声。

“青春的时候 / 难免有些许遗憾的忧愁 / 却不该成为束缚我放手追逐的借口 / 感谢那浮光掠影里 / 能拥有你们的幸运 / 所有往事都会过去 / 但至少我已经历。”

许颜新听着，听着，仿佛看见时间，奔流而过。

文 —— 夏不绿

你要去的地方，遗情处有诗章

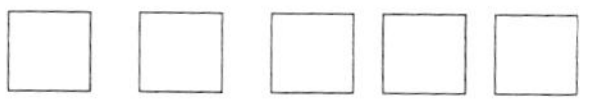

你要去的地方，

田野细雨春芒。

你要去的地方，遗情处有诗章

| 文 / 夏不绿

吴杭洵说，若干年后，他可能会是一头长发，会有一所房子，会养一条狗，还叫小八。油麦菜和苦瓜是必须要种的，门前一定要有槐树，等槐花开了可以蒸饭可以煮茶。屋子的窗户要朝南背风，没有也行。要有暖帘，源于中国，盛于扶桑。

当然，那得是好多年以后的事了。

允囡来浙南纯粹是因为不想去爸妈安排的机关上班。

大学毕业的前一个月，允囡在朋友圈看到一条民宿的招聘信息，地址在浙南的一座无名山上，主要负责民宿的客人接待和一些杂务。上面放了民宿的图片和山景，允囡一下就被吸引住，鬼使神差地拨了上面留下的电话，经过几次沟通后最终确定被录用，去的车费也由民宿报销。

吴杭洵来山下接她的时候，穿着藏蓝色棉麻开衫，里面是黑色T恤，裤子宽宽大大，脚上踢踏着一双拖鞋，在人群里格外显眼。

刚好遇到乡下的赶集日，所以镇上人特别多。允囡从温州坐了三个多小时的汽车才到达这里，脸上擦的防晒霜和粉底早被太阳晒得糊成了一团。吴杭洵帮她接过行李，简单地介绍了一下山上的情况。

夏天是供电最紧张的月份，所以要随时做好停电的准备。他们平时一个月下山一次，山上的日用品都靠快递寄上去，所以每次大家买东西的时候要及时把自己需要的报给采购。虽然山上风景美，但夏天蛇虫鼠蚁的什么都有，出门的时候一定要小心。

允囡听到这些的时候，心兀地一沉。虽然知道山里的生活条件肯定不能跟城里相比，但没想到连日常的用水用电都要小心谨慎。

乡下的交通没有城里的方便，虽然每天有固定的班车供村民们去镇上，但平均一辆班车需要等一个小时。吴杭洵站在树荫下给允囡讲这些的时候正好看到对面卖西瓜的瓜农，他让允囡等一下，然后走到街道对面。允囡看他跟那个瓜农很熟稔地攀谈，没多一会儿就抱着一个大西瓜走了回来，手里还拿了一牙红艳艳免费试吃的西瓜。

“这个大叔家的西瓜最好吃了，你尝尝。”吴杭洵把西瓜递给允囡，自己把西瓜放在地上。他额头上起了一层细密的汗珠，在斑驳的树影下像清晨四五点麦苗上的露珠。允囡见他无所谓地用手擦了擦汗，心蓦地一软。

你要爱荒野上的风声
胜过爱贫穷和思考

暮冬时烤雪迟夏写長信
早春不过一棵树

赶集的人们几乎都背了一个小背篓，里面装着他们买的瓜果蔬菜和生活用品。街上都是人们讨价还价和谈笑打招呼的声音，阳光好像在空气中纷纷爆炸，这个世界里充斥着允囡从前没见过的烟火与热闹。

允囡咬了口西瓜，果然又脆又甜。一开始想要逃开的心此时突然静了下来，她开始有点期待在山里的生活了。

民宿跟允囡在网上看的图片没什么差别，每一处都布置得像一幅画。店里的房间只接受预约，排期已经到了年底。吴杭洵来山上两年，是这家店的大管家，大家都叫他“大师兄”，店里的事无论大小都要向他汇报。允囡觉得他特别事儿，她每次用水都要被吴杭洵说。

“放水的时候水龙头关小一点，不然台子上到处是水。”

“洗衣服用掉的水可以储存起来拖地，别直接倒掉。”

“……”

允囡有时候觉得他比她妈还要啰唆，但人在屋檐下不得不低头。直到有次山上停水，吴杭洵不急不缓地带她去储水池，里面是一大缸清澈的生活用水。

“这是平时节省下来的水，可以用来做饭、洗澡。”

自打这以后，允囡就不跟吴杭洵较劲了，乖乖地听从他的指令，一有不懂的就在店里大喊：“吴杭洵，这个东西怎么弄啊？”

其他人都称他为大师兄，允囡偏偏喜欢叫他的全名，她觉得这样有种奇异的亲密感。

山上的岁月似乎特别慢，允囡来这里后明显感到自己的时间变多了。白天只要完成固定的打扫和接待任务后，就没别的事了，于是她跟着吴杭洵去山上的野生杨梅林采杨梅回来酿酒。

吴杭洵找了两个竹篮子，他一个允囡一个，两人一前一后沿着小路往山上走。小路两旁杂草丛生，出发前吴杭洵提醒过允囡最好穿长裤，她没听，执拗地穿着短裙，踩着凉鞋出了门。此时她的两条小腿被杂草刮得通红，她在后面忍不住抱怨了一声，紧接着又鬼哭狼嚎："啊！蛇！有蛇！"

允囡下意识地冲到前面，一把抓住吴杭洵的手，继续尖叫着："草丛里有蛇……"

吴杭洵见怪不怪，回过身看了眼允囡，神情平淡："这是山上，有蛇很正常。"

允囡一副看怪物的样子看向他："那万一被咬了怎么办？"

"这里的蛇性情都还比较温和，你不惹它，它是不会乱咬人的。"

"……"允囡吞了口口水，"那万一它们咬人了怎么办？"

"那就只有叫救护车了。"

"……什么鬼啊！"允囡想打人的心都有了，本来是想从吴杭洵那里得到安慰的，结果他不冷不热地说了这么些风凉话。

"哎呀，放心，不是还有我嘛。"吴杭洵看她都要哭了，便不开玩笑了，"要不你拉着我衣服走，这样遇到什么我好及时照应你。"

允囡瘪了瘪嘴，最后还是拉住了他的衣角，跟在后面，一步一个脚印地踩着他走过的路。

大概是为了避免让杂草刮到允囡的腿，吴杭洵走路的时候顺便把两边的杂草也踩到了脚下。允囡心里一暖，抓着吴杭洵衣角的手不自觉紧了紧。

杨梅林比允囡想象的大。到了后，允囡瞬间把蛇的事忘得一干二净，欢脱得跟只兔子似的。她从来没见过杨梅树，此时有种整个山头都被自己承包了的喜悦感。她挽起袖子就开始摘杨梅，恨不得把这些树都给搬回家里，让自己爸爸妈妈也见识见识。

允囡摘下一颗鲜红的杨梅，直接喂进了嘴里。

“哎……”一旁的吴杭洵见了，哭笑不得，犹豫了半天最后还是告诉她，“杨梅得用盐水或者高度酒精洗了才能吃，因为它里面也许有虫……”

话还没说完，只见允囡已经冲到路边干呕起来。

吴杭洵又是无奈又是好笑。所幸今天出门的时候他带了一小瓶烧酒，他选了些杨梅放进瓶子里，等浸泡个五分钟的样子把酒倒掉，他把泡好的杨梅拿给坐在地上一脸哀怨的允囡。

“这个杨梅才是可以吃的。”

允囡抬头看了他一眼，捻了颗放进嘴里。杨梅带了点酒精的味道，甜得醉人。

吴杭洵也在一旁坐下，说每年到了吃杨梅的季节他都会做几坛酒。

“你怎么会想到来这儿呢？”允囡问他。

“因为喜欢啊。”吴杭洵说，“你知道为什么大家都叫我大师兄吗，因为孙猴子就是大师兄，朋友说我太爱四处乱跑，跟个猴子似的。来这里之前，我差不多把全国都走了个遍，觉得累了，便在山上歇歇脚，等时候差不多了再出发。”

“东奔西跑的不觉得累吗？”

吴杭洵笑：“大概还太年轻，没法真正定下来。”

年轻的时候，大抵总是想要行更多的路，读更多的书，见更多的人。看过山山水水才能安于一座城市的乏味，把下半生托付给一个人。允囡明白吴杭洵的那种心情，她又何尝不是，不甘心接受父母的安排，便拼命逃开，可是她没有吴杭洵那样的勇气可以跋山涉水走四方。

山下来的客人带来一把古琴，别致轻巧，说是一个老先生手工做的，在这一带很有名气。吴杭洵见了，爱不释手，问及老先生的地址，准备择日前去拜访。

允囡知道后，屁颠屁颠也要跟着去。自从上次跟吴杭洵去了杨梅林，她就觉得这男生很有意思，跟他在一起总能遇到一些有趣的事。吴杭洵拗不过她，只好答应。

老先生家住得偏远，他们在路上没有找到车，只能一路步行过去。走了一个小时，允囡穿凉鞋的脚被磨了一个泡，她蹲在地上喘着气拜托吴杭洵：“我们休息一下再走吧，不然我脚要废了。”

结果一路拖拖拉拉，两个人到老先生家里的时候已是晚上。

老先生正在厨房做饭，允囡和吴杭洵两个人饥肠辘辘地站在院子中间，闻着饭菜香，口水差点掉出来。老先生走出屋，看到这两个姗姗来迟的人，倒也没有责怪，挥手招呼他们进屋："要是不嫌弃，晚饭就将就着跟我一起吃好了。"

"不嫌弃不嫌弃。"允囡说着就恨不得直接冲进去，结果被吴杭洵提住领子，给拉了回去。

"多有打扰了。"吴杭洵礼貌地向老先生介绍了一下他俩，一边道歉一边领着允囡进屋。

允囡心里嘀咕了一句："还真是麻烦的家伙。"

简单的两菜一汤，大概是饿极了，允囡连着扒拉了两碗干饭，不过菜不够了，老先生便去厨房取他平日做的泡菜。

趁老先生离开，吴杭洵便瞪了允囡一眼，小声道："你吃得太多了。"

允囡无辜："我饿呀。"

"这样太没有礼貌了。"吴杭洵的那一碗饭现在还没吃完，桌上的菜几乎只夹了几次便不再动筷。

允囡有些不好意思起来："可我吃都吃了，总不见得给吐出来吧。"

吴杭洵无语："我这一半都没动过，给你吧。"

允囡一脸感激，但想到吃了吴杭洵的饭他就得饿着了，于是摇头拒绝："我吃饱了，真吃饱了。"

吃完饭，三个人坐在屋里，吴杭洵认真地向老先生请教做琴的手艺。允囡坐在那里不住地打瞌睡，最后实在坐不住了就到外面的院子里去。

乡下的夜晚，天上的星星都格外明亮，不过蚊虫很多，允囡裸露的胳膊和腿上被咬了许多小疙瘩。她有点想家，父母很担心她在这边的生活，但为了证明自己的选择并没有错，她从来报喜不报忧。

“坐外面想什么呢？”吴杭洵不知道什么时候出来的，他端了两个玻璃小杯，把其中一杯递给允囡。“这是老先生自己酿的烧酒，尝尝。”

允囡接过，想也没想就一口喝下，结果被辣得不行。

吴杭洵见她的囧样，不禁笑起来：“你这冒失的性格还真是改不了了。”说着回屋给她拿清水漱口。

老先生说起自己年轻时的经历，走南闯北大半生，最后遇到自己的妻子便安定了下来，不过几年前他妻子生病去世了，他便一个人独自生活，做琴打发时间。他用自己做的琴给吴杭洵和允囡弹奏曲子，唱着苏轼的那首词：“十年生死两茫茫，不思量，自难忘……”

允囡听着听着眼眶就红了，转头看吴杭洵，见他也沉思着。

“人生短短几十年，能和爱人厮守是一件不易的事，要学会好好珍惜。”老先生转头看了看吴杭洵和允囡，笑得意味深长。

允囡读出老先生的用意，脸一下红了，想解释他俩的关系，可是转念一想，这不是越描越黑吗，于是作罢。

老先生年纪大了，每天睡得很早，跟两人打过招呼后便回房间休息，留下允囡和吴杭洵两人在客厅。允囡走了一天的路，早累得不行，坐在椅子上不知不觉就睡着了。等醒过来，发现自己身上盖着一床薄毯，吴杭洵就坐在自己对面，开着一盏小灯，还在研究那些琴。灯光打在他轮廓分明的脸上，像是一尊雕刻精美的塑像，显得些许不真实。

虽然允囡只需要起身走几步路便能走到吴杭洵身边，但她却觉得自己与他身处两个世界。他在光明向上的那端，而自己则身处浑噩的这端。

04

第二天，两人吃完早饭便赶回店里。

经过一条街道的时候，允囡隐隐听到一阵动物呜咽的声音，她循着声音找来源，最后发现一只躲在车底下的小土狗。吴杭洵趴在地上费了好大的劲儿才把它弄出来。小狗的左脚受了伤，已经结了血痂，但不能动，一直疼得呜呜呻吟，害怕得全身哆嗦。

“我们把它带回店里吧。”允囡提议，“反正店里没有狗，养只看店也不错。”

吴杭洵轻轻抚着小狗的毛发，答应道：“好，你说带回去就带回去。”

回店里后，他们给小狗洗了个澡，然后取出医药箱里的消毒水和纱布给它仔细地清理伤口。

“我们给这只狗取个名字呗。”允囡把药水递给吴杭洵，“不如叫小八。”

“为什么叫小八？”

“因为我们店里一共七个人，它是我们的新成员，所以叫小八。”

吴杭洵笑：“好，就叫小八。”

店里的同事都很喜欢小八，专门给它做了一个舒服的狗窝，还买了项圈，不过总是调侃地喊吴杭洵“小八它爹”，称允囡为“小八它娘”，一开始两人还会争辩几句，后来也就随他们去了。

这天，有客人专程来山上找吴杭洵给她拍照。允囡被抓去当劳动力，提着两个大箱子带着小八一路往山上走。拍了好几个小时，允囡无所事事地待在一边逗小八玩。有时候她觉得吴杭洵就像一个哆啦A梦，好像什么都会，特别神奇。从老先生家里回来后，吴杭洵还真就自己做了一把琴出来，并送给了允囡。虽然很粗糙，但允囡喜欢得不得了，把琴挂在床头上，每晚睡前都摸一摸。

等拍完照，天差不多完全黑下来了。

吴杭洵看了眼天气，估摸着待会儿会有雨，便催促着允囡快点收拾好东西离开。结果回去的路上，客人因为太着急，不小心踩到自己的裙角，直接崴了脚，没法走路了。

眼看天色越来越暗，山上没有路灯，天一黑路就更难走了。吴杭洵只好让允囡先守着东西，他把客人背下山去再回来接她。

小八转了几圈，不知道该跟谁走。允囡拍了拍它的头，对它说：“要下雨了，你快跟你爹回去。”声音很小，只有她和小八听见。

小八似乎听懂了她的意思，摇了摇尾巴，跟着吴杭洵一块走了。

天渐渐黑下来，允囡有些害怕了，山上蛇虫鼠蚁什么的光是用脑子想想就能吓出一身鸡皮疙瘩。允囡打开手机上的手电筒，把东西围成一个圈，自己缩在那个圈里，警惕地观察着周围。此时山上空无一人，只有风吹过，呜呜的风声响彻耳畔，这是暴风雨来临前的征兆。允囡吓得在心里不停念阿弥陀佛，感觉草丛中会随时窜出一个怪物来。

雨开始淅淅沥沥下起来，允囡的手机没电了，吴杭洵迟迟没有过来接她，这么多东西她一个人又拿不动，她突然很想家，如果此时父母在身边的话，自己一定不会这么孤零零的。想到这些，她鼻子一酸，忍不住就哭了。

不知过了多久，她隐隐听见小八的声音，前方一束光照过来，在允囡身上扫了几下。吴杭洵把客人一安置好就回来找允囡了，没想到允囡正一个人坐在雨里哇哇大哭，身上都被淋透了。吴杭洵急忙用伞遮住她："你怎么不找个东西挡挡雨呢？"

允囡抬头，看见一脸焦急的吴杭洵，哭得更厉害了："你怎么现在才回来啊？我还以为你不要我了……"

吴杭洵一边拉她起来一边安慰道："怎么会，这不路上耽搁了点儿时间，这次是我的错，绝对不会再发生这种事了。"

允囡还在继续哭，大概是被吓坏了，整个人哆哆嗦嗦的。吴杭洵把自己的外套脱给她穿，手紧紧地抱住她的胳膊，然后带她往回走。

允囡因此生了一场大病，直接高烧到三十九度，到了第二天晚上才退热。吴杭洵很自责，煮药喂药的事全部揽了过来，允囡一醒就看见坐在床头打瞌睡的他。

房间里没有开灯，开了一扇窗户，外面是槐树，开着白色的槐花，风一吹，香味就飘了进来。吴杭洵正好坐在这幅美好画面的中间，像画中的少年，漂亮得一点都不真实。

允囡没忍心叫醒他，就躺在床上静静地看着他，心里被一种饱满的情绪充斥着。

05

端午节那天晚上，大家聚在一起包饺子吃。吴杭洵包的饺子特别好看，允囡站在一旁给他打下手，不时发出惊叹的感慨："你包的饺子完全可以拿去卖了哎。"

"以后我要是开店的话会考虑你的提议。"吴杭洵想起自己逗留在四川的时候，房东大叔开了个饺子店，他说包饺子的时候，先蘸点水在皮上，这样饺子才会容易黏合。他每到一个地方，几乎都会学到这类看似没什么大用处的东西，或许放在漫长的一生里都算不得什么，可他却觉得很有意思。如果说人生是一个由积累发生改变的过程，那么他倒是很想看看自己的未来。

饺子煮好后，大家围着一张桌子吃饭。允囡一连吃了三十个饺子，还意犹未尽，可是肚子已经撑得不行。吴杭洵酿的杨梅酒可以喝了，他拿出来分给大家尝。允囡酒量不好，只喝了两小杯就有了醉意。她叽叽喳喳着四处乱跑，一会儿上楼，一会儿跑到露台外，站在栏杆上假装自己是《泰坦尼克号》里的主角，大喊着："I am the king of the world。"

吴杭洵忍不住扶额。

"好了，快下来回房睡觉去。"吴杭洵把她从栏杆上拉下来，没想到允囡居然挣开他的手，站在上面，张开双手作势要跳下来。

"我要飞。"说着，她就朝吴杭洵扑过去。

空气静默了两秒，围观群众实在憋不住了，纷纷大笑起来。而吴杭洵则被允囡压得全身动弹不得，他有种预感，自己的肋骨肯定断了一根。

允囡翻身往旁边一滚，然后睡了过去。

吴杭洵起身揉揉被压的地方，瞥了眼睡得跟死猪一样的允囡，心里叹了口气。虽然很想让她在这里自生自灭，但毕竟抵不过良心那关，又起身把她背起来。

他们住的地方在民宿后面的那个院子，过去需要走大概五十米。喝醉了的人特别沉，吴杭洵背着允囡觉得自己背了两个男人一样，跌跌撞撞好几次差点摔倒。

“你要去的地方，是夜是雨是盲……”背上的允囡喃喃着。

吴杭洵仔细听了听，才发现原来她在唱歌。很久后，他才知道那首歌是陈鸿宇的《途中》，也不是“你要去的地方，是夜是雨是盲……”，而是“你要去的地方，四野细雨春芒”。

允囡其实并没有真的喝醉，只是有些微醺，她也不知道自己为什么要装醉。看见吴杭洵全程追着喝醉的她到处跑，她就觉得挺好玩的，索性干脆装醉，想看看他会拿自己怎么办。不过戏演得过了头，到后来完全刹不住车，允囡只好装到底。

对允囡而言，吴杭洵想要去的那些地方，她都没有去过，也无从去理解。大抵就是陈鸿宇唱的那样，“你要去的地方，遗情处有诗章”，只是这诗章与允囡无关。

06

又到了每个月下山买东西的日子，店里因为忙不过来，便派了允囡一个人下山负责采购。为了有位子坐，允囡天还没亮就起来了，坐了最早的那班大巴出发。

吴杭洵起床的时候，发现餐桌上摆着做好的早餐，旁边有张手写的卡片，是允囡留的。

“这丫头片子居然还会做早饭了。”允囡典型的四谷不分五体不勤，吴杭洵压根没对她在家务上抱有任何希望。

吴杭洵吃了早饭，正准备开始工作，这时一个同事跑了进来，边跑边叫着：“不好了不好了……大巴出事了……”

吴杭洵下意识地打了个寒噤，问他：“在哪里？”

还没等对方说话，他就直接冲了出去。下山的路很陡，稍不注意就会因为惯性直接摔下去，吴杭洵摔了几跤，才到达出事地点，不过现场已经被封锁起来，外面围了许多人，他没多想就往里钻。

“允囡！”他大喊着，当地的警察拦住他，告诉他伤员都被送到医院了。

“你们有没有看到一个瘦瘦小小的年轻女孩，头发到锁骨的样子，长得很白……”说着说着吴杭洵嗓子一哑，忍不住哭了。允囡要是有个什么三长两短，他一定会内疚而死。

“吴杭洵？”一个熟悉的声音从背后传来，允囡提着买回来的东西准备坐车返程，结果得知路段出车祸了，只能走上去。没想到居然在这里看到吴杭洵抓着警察的手大哭。

“你没事？”转身看到允囡完好无损地站在自己身后，吴杭洵又喜又惊，“这到底怎么回事？”

“什么怎么回事？”允囡有些好笑，“你该不会以为我出车祸了吧？”虽然脸上是调侃的笑，但允囡心里已经开始不是滋味。

想到刚才吴杭洵哭的那幕，她既是感动又有歉疚。

吴杭洵拿出手机，才发现店里的人打了好几通电话过来。

“大师兄你跑什么跑啊，我还没有说完……不过既然你下去了，那你就顺便看看客人的伤势怎么样，今天来店里的客人坐的就是出车祸的那班车……”

原来是这样。吴杭洵怪自己太冲动，没有听别人说完，才造成这么大一个乌龙。

允囡说陪他一起去医院，他看了看她手里提着的东西，担心来来回回太累，便让她先回去。

“吴杭洵。”允囡一直没跟着大家叫他大师兄，而是喊他的名字。她没有任何动静，站在原地看着他，认真问他，“你刚才是因为我哭吗？”

“那不是因为着急嘛。”

“你是不是喜欢我啊？”

“你有被爱妄想症吗？”

“你就说是，还是不是。”

吴杭洵怔住，面对允囡来势汹汹的问题，他竟然没有立即反驳。

“等我回店里再说，我现在先去看看客人的伤势如何。”

说完，他从包里掏出一块巧克力塞到她手里：“路有点远，给你补充体力的。”

吴杭洵走后，允囡才发现他的腿肚子上有一条很长的血口子，不知道是蹭到了哪里，已经结了痂。她想喊他，无奈他已经走远了。

允囡回店里后，便一直坐立不安。想到吴杭洵没有立即拒绝自己，她心里开始胡思乱想，其实他对自己也不是全然没有好感吧？

直到天黑，吴杭洵才回到店里。他说客人暂时没什么大碍，不过这几天他需要过去多看看，照看着。

允囡特意留了晚饭给他，殷勤地跑过去问：“你吃饭没？我去厨房给你热热。”

一旁的小八热情地迎上去，待在吴杭洵的脚边蹭他的腿。

吴杭洵看上去一脸疲惫，没有像平常一样逗小八玩，而是摆了摆手朝房间走去：“不了，我想睡会儿，今天太累了。”

允囡突然有些不知所措，试探地问他：“是不是发生什么事了？”

吴杭洵笑了笑：“没什么，是真的累了，有什么事明天再说。”

那时，允囡就有了不好的预感。可当时她说服自己是她多虑了，吴杭洵能有什么事呢，天天洒脱得跟个神仙似的，又怎么会有事呢？

第二天允囡起床的时候，吴杭洵已经去医院给客人送饭了。

允囡失落地坐在客厅里，看见桌上插着的干花，准备去把它们换下。这时听到两个刚进来的同事边走边议论着：“你说的是真的吗？”

“我刚听老大说的。”

“不是说年底再走吗，怎么决定得这么突然？”

允囡站了起来，好奇地问他们：“你们在说什么事呀？”

“大师兄要走了。”

“走？”允囡一时没反应过来，“他走哪儿去？”

“下山呀，要离开这里了。”

允囡只觉大脑一蒙，像被人猝不及防地打了一下。

离开？昨天不是还好好的吗？怎么突然就决定离开了？允囡没意识到自己手里还拿着花瓶，结果“啪”的一声掉在地上，摔了个粉碎。

吴杭洵依然很晚才回到店里，允囡等了他一天，一看见他就急忙迎过去，想也没想，话已经直接问出了口：“为什么要走？”

吴杭洵刚换下鞋，允囡这么一问，他先愣了下，随即慢慢换好鞋，然后看向允囡，认真道：“是，应该下周离开。”

“怎么这么突然？”允囡不解。

吴杭洵脸上没有表情，淡淡然道：“我向来随意惯了，对于去留和许多选择一直都是突然起意。”

允囡怔怔地看着他，心里自嘲地笑了笑。是呀，他本来就是这样的人，她为什么还要去追问理由。对吴杭洵而言，没有什么是可以留住他的。那些准备好的话，此时变成了一个笑话。允囡吸了口气，嘴角牵出一个笑容来：“那祝你一路顺风。”

一路顺风。允囡说完最后一个字，眼泪就落了下来，但吴杭洵没有看到，他已经穿过大厅，往里屋走了。

允囡整整三天没有跟吴杭洵说过话，看见他也只淡淡扫一眼，直接无视他的存在。

大家准备给吴杭洵办一次欢送会，准备了食物和酒水，允囡借口说自己不舒服便待在房间里睡觉。这几日大家也看出她和吴杭洵之间的一些不寻常，便也没强求。

允囡在床上翻来覆去睡不着，本就睡不着，现在又心事重重。她好像隐隐听到店那边传过来的音乐声，她索性起床打开音响，没想到第一首播放的正是《途中》。她听着听着眼睛逐渐湿了。“你要去的地方，四野细雨春芒”。吴杭洵到底想要去往哪里呢？到底哪处才是他最终停留的地方？

吴杭洵和大家挨个儿干杯，他被围在人群中，依旧眼神淡然，神情洒脱。他喝了不少酒，有了些微醉意。虽然是欢送会，但大家一玩起来就完全忘记了主题。最后，吴杭洵一个人坐在角落里和小八玩，直到一双脚出现在眼前。

他抬头，是允囡。

“我还没敬你酒呢。”允囡端着满满一杯酒，笑道，“这次是真的祝你好。”说完，兀自一饮而尽。

吴杭洵有些惊讶地看着她，然后皱了皱眉：“你酒量不好，少喝点。”

允囡只是笑。

08

吴杭洵走后，允囡从别处那儿听来他突然离去的原因。

那天在山下出车祸的人是吴杭洵的前女友。两个人之前在西藏旅行时相识相恋，后来因为吴杭洵天性安定不下来两人便分手。没想到前女友一直念念不忘，于是用了假名字想来民宿看看吴杭洵，给他一个惊喜，没想到会遭遇车祸。吴杭洵那几天都忙着跑医院照顾她，两人没有复合，但也许是那件事让吴杭洵发现自己对他人情谊的辜负。

一个没有办法安定的人，没法给需要安全感的伴侣一个许诺的未来。

吴杭洵想，他和允囡大概也就这样了，他不想再看见任何人为了他受到伤害。

两年后，吴杭洵一路走到了重庆。

他往南走，到了厦门，再往广东、广西，最后去了老挝、缅甸，最后折返回国到了重庆。这座奇妙的城市，轻轨从居住楼里穿过，火锅的香味飘满大街小巷，大街上到处是漂亮的姑娘，人们说话带着好听的一点儿尾音。吴杭洵突然就爱上了这里，决定留下来自己开一家民宿。

某天，他认识了一个女生，对方略显害羞地问他：“你会一直留在这里吗？”

吴杭洵笑道：“会的。”

走过了万水千山，终于寻到一处愿意安定的地方。只是在他漂泊不定的岁月里，错过的情谊和与某些人的缘分，不可再得。

允囡在山上待了一年便带着小八一起回到家乡。她没有去父母给她安排的单位，而是进了一家外企。每天忙碌的工作和生活让她渐渐放下那段在山里的岁月，好像那只是她年轻时做过的一场美梦。就像爱丽丝梦游仙境，终归是要醒来回到现实里。小八已经长成了一只大狗，允囡每天下班回家就会带它去楼下遛一圈。她有时会拍着小八的头问它：“你还记得你爹吗？”

小八似懂非懂地叫几声，算是回应，允囡便自嘲地笑笑。

吴杭洵的民宿开张那天，允囡帮忙转了他的微博，没有多余的话，只有一句彼此都知晓的歌词。

“你要去的地方，四野细雨春芒。”

“你要去的地方 / 四野细雨春芒 / 太轻太急恓惶 / 听街声 / 闻世况 / 或走俗寻常 / 经戈壁 / 过断桥 / 塌落泥土香 / 递根烟 / 给路客 / 解乏这星光 / 茧磨在 / 鞋跟上 / 无所谓远方。”

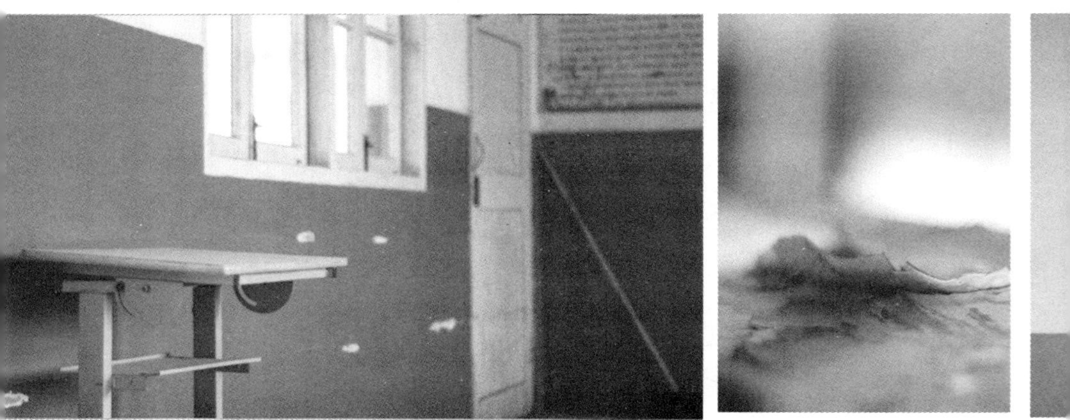

第四章

陪我入睡的，是月亮的忧愁和装满幻梦的枕头

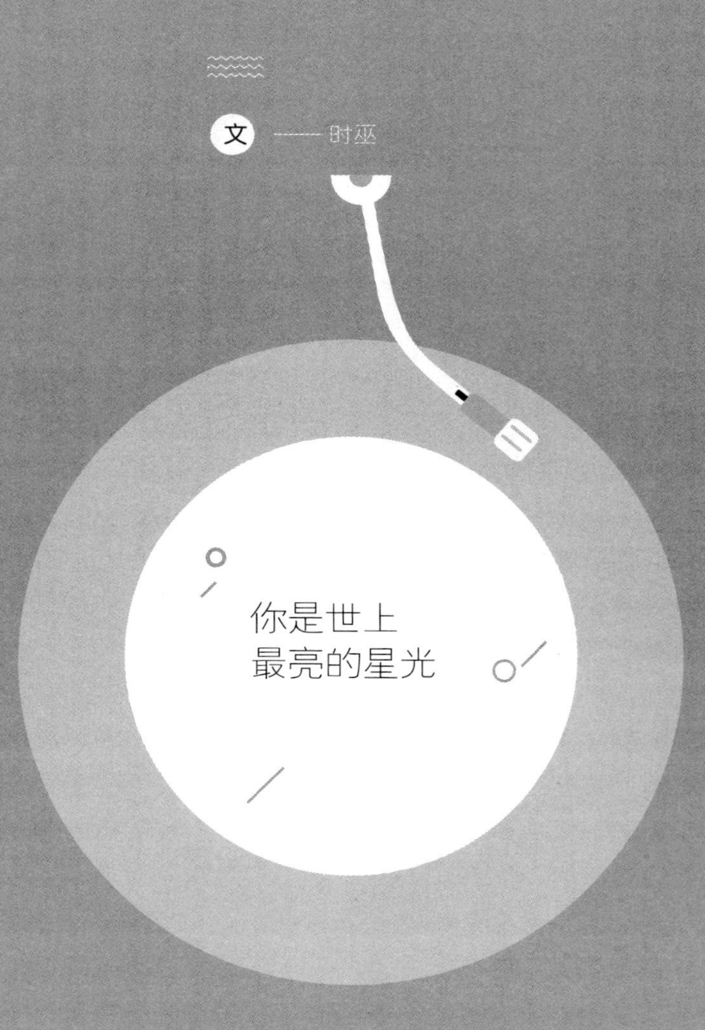

你是世上最亮的星光

文——时巫

夜空中最亮的星
能否听清
那仰望的人
心底的孤独和叹息

| 文 / 时巫

01 | 我有酸奶，说说你的故事吧

遇见吴青远，是在去大理的火车上。

暑假向来是旅游旺季，车厢里都是到云南旅游的学生。我抱着背包换了数次座位，总算换到一个稍微清净些的角落，吴青远的对座。

云南日光漫天，吴青远安安静静地坐在窗边，嘴边冒着青色的小胡子，扎着短而齐的小马尾，身旁是一个旧背囊和一把吉他。

他只慵懒地看了我一眼，我便忽觉火车的行进声骤然变大，震得我的世界轰轰作响。

我没能忍住我澎湃的心情，开口搭讪："大叔，您是流浪歌手吧？"

吴青远的身形跌了跌："小姑娘，你叫我呀？"

我殷切地点点头，从背包里掏出一瓶罐装酸奶，一把推到吴青远面前："我有酸奶，说说你的故事吧？"

吴青远的眉毛皱起来："这里没有人生鸡汤喝，快去和你的同学一起玩。"

为什么浪子不按常理出牌？气氛瞬间便有些尴尬。

但有人说过，出门在外脸皮要厚一些，我和他解释："那都不是我同学，我一个人来的。"

吴青远的眉毛抖动："一个人旅游？你成年了没有？流浪文化看多了吧？"

这个浪子太不友好，说好的谈人生谈理想谈旅途的呢？

我思虑再三，还是向他抛出橄榄枝："我准备从大理到香格里拉，再徒步去雨崩村，我觉得我们可以一起走，做个伴。"

吴青远顿了顿，笑了："路线安排得不错，可惜，我们不同路。"

热情被一盆冷水浇灭，我萎靡不振地缩在了一边，将自己从聒噪的振动模式调到静音模式。

大概是这一路我的眼神太过哀怨，到站的时候，吴青远第一个站起来往外走。他的行李轻便，人高马大，轻轻松松便从人群中穿过。

我抱着背包追上去，却被赶着下车的旅客挤得东倒西歪，等我站在了站台上，已经看不见吴青远的身影了。

我茫然四顾，看着旅客渐渐散了，一时间有些无措。

"喂！"有人从背后拉了拉我的背包，我转过头去，就看见一脸不耐烦的吴青远。

我没想到他竟还没走，一时间又惊又喜，说不出话来。

"这都是古城有名的客栈，你随便挑一家，打电话让他们来接你。"他从包里掏出一沓毛边的名片来，又翻了翻白眼，"还有，不要随便要求搭伙做伴，在路上，什么人都有。"

我的静音模式没调整过来，只能呆愣地看着他潇洒转身，头也不回地朝我挥手："江湖再见！"

我捏紧了他给的名片，笑着看他大步走远，没有再追上去。

反正，会再见的。

02 你好，我的驴友

后来吴青远告诉我，通常他和别人说了江湖再见，就再也不会见，但我很不道德地坏了他的规矩。

我坐在客栈的沙发上，听着前台的胖小哥拢了嘴朝楼上吼："老板，有人找！"

不多时，就有人从木楼梯上三步并做两步地跑下来，然后在看到我的时候，没刹住脚，差点摔了个四脚朝天。

吴青远维持着欲摔未摔的姿势，抱着楼梯的栏杆一脸不可置信地看着我："你……你跟踪我啊？"

那天苍山无云，古城的阳光从木质窗框漫进来，徜徉在吴青远身上，缓慢闪动，晃得我莫名眼睛发酸，喉头哽咽。

我与他不过两个小时未见，他已经洗去一身风尘，理了发，剃了胡子，干干净净的样子朝气蓬勃，仿佛还是少年模样。

在吴青远将我突然出现的事实消化后，我和他坐在了客栈大院里的秋千长椅上，身旁是一株开得姹紫嫣红的三角梅。

他抛给我一个芒果，语气不善地问："我不记得我给你的名片里有我们家客栈。"

芒果的香气在鼻间萦绕，我晃着脚歪头看他："所以啊……这样都能遇见，注定我们要当驴友，你就从了我呗。"

吴青远皱了皱眉，没有说话。

我在日光下端详他，他皮肤黝黑，是常年日晒留下的痕迹。

吴青远是一直在路上的人，他四处行走，从国内，到国外，风光览尽。在大理拥有自己的客栈和餐吧，他不是个爱吹嘘的人，但他的员工和他明显不是一个风格。

从得知我是来找吴青远的那刻起，前台的胖小哥就表现出万分热情，事无巨细地将关于吴青远的一切全盘托出。自然包括他此行的路线，和我分明是一致的。

大概是终于意识到我将会阴魂不散，吴青远一脸生无可恋地叹了口气："跟我同行只能按照我的行程走，你如果不乐意，我们随时散伙，我不爱等人。"

虽然表情勉强，但这就是答应了。

我快乐地尖叫起来，脚尖点地用力地推动秋千，秋千晃起来，吓得坐在一旁的吴青远一个激灵，死死地抓住了扶手。

吴青远没有骗我，跟他一同旅行的确很累，他的行程满满，马不停蹄地拉着我走遍大理。我还未曾吹够洱海边的风，就被吴青远拎着塞进了去香格里拉的大巴。

一路海拔上升，一路漫漫云雾。

我兴奋地拉着吴青远谈天说地，然而吴青远不是一个合格的驴友，他除了偶尔丢给我一个白眼，其他时间都只撇头看向窗外，不言不语。

这样的交流简直累人，我终于瘫倒在座椅上，问出我最后一个问题："吴青远，你为什么每年都要来云南待上两个月？"

这是前台的胖小哥告诉我的，他的怪老板全年在外漂泊，只有每年的七月，才会回来一趟，却不照顾生意，只是沿着他走过的路线，去他明明去过了无数次的地方，年年如此。

吴青远依旧沉默。

他沉默得太久，久得我被窗外的阳光晃酸了眼睛。

我以为我不会得到答案了，然而在下一刻，他喃喃自语般地对我说："因为我在等一个人……"

大巴司机就在此时忽然踩了刹车，我一头撞在前方的椅背上，硬生生磕出了一滴眼泪。

我在吴青远鄙视的目光中疼得龇牙咧嘴，甚至忘记追问他，他要找的那个人，是谁？

03 | 今年如果还等不到她，就不要再等了

踏上香格里拉的土地时，吴青远又回到那个坚不可摧的状态，仿佛在车厢里那片刻的脆弱只是我的幻觉。

我跟在他身后亦步亦趋。

香格里拉的天比大理更加明朗透亮，我仰起头转着圈圈，而吴青远立在一旁看我，嘴角难得地挂着笑意。

他熟门熟路，轻易就找到一间干净整洁的特色客栈。

客栈的老板叫乌冬，和吴青远算是江湖至交，吴青远每年都在固定的时间来香格里拉，住的地方亦固定在乌冬的客栈。

对于吴青远居然与人同行这件事，乌冬表现出莫大的好奇心，他上上下下地打量我，八卦的目光和大理客栈前台的胖小哥如出一辙。

他直奔主题地问我："小姑娘，莫非你就是他在等的……"话未说完，就被吴青远一巴掌糊住了嘴巴。

“要多一个房间，给她住。”吴青远自来熟地在柜台挑了把钥匙，一把拎过我的背包带，径直越过众人，将我拎行李一般一路拎上了二楼。

来到香格里拉之后，吴青远将我丢给乌冬照料，整日早出晚归，大部分时间不知所终。我没有按捺住旺盛的好奇心，在某个黄昏时分，我独自偷偷地溜了出去。

我在草原上找到吴青远时，已经月上中天，我饿着肚子，一脸委屈地坐在了吴青远的隔壁。

吴青远若有所思地回头看我：“怎么找到我的？”

我笑眯眯地回答他：“你化成灰我都认得你，一眼就看到了。”

我没有告诉他，我走到两脚酸痛，看得眼睛发蒙，才在一片灰暗中找到了他。

他笑着仰倒在草地上，倒下去的时候顺手将我一扯，我便跟着倒下去。七月份的天空星光点点，美不胜收。

大概是星光太亮，一向寡言的吴青远竟然开口问我：“这次旅行有收获吗？”

我想也不想就应：“有，你呀。”

我在他面前向来没个正形，他也不以为忤，只是转过头来看我，目光比星光更亮：“这是我第二次听见这个答案。”

我想他终于要跟我讲故事了，但我身旁没有酸奶，没有可乐，只有一片被点亮的天幕。

这片天幕，二十二岁的吴青远看过无数遍，和一个叫番茄的女孩。

吴青远说，番茄是他见过的最勇敢的女生，她一个人旅行，日晒雨淋无所畏惧。

那时的吴青远并没有像现在这样冷酷到底，他会笑，跟番茄说话的时候会先红透一张脸，从大理到雨崩，他们一路结伴同行。番茄爱说爱笑，吴青远觉得，整个云南加起来都没有她好看。

他们的云南之行结束前，番茄曾笑着对他说："吴青远，不如明年我们还在这里见。"

番茄可能只是同他开了个玩笑，因为她走得太干脆，连一个联系方式都没有留下，他甚至不知道她的真名。

但吴青远是个较真的人，后来他每一年都来云南，甚至在大理扎了根，开了客栈，开了餐吧。

虽然那和他约好的人从来没有出现。

"今年她大概也不会来了。"如今二十八岁的吴青远苦笑出声，"六年了。"

通常在这种时刻，身为听众的我理应陪同叹息，赠送安慰，但我想，吴青远不是一个需要同情的人。

我跳起来叉着腰，居高临下地教训他："男子汉大丈夫，不去看看朕为你打下的大好河山，整天儿女情长有什么意思？"

吴青远难得没有反驳，他笑着站起来，插着口袋吹着口哨，在凉风徐徐的夜里往回走。

我跟在他身后，踩着他若有似无的影子，做了半天的心理建设，才鼓起勇气揪住了他的衣服："喂，如果今年还没等到她，就不要再等了，好不好？"

前面的人顿了一顿，良久才于漫天星光中回头看了我一眼。

他目光太亮，亮得我神思恍惚，以至于在那一刻，和以后漫长的时光里，我都无法确定，耳边响起那一句恍若叹息的"好"，究竟是不是我的错觉。

给我再去相信的 勇气
越过谎言去拥抱你

04 | 我一直在等他将我认出来

在香格里拉的最后一个夜晚，我做了一个漫长的甜梦，甜梦尽头有阳光，有吴青远，还有乌冬杀猪般的叫门声。

我气势汹汹地爬起来开门，就看见乌冬一脸痛心："你还睡？你家吴青远跑了！"

我愣了愣，拨开乌冬跑进吴青远的房间，果然人去楼空，他的行囊和背包都不在。

乌冬说，有驴友在朋友圈发了些雨崩的图片，其中图片里拍到一个女生模糊的侧影。而那个侧影，很像吴青远等了许多年的番茄。

所以吴青远来不及告别，就急急忙忙踏上了去雨崩的路。

我跳起来揪住乌冬的衣服："我要去雨崩，立刻，马上。"

去雨崩村需要徒步，乌冬将我塞进一群毕业旅游的学生里，我们一起跟着向导翻山越岭，我一路冲在最前面，活像自己是个女战士。

等我在雨崩见到吴青远的时候，夜色已经沉沉，他站在必经之路，身后是零星的灯火。

我很不道德地松了一口气，他是一个人，他没有找到番茄。

我慢吞吞地挪到他身边，想努力挤出一个微笑，但终究没成功。一整天高强度的徒步让我神经和身体都很虚弱，我晃了晃，身不由己地向吴青远行了一个五体投地的大礼。

迷糊中我没有感觉到痛楚，似乎有人及时架住了我，大呼小叫地把我背起来，他应该走得很快，耳边有风擦过，夹在风里的，是模糊不清的数落声。

我恢复过来的时候，就看见吴青远坐在我床边，咬牙切齿地瞪着我：“谁让你跟来的？”

我太疲惫了，终于没有力气再对着他嬉皮笑脸，却还可以嘴硬：“我就是来看看，番茄何德何能，为什么言而无信还能让你死心塌地？”

我想我大概碰到了他的逆鳞，下一刻他的脸色冷了下来：“那我又何德何能，让你跟着我阴魂不散？”

我的手心忽然潮湿得一塌糊涂，他大概已经知道，知道我一直跟着他，是因为，我喜欢他。

我不敢回答，吴青远淡淡地看向我：“旅行只是一个站点，过后我们各有目的地，所以，不要过分相信这路上的相遇。”

他话中有话，那是在告诉我，我和他萍水相逢，只是过客，不是归途。他一直将我当作不懂事的少女，包括这场旅行，包括我对他紧追不舍，全都是我在任意妄为。

那憋在我心里许久的话差点就要脱口而出，可惜没能成功，一激动，我的呼吸又急促起来。

吴青远皱着眉头把我按平：“别乱动了，好好休息。”

我乘机揪住他的手：“你仔细看一看我，看清楚呀。”

我的表情这样严肃，吴青远却只是笑着皱眉：“嗯，看清楚了，丑姑娘一个。”

我终于不喘了，下一刻难过却铺天盖地。我拉过被子蒙上头，大呼小叫地赶他走。

我一直在等他将我认出来，像我在火车上一眼就认出他一样。

但他可以凭借一个模糊侧影认出番茄，却始终认不出曾天天在他面前转悠的我。

吴青远走后，我慢慢从被子里露出头来，木屋里橘色的灯光晃动，没有人听到我的叹息。

“吴青远，你等了她六年，而我，等着来到你身边，等了整整十年啊。”

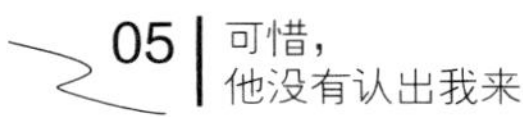

05 可惜，他没有认出我来

我认识从十五岁到十八岁的吴青远，在那个游人熙攘的海滨城市里。

我同吴青远，既没有青梅竹马的情谊，也没有和睦邻里的关系，我和他的初遇，是源于他一次兴之所至的拔刀相助。

九岁的我胆小畏缩，形单影只，但好在我家境尚算富裕，所以我用物质换取伙伴，但这样做的后果是他们食髓知味。其中胆大妄为的，会在放学后拦住我，要求我派送礼物。

他们胃口很大，我的零花钱早已用尽，在校外的士多店欠下了一笔“巨款”。

他们拿了东西飞快逃窜，而我被老板紧紧揪住，大吼着要将我交给老师交给警察，作势举起的手几乎就要落下。

吴青远出现的时候，我正哭得上气不接下气，他将我从凶巴巴的老板手里抢过来，声音波澜不惊：“她欠你多少？我替她给。”

后来吴青远曾哭丧着脸投诉我败家，那是他一个月的生活费，但他从没有要我还。在他出现以后，我再也没有受到不友好的纠缠。

我开始每天都等在吴青远放学回家的路上，战战兢兢地跟着他走，他好气又好笑地赶我：“小尾巴，不要再跟着我了，快回家去。”

我也不知道哪里来的勇气反驳他：“不走，我还没有报答你。”

那是武侠剧横行的年代，吴青远端着脸吓唬我：“电视里报答救命之恩都是以身相许的哦。”

我突然便豪气万丈：“行呀！等我长大，我嫁给你！”

吴青远憋红了脸，终于大笑出声。他的影子在夏日的余晖里剪成了好看的形状，从那个时候开始，我的人生梦想，变成了嫁给吴青远，和他在这座吵闹热烈的城市里终老。

吴青远很忙，我只有幸运的时候才能见到他，即便我所谓的见面是偷偷踩着他的影子走上一路。

他很优秀，这样优秀的人，心里有着更大的世界。毕业的时候，他选择了遵循自己的梦想，奔走四方，听说他走得决绝，像是不会回来的样子。

后来他果然走遍世界，唯独没有再回来这个城市。

我曾在他离开的前夕挽留他：“留下来不好吗？”

我故步自封，便希望他也留下来，永远留在一个地方，因为足够安稳。但他只是笑着拍了拍我的头：“小尾巴，只有飞过，才会知道自己有多优秀。”

我无法理解，便愤怒起来：“吴青远，你要走了，我还怎么嫁给你？”

吴青远笑得眉眼弯弯：“如果你能走出这个地方，找到我，我就娶你呀。”

这是十八岁的吴青远能想到的最委婉的拒绝，然而那个时候，我却误以为这就是承诺。

我立誓要变成更好的人，为了他。

十年里，吴青远即便远在他方，也依旧让我念念不忘。

他去过的地方，我都在地图上标示，他的每一篇博客，我都仔细阅读，他每去一个地方，我就上网百度那个地方的所有资料。

我搜集他所有的信息，包括他每一年都要回一次大理，重复旅行的路线。

我选择了和他同样遥远的城市上大学，由南至北，我走出那个城市，我终于可以来见他了。

当吴青远在博客上发出车票照片，我积攒多年的勇气方才找到突破口。我费尽心机以高价买来车票，又挨个车厢换位，终于换到了他的身旁。

云南的阳光那样亮，吴青远就在那样晃眼的光里转过头来看了我一眼。

可惜，他没有认出我来。

06 | 我青春里所有的快乐悲伤，都因为这个人

这些旧事让我在雨崩村失眠了一个多礼拜，我赌气地没有再和吴青远说过话。

好在旅行旺季里往返的人特别多，我每日跟人结伴出游，夜晚便坐在旅馆外院，和不同的人玩游戏、唱歌，将吴青远晾在一旁。

按照他的脾气，他很应该给我一个白眼然后掉头就走，但他没有，我同别人聊得热火朝天的时候，他就在一旁静静地看着。

安静的吴青远是个让人难以忽略的美男子，终于有人忍不住

邀请他："一起玩吗？"

他向来高冷，理应会拒绝，谁知他却越过众人，在我身旁坐下，笑眯眯地问："玩什么？"

大学校园里的游戏被搬到了雨崩，其实不外乎那几样，吴青远得心应手，几乎秒杀全场。

不一会儿，就有一个漂亮的女孩走了过来，挨着吴青远坐下："我记得你来的时候背着个吉他的，给我们唱首歌吧？"

吴青远愣了愣，我也愣了愣。

只能感叹现代人观察力太强了，吴青远是有一把吉他，但是他的吉他从来只用来给别人伴奏。

这一路上，我想尽办法，都不能让吴青远开口唱哪怕一句，我想他应该会拒绝，但今天晚上让我措手不及的事情太多了。

吴青远匆匆瞥了我一眼，开口问那个女孩："想听什么？"

我的怒火就在那一刻沸腾到顶点——我不发一言地站起身，扭头就跑。

我不知道自己往哪里跑了，在这种高原地区跑步绝对不是一个明智的选择，有一刻我觉得我就要在这里英年早逝。

就是那一刻，我脚底发软，一个不慎就跪跌在地上。

其实一点都不疼，但我却蹲在路旁，难受得泪流满面。片刻之后，我就在泪眼模糊中看见一双熟悉的鞋子。

我仰起头，就看见吴青远朝我伸出手来，他背后漫天的繁星将他难得的温柔照亮："喂，别哭了。"

那一刻，时间回流，我仿佛看见十年前的吴青远，他在路旁使劲地揉我的脑袋，柔声安慰我："小尾巴，别哭了。"

我没有握住吴青远伸过来扶我的手，我用尽力气跳了起来，一头撞进他的怀里，撞得他一个趔趄。

不知他是不是疾行过，他的心跳太快，快得我怀疑他下一刻就要高反。

然而他开口的时候，声音却依旧镇定："你不是一直想听我唱歌吗？为什么跑了？"

我不看他，嘴唇却颤抖起来："你的歌，不是只会唱给喜欢的人听吗？"

那是十八岁的吴青远说过的话。

我想我给出的提示已经足够明显，但吴青远沉默了片刻后轻轻将我拉开，无奈地看我："少女，哪有那么多乱七八糟的规矩，少看点偶像剧好吗？"

我的心终于跌落沼泽，他的世界有太多的人路过，而我只是其中一个，他没有记住我，也忘记了自己曾说过的话。

吴青远没有再看我，他拉着我往回走。

我看着他的背影，我青春里所有的快乐悲伤，都因为这个人，我决定奋不顾身赌一把："吴青远，我喜欢你喜欢你喜欢你！"

我几乎是吼出来的，这么明显的事实，一路走来，我知道他看出来了。

吴青远的身形顿了顿，但他没有回头，拉着我继续大步往前走，像是什么都没有听见。

那天晚上，吴青远在院子里唱了一夜的歌，直到人群散去，只剩我和他两个人。

天亮的时候，他放下他的吉他："我要走了，我们就在这里分别吧。"

07 喜欢你，是我做过的最勇敢的事

吴青远再一次离我而去，这一次，他将我留给了乌冬。

乌冬领着我从雨崩回香格里拉，大概是我生无可恋的表情激怒了他，他恨铁不成钢地瞪着我：“你不要一副被赐了三尺白绫的表情，爷我就没见过吴青远对谁这么好过！还动用我当保镖的！”

我很哀怨地瞪回去。

乌冬被我瞪得一退再退，最后他咳了咳：“吴青远回大理了，你还跟吗？”

我鼓起勇气来到他身边，告诉他我酝酿了十年的那句话，但是他给我的答案，却是跟我告别。

一想到这里我就怒不可遏，我揪住乌冬的衣领：“当然跟！帮我订车票！我要去大理！”

乌冬欢天喜地地将我送去车站，离开前，他突然拍了拍我的肩膀：“吴青远一直在等一个人，有时候我觉得，也许冥冥中他等的不是番茄，而是你。”

我不知道有没有冥冥中这回事，但我还是回到了大理。

还是那个客栈，还是拢着嘴朝楼上吼的前台胖小哥。

再见到我，吴青远没再惊得从楼梯上摔下来，他的表情复杂难明，好像他早就猜到我会来一样。

我将刚刚从店门口撕下的招聘广告甩在桌上：“我要应聘，我要给你当长工！”

吴青远笑得无奈："我记得你八月底还要回学校报到？"

我底气不足："那我给你当兼职！"

吴青远眉毛飞扬："本店只招长工，不招兼职。"

为了爱情！我惨兮兮地将我的信用卡递给胖小哥："那我住宿……老客户打个折行不行？"

吴青远默默地看着我和胖小哥讨价还价，又看着我噔噔噔跑上楼，由始至终，他都没有出手阻止我。

在楼梯转角处，我偷偷往下看。

吴青远站在那里，仰着头看我，他的表情变幻莫测，但我还是能从他微微上扬的嘴角捕捉到一丝欣喜。

是再见到我的欢喜吗？

那一刻我因为自己的猜测而满血复活，就像十八岁出门远行的少年告诉我的那样，他说，出门在外，脸皮厚一点总没错的。

这是他留给我的人生箴言，我终于凭着厚脸皮，和他再次靠近了一点点，又一点点。

我在大理留了下来，这场旅行花光了我的积蓄，虽然前天胖小哥好心地给我的住宿费打了折，但我依旧囊中羞涩。

大概是我每日青菜白粥过分狼狈，吴青远终于默许我到他的音乐餐吧兼职，以此抵消我的住宿费与伙食费。

我同吴青远的关系越来越和谐，和谐到，总有一起兼职的女孩笑着跟我耳语："喂，吴青远一直在看你耶！"

我恍然间抬头，就撞见他的目光，不躲不避，直接得让我心跳过速。

前台的胖小哥疑惑地和我讨论，他说，他家怪老板今年很反常，从雨崩回来后竟然没有立刻离开，而在大理停留下来，像是在等什么人。

种种的蛛丝马迹让我觉得，我终于无限接近了我的梦想，这一次，只要我伸出手，他就会到碗里来的。

我抱着希望，在某个夜幕降临的黄昏里，冲上了餐吧的舞台。

吴青远是老板，偶尔也当伴奏的吉他手，我冲上去的时候，他诧异地打量我："你会唱歌？"

我不理他，只面对观众："这首歌，我想唱给我喜欢了很久很久的人听。"

吴青远起的第一个调就错了，但他很快改过来，我没有回头看他，我闭上眼，试图把这些年来所有的感情都倾注在歌里。

坐在公园里反复练习吉他的少年音符零落，而我慢慢拼凑，终于拼凑出这首他当年最爱的歌。

《夜空中最亮的星》，我练习了整整一个青春，它也陪伴了我整个青春年华，在我迷失的时候，在我恐慌的时候。

"夜空中最亮的星 / 能否记起 / 曾与我同行 / 消失在风里的身影……"

我不知道吴青远的世界里最亮的那颗星星是谁，但我知道，在我的世界里，那颗星是他，一直是他，只有他。

台下掌声雷动，我颤抖着开口："我想告诉他，喜欢你，是我做过最勇敢的事情。"

下一刻，我鼓起勇气回过身，却见吴青远的目光晃了晃，落在我身后的一点。

我疑惑地回过头去，就见一个穿着民族风长裙的女孩子，婷婷地站在台前，不用说话，就已经美得颠倒众生。

她用力地朝我鼓掌："唱得真好！"

说罢，她越过我，笑着看向我身后的人："吴青远，嗨，我又回来了。"

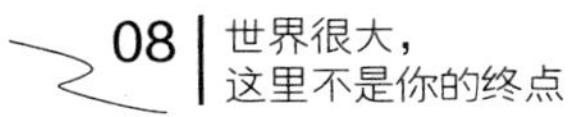

08 世界很大，这里不是你的终点

番茄回来了。

知道吴青远故事的人并不少，他们趴在餐吧的玻璃窗前，看着窗外对立的吴青远和番茄。我挤在中间，被挤得面目扭曲，在番茄向前一步轻轻地牵起吴青远的手时，我觉得我的心也扭成了我无法辨认的形状。

我身边的人不由自主地发出欢呼声，我想番茄自然会有她的理由，那个理由一定足够让人信服，因为我看见窗外的吴青远，尽弃前嫌地朝她微笑，下一刻，他展开双臂，将番茄拥进了怀里。

我和他，像过去十年一样，隔着一个屏幕抑或是一块玻璃，就是两个世界。

我不知道自己哪里来的力气，愤怒地推开围观的众人，跑出餐吧，跑到吴青远和番茄的面前："我的话还没说完，吴青远，你有没有礼貌啊？！"

在番茄出现的前一秒，我想告诉吴青远，我是十年前的小尾巴，我想告诉他，这些年，我每一步都走得很坚定，我锲而不舍地学唱歌，兼职存钱，为的都是希望这一天，我能给他一个惊喜，告诉他，我已经有了翅膀，可以和他一起飞翔。

然而，我努力地长大，努力绽放的美丽，始终不及她一个再次出现。

我的歇斯底里吓坏了番茄。

她试图安慰我，在她拉住我的那一刻，我用力地推开了她。我没料到番茄是那样瘦弱且弱不禁风，她被我轻易地摔出去，下一刻，她躺在地面上没命地喘起来。

番茄有哮喘，我想这大概就是她爽约的理由。

吴青远将我拉到了一旁，暴怒中将我的手捏得生疼："胡闹！"

餐吧里已经有人跑出来，将番茄扶进了餐吧。

我拉住急切地要往回走的吴青远，我垂死挣扎地看向他："吴青远，我留下来好不好？"

吴青远没有看我："你应该回学校了。"

我一心期盼他说好，但他没有。

他的声音比梅里雪山的雪还冷："世界很大，这里不是你的终点。"

他让我走下去，去看风景，但他却不说，他会和我一起。大约我在他生命中始终是过客，像从前的小尾巴，像无数他说过江湖再见从此不见的人，所以他从来不问我的名字，所以他将十年前的小女孩轻易地忘记。

在最后一刻，我把所有打算公之于众的秘密，再次咽回心底。

我冲进了餐吧，朝面色苍白的番茄九十度鞠躬，诚恳地说了句对不起。

再之后，我连夜离开了大理，没有跟吴青远告别。

离开前，我在前台留了一个信封，里面装着三百四十元钱。

九岁那年，他在小卖部替我还清的巨款，我一直没有还给他。我本不着急，我觉得我有一辈子可以还的。

但过客只有同路一程，哪里来的一辈子。

09 | 我想 带你去看看

我没有再去过云南，回校以后，我打消了毕业后到云南工作的打算，考上了研究生，计划着读完研究生再考博，打算把自己淹死在无涯的学海里。

我没有给吴青远留下联系方式，只是偶尔给乌冬写写没有地址的明信片，我没有再提起吴青远。

我想，像所有爱情故事美丽的收尾一样，他此时此刻，应该已经如愿。

但我还是错了。

我曾因为吴青远选了旅游专业，暑期里我在旅行社找了一份实习，而我万万没想到，向来喜欢独来独往的吴青远，就身在我要带的那一辆大巴上。

他冷着脸打量我："好久不见！"

我莫名就腿脚发软，我跑下车，想来这份实习铁定要打水漂。

吴青远追上来，却没有拦我，他只说了一句话，就让我停了下来。

他的声音像从遥远的十年前飘来，他喊我："小尾巴。"

他终于认出我了。

我回头，就被他恶狠狠地抓住："本想等你毕业了再来找你，谁知道你竟然读研，这也就算了，你还想读博，你是想让我等成老头子吗？"

我张牙舞爪："找我干吗？我已经不欠你钱了！"

吴青远的目光突然温柔下来："因为特罗姆瑟的北极光很美，圣地亚哥城堡历史厚重，我想带你去看看。"

在雨崩的夜晚，在他对我弹唱了一整夜情歌之前，他已经读懂了我的暗示，他记起了喜欢黏着他的小尾巴，那一夜不眠不休的歌，原来是唱给我听的。

然而我一副义无反顾投奔他的模样让他恐慌，他曾孤注一掷放弃学业，因此吃过许多的亏，他害怕我因为他做出错误的决定。

他选择了不认我。

我不信："那番茄呢？"

吴青远忽然咬牙切齿起来："本打算隔天要同你说清楚的，谁料到你居然跑了！"

年少时的约定后来不过是一种执念，他与番茄的那一个拥抱，是释然，是放下。我却将之误解，狼狈逃离。

吴青远眼睛发亮："独来独往这么多年，就没遇过这么黏人的小尾巴，从我十五岁跟到我二十八岁，想不投降都不行。"

他数次逃离，而我紧追不舍，如同我曾说的那样，喜欢吴青远，是我做过最勇敢的事。

幸福来得太突然，我受宠若惊，慌慌张张地往前走。

吴青远跟了上来，将一个白信封塞进我的手里，我不用看，也知道里面是我当年欠下的三百四十元钱。

阳光底下，吴青远神采飞扬："现在你又欠我钱了。"

我仿佛看见当年鲜衣怒马的少年，我曾苦苦追寻的梦想如今终于握住了我的手。

"小尾巴，我想你用一辈子来还。"

文 —— 阮笙绿

吾爱

休怪我不够爱你啊

林瑜雁每次站在领奖台上，都会朝看台上张望许久，这个动作，每次都引起暴乱，那些疯狂的女粉丝会在看台上尖叫，试图引起他的注意。

但其实他谁都没看，他在找一张弓，一个人。

一张乌黑的反曲弓，叫作黑鲛。

一个带走他心的人，她叫谷遇。

谷遇是在遇见了林瑜雁之后，才知道奥运会上还有一个项目，叫作射箭。

那时候，谷遇跟林瑜雁的那些脑残粉没什么区别，看见他那张脸就走不动路。那时她是暴发户，一两万的包包随手就买，她就是在满是奢侈品店的丰华路边的长凳上看到的林瑜雁，一身黑衣，低着头安静地擦着手上的那把弓，样子酷酷的，让人不敢靠近。

但是谷遇是谁呀，天生心比天大，别人不敢，她却敢。她提着自己新买的小香包，若无其事地坐在他旁边，跟他搭讪。

“这弓真酷，你的？”

林瑜雁没理她，甚至连眉毛都没抬一下，只当她是真空的。

谷遇也不气馁，又问：“这弓跟《复仇者联盟》里的鹰眼是同款，你喜欢鹰眼？我比较喜欢美国队长，又帅又有安全感，带出去多有面子啊。”

约莫是实在受不了谷遇的脑残，林瑜雁抬头看她一眼，又飞快低头，一个白眼翻得毫不掩饰：“我是运动员，练弓箭的。”

谷遇第一反应就是“还有这个运动项目？”，但是直接问出来未免显得自己太没文化，就别过身去用手机偷偷百度了一下，这才回过身来冲他笑：“我知道的，现代射箭运动最早出现在英国，英格兰的约克郡自1673年起举行的方斯科顿银箭赛，延续至今。1787年英国成立皇家射箭协会，成为世界上最早的射箭组织……”

林瑜雁终于按捺不住抬起头来看她，一脸“我就静静看着你装×”的表情。

谷遇放下手机，停止念百度百科，笑眯眯冲他伸出一只手：“你好，我叫谷遇，谷仓的谷，遇见的遇。很高兴认识你，你叫什么名字？”

林瑜雁提着他的弓，起身走了。

02

谷遇长得不丑，她爹谷大头又是远近闻名的暴发户，她有钱，所以搭起讪来，所向披靡，林瑜雁是她碰到的第一枚硬钉子。谷遇提着香奈儿，穿着范思哲，脚踩三寸“哭泣”小高跟，摆出一个霸道总裁式的笑容：很好，小子，你成功引起了我的注意。

但是这种良好的自我感觉没维持到家就破灭了，她爹谷大头投资失败面临破产，也许是成了暴发户以后，恭维话听多了，竟无法接受这样的失败，大头朝下从自家的办公楼顶楼跳了下来，当场死了。

谷遇的妈妈还算坚强，将家里的房产、珠宝全部卖了，还欠下的债，带着谷遇搬进狭小逼仄的旧公寓，即便这样，也还有一百多万没有还上。

谷遇的小公主生活开始没多久就返贫了，好在她心大，一直表现得还算平静，脱了范思哲，卖掉香奈儿，日子照样过，只不过“成功引起她注意的那小子”要暂时搁在脑后了。

她一直觉得自己比天还大的心眼，是遗传自她妈，直到有一天晚上，她睡到半夜，突然被掐住了脖子。她在黑暗中睁开眼睛，看到她妈狰狞的脸。她拼命挣扎，将手边所有能抓到的东西都抓起来，丢到她妈脸上，最终她妈被她的手机砸伤了眼角，吃痛地放开了掐着她脖子的手。

“小遇，我今天去找工作了，我这个年纪，没学历，没工作经验，洗碗都没人要。我们还欠着一百多万呢，我撑不下去了，我们一起死了吧，死了还轻松些……”她妈一边哭一边说着，又来掐她脖子，却迟迟不舍用劲。

谷遇没躲却开始号啕大哭，她说：“妈，我求你，你别掐死我，我才二十岁，我还没活够呢。我能挣钱，一百多万我能还，我不能被这区区一百多万逼死，我还有无论如何都想要，还没得到的东西，还有无论如何都想再见一见的人。”

连谷遇自己都不明白，哭着说这话的时候，脑海中为什么反反复复出现林瑜雁的脸，颜控到了这个地步，她觉得自己约莫是没救了。

03

那之后谷遇开始找工作，只要不卖身，什么活都干，白天在公司做前台，晚上去当黄牛，在各大售票点蹲点，火车票、演唱会门票、体育比赛门票，只要能赚钱的事，刀山火海也敢往上冲。

最近体育馆的比赛特别多，足球篮球排球这些热门赛事的门票最难买，谷遇跟别的黄牛一起排通宵的队，屯了不少票，白天在门口游击战式躲着卖。看见疑似客户就上前去压低声音揽生意：“要票吗？前排。便宜给你。”如果对方点头，她就带人家去个僻静处交易，一手交钱一手交票，诚信买卖，童叟无欺。

遇见林瑜雁也纯属意外。

那天林瑜雁穿了一身黑，戴着鸭舌帽，背着巨大的琴盒，打扮得像个叛逆摇滚少年，在体育馆门前徘徊，谷遇上前搭讪，一抬头看到了他的脸，正惊讶着，对方显然比她还惊讶，指着她皱眉问：“你干这个？你的香奈儿、范思哲、哭泣呢？”

谷遇心里翻江倒海，五味杂陈，但是混黄牛堆锻炼出的二皮脸，让她很快镇定了下来，嘻嘻笑道：“简单来说呢，就是：破产了、卖了、欠债了、下海了。姐也是个有故事的人。”

说出来是个很悲惨的事，但是谷遇的态度又实在无法让人信

我有过一个小小的愿望
也许她将随着春潮流淌

服，林瑜雁上上下下打量她，很快就把她归类为那种为了存钱买名牌，不惜从事边缘职业的虚荣女孩。

本来是不想理的，但是他看到了她手上的那张票，半小时之后开场的那场射箭比赛的前排票，而这正是他想要却买不到的，虽然痛恨黄牛屯票的行为，但是比赛还是要看的，就朝她手上指了指："这票多少钱？"

谷遇低头看手上的票，这才想起来林瑜雁说过自己是射箭运动员，忍不住就想调戏他："咦？运动员入场还要买票？"

这话也许是戳到了林瑜雁的痛处，他气得帅脸一黑，转身就走："不卖我找别人。"

谷遇慌忙拉住他，嬉皮笑脸将票塞到他手里，伸出两根手指："看你长得帅，原价卖你，二百。我出道以来就没干过这么亏本的买卖。"

她正贫着，就听角落里传来一声口哨声，这是他们同行间的暗号，意思是"警察来了"。

谷遇到底是身经百战，拔腿就跑，跑没几步，回身死死握住林瑜雁的手腕，拽着他一起跑。

事后林瑜雁回忆起那一段，总是会笑，他糗谷遇："你那时是不是怕再也见不到我了，才拽着我死活都不撒手的？"

谷遇朝他翻白眼："大哥，你还没给钱呢，我能撒手吗？"

没错，躲警察的小巷子里，谷遇也是这么说的，林瑜雁掏出钱重重地拍在她伸出的手掌中。谷遇小小的脸上立刻堆上了笑，一声"谢谢惠顾"说得清脆响亮。

林瑜雁莫名脸红了。

谷遇盯着他脸上的红晕看，目光赤裸得像逼迫良家妇女的土眶，然后晃了晃手中另外一张票："一个人看比赛多无聊，你要不要把旁边这个位置的票也买了，请我去看？"

林瑜雁咬牙切齿："你还要不要脸了？"

"不要啊。"谷遇摇头，回答得极其真诚。

林瑜雁都被她气笑了："你对每一个买你票的人都用这招吗？"

谷遇摇头，半真半假："世道艰难啊帅哥，见了长得跟你一样帅的，偶尔也会……"

她话还没说完，林瑜雁就飞快从钱包里抽出两百块钱，塞进她的手里，拉着她的胳膊朝体育馆走。

其实连林瑜雁自己都搞不清楚，当时怎么就心甘情愿当了这个冤大头，也许是不想再听她啰嗦，也许只是日行一善，提前收了这个祸害，免得她再去祸害其他人。

也许……不想让她用那种"逼良为娼"的眼神再去盯其他人。

那种让人忍不住沉沦的眼神，也会落到其他男人脸上，他只是想一想就觉得无法忍受。

令林瑜雁大跌眼镜的是，谷遇竟然已经熟知射箭比赛的规则，偶尔还能跟他讨论一下场上选手的表现，一场比赛看下来，两人竟已如认识已久的老友一般相谈甚欢。

林瑜雁带她去他常去的酒吧。酒吧老板扎着个小辫子，大声地跟谷遇打招呼，然后隔着吧台捶林瑜雁的肩膀："哟，林大神，终于开窍了？认识你这么多年了没见过你带女孩子出来，哥几个还担心你看破红尘，要出家当和尚呢。”

林瑜雁回他一拳，让他闭嘴，给自己要了杯啤酒，给谷遇点了一杯“热带风情”。

谷遇注意到林瑜雁脸颊上的红晕，忍不住偷偷笑起来，甚至开始认真想，如果她是林瑜雁此生开的头一次，那么她一定要让自己变得更好，保证他一辈子都不会厌烦才行。

从林瑜雁和酒吧老板的闲谈中，谷遇知道，林瑜雁是某著名射箭俱乐部的运动员，今天这场比赛本来他是主力队员，但是因为家中阻挠，他错过了比赛。而这场比赛是为国家队选择后备队员，林瑜雁本是最受期待的种子选手，却连赛场都没走进去。

酒吧老板言谈中，谷遇依稀听出，林瑜雁家境不错，父亲期望他能继承家业，而林瑜雁在高中以前也一直顺着父亲铺好的路，笔直朝前走，直到他遇上了背上这把整日不离身的弓。

这把弓叫作“黑鲛”，是林瑜雁旅行时偶然间在拍卖会上看到的。他将黑鲛从巨大的琴盒中取出来，放在吧台上，抚摸着乌黑的弓身，微笑着问谷遇：“它是不是很迷人？我想和它一起走上世界最顶峰。”

人人都说，认真的男人最性感。

此时喧闹的酒吧似乎静止了，周围的浮华都离她很远，林瑜雁着迷地抚摸着黑鲛，谷遇着迷地用目光抚摸着他的脸，呓语一般说：“嗯，很迷人。”

也许这就是命运，奇妙而充满了惊喜，谁也无法预料，自己在下一个路口会遇见什么。就如同谷遇遇见了林瑜雁，而林瑜雁遇见了他的黑鲛。

从此，再挪不开视线。

05

从此，谷遇便经常去那间酒吧，算准时间，总能偶遇林瑜雁。有时候林瑜雁是一个人，有时候他和射箭队的队友一起，兴致勃勃谈论着刚才的训练。总是这样，他的世界里单纯得似乎只有弓箭。

现在似乎还多了一个谷遇。

谷遇这么聒噪的一个人，在林瑜雁跟队友谈论训练时，表现得异常乖巧和安静，她会托腮静静看着林瑜雁，等到他回头，经常发现她已经睡着了。林瑜雁伸手拍拍她的头，她从不知道，那个时候他眼中的温柔，更胜抚摸着黑鲛。

她不知道，因为实在太困了，为了在黄牛群里抢生意，她一天只有可怜的四个小时睡眠，而每天来堵林瑜雁又要占掉一两个小时。

林瑜雁也会想方设法补偿对谷遇的冷落，他跟谷遇去吵闹的庙会，将射击摊位上的所有奖品都赢回来，然后陪着谷遇蹲在夜市里摆摊，利用自己的美色，将赢回来的玩偶一个一个高价卖出去。

谷遇多么爱钱啊，数钱时的痴迷，不亚于林瑜雁擦拭着黑鲛。

这是他们俩的相处模式，虽然谁都没说过“我们在一起吧”，但慢慢地，林瑜雁的队友们开始叫谷遇为“林瑜雁的家属”，黄牛们也会指着林瑜雁对谷遇喊：“你的小男朋友来了。”

这大概就是开始谈恋爱了吧。

谷遇也去看过林瑜雁训练，训练场上林瑜雁手握黑鲛，专注的神情，总让谷遇想起战场上的英姿飒爽的将军，面前是千军万马，罗刹之地，冷面的将军握着他的弓箭，箭矢飞出，正中敌军首领眉心。

训练场上传来欢呼声，谷遇回过神来，原来是林瑜雁打破了自己的纪录，射出了前所未有的好成绩，谷遇也跟着鼓掌。林瑜雁回头看她，也许是太兴奋了，竟几步跨过训练场的围栏，跳上观众席，将谷遇拥在了怀里。

被放开时，她看到林瑜雁脸上因为兴奋而带着的微微潮红。

"总有一天我会站在世界级的赛场上，那时候我也希望能够像今天一样，跳上观众席来拥抱你。"

谷遇点头时，感觉到脸上有些潮湿，她哭了。

每日累得像条狗，无非就是为了能够人模狗样地站在他面前，他的一个微笑，都能让她快活半天，如今却一下子给了这么大一颗甜枣。

不怪她哭呀，只怪这幸福来得实在太猛烈了。

06

遇见林瑜雁他爹林老板那天，谷遇去债主家还钱，因为数目不够，被那个一米八的汉子一脚从门口踹到马路上。她像死狗一样趴在路边，半天也没爬起来，即便这样，还是得笑，求对方再宽限宽限。

林老板从旁边经过，高级轿车闪着光映出谷遇狼狈而扭曲的脸，林老板打开车门，看了眼谷遇，有些惊讶："你是谷兄的女儿？"

谷遇疼得额头上直冒冷汗，但是又怕来人是个新债主，一时没敢答应，直到林老板嘀咕一句："我与谷兄有一面之缘，也只在照片上看过他女儿，怕是认错人了。"

谷遇当机立断上前抱住了林老板的小腿，号啕大哭："我是谷大头的女儿，叔叔救我。"

谷遇押对了宝，林老板确实不是债主，但跟谷大头也无甚交情，即便这样，依旧给了谷遇工作。她成了林老板的特助，待遇当然不错，至少能让她在还债的同时，活得有些尊严，毕竟打狗还得看主人，林老板是位儒商，说话"儒"了些，手段一点也不"儒"，在本市还没人敢在他头上动土。

谷遇当然是感激林老板的，她甚至愿意为林老板当牛做马。

她去看林瑜雁训练的次数多了许多，每每射出满意的成绩，林瑜雁就会冲上观众席，去拥抱谷遇。谷遇觉得那段时间，上帝大概是睡着了，才允许她有了这么快活的时光。

林瑜雁表现亮眼，被国家队教练看中，终于被选进了国家队，而谷遇也因为工作表现突出，渐渐成了林老板的心腹。

林瑜雁出发去国家队训练馆的那天，林老板掏出钱包，看着钱包里放着的照片，叹了口气，对秘书说："去年怎么办的，今年还怎么办吧。"

谷遇来送咖啡，不小心瞄到了那张照片，心里"咯噔"一声。

并不是她迟钝，直到现在才意识到林瑜雁和林老板的关系，而是林瑜雁早已离家独立，训练之外，还打着一份工，对父亲只字未提过。

谷遇想起常去的酒吧老板说过，林瑜雁的父亲堵人的方式简单粗暴，在城市的所有道路中设下天罗地网，找到林瑜雁，直接将他塞进面包车里带走，十几个大汉围着，林瑜雁再能打也是逃不脱的。

她也第一次知道了，林家父子的赌约，赌约内容是：如果林瑜雁能够在林老板的阻挠下成功站在国家队的训练场上，那么林老板就不再干涉他；如果三年内都不能到达国家队，那么就永远放下手中的弓箭。

第一年，林老板搞砸了林瑜雁的区域选拔赛；第二年，国家队的选拔赛，林瑜雁没能参加。

今年，便是第三年，林瑜雁在重重阻挠下成功收到国家队的邀约，他只要离开这个城市就算赢了。

谷遇坐不住了，她上班以来第一次旷了工，去林瑜雁的住处，对他说："跟我走，大路不行，我们走小路，总能离开这个城市的。"

她带他走了只有黄牛党才知道的一条小路，开着借来的小吉普，穿梭在城中村的小路上，城中村住的多是游手好闲的流浪汉，小吉普时常被人拦下敲诈，林瑜雁不怕他们，他打不过林老板手下的十几个大汉，但好歹也是专业的运动员，对付几个地痞还是绰绰有余的，但是谷遇总是拖着他，她笑："你的手是用来比赛领奖的，不能在这种地方受伤。"

谷遇下车跟那些地痞周旋，林瑜雁起先还忍着，但是一次看到一个地痞企图摸谷遇屁股，就再也忍不住，一脚将那地痞踹倒在地，一群地痞冲了上来，谷遇急了拿砖头拍了领头的地痞一脑门子血，然后拉着林瑜雁上车，踩下油门，冲出包围圈。

好不容易逃出来，谷遇恼怒地冲着林瑜雁喊："你怎么那么冲动？"

"不冲动能怎么办？看着你被那人渣摸？"

“摸一下又不会少一块肉。”谷遇瞪着眼睛。

林瑜雁看着她，眼圈都红了。

“你不少，我少！”他第一次大声朝谷遇吼，指着自己的心口，“这里少了一块肉，难受得要死了，与其这样我宁愿不去比赛了。”

谷遇吓到了，抱着他，哭了起来：“你别这么说，一定要去比赛，那是你的梦想，你都努力那么久了，不能在这种地方停下。”

林瑜雁捧起谷遇的脸，用力地吻她，他说：“谷遇，我爱你。谷遇，我不想看见你吃苦。”

有他这句话，谷遇觉得，纵使再吃多十倍的苦，都值得了。

林瑜雁第一次参加亚洲锦标赛，在一众老将中厮杀，在个人淘汰赛中夺得了第一名。他的名字和照片出现在各大媒体的头条，一时间风光无限。

谷遇向林老板坦白一切。

她的背后是一个巨大的液晶电视，电视上正在放着体育新闻，一个记者在采访林瑜雁，问及家人对他的运动生涯是否支持，林瑜雁冷笑了一声，对记者说：“能不能换个问题？”

场面一度十分尴尬，谷遇背对着电视低着头，林老板面对着电视，静静看完这段，然后抬头看着谷遇，一向平静的脸上露出些许痛心。

谷大头死后，谷遇可谓是尝遍了人间冷暖，昔日跟谷大头称兄道弟的那些叔伯，都跑得不见踪影，唯独林老板这个跟谷大头只有一面之缘，连朋友都算不上的人，对谷遇伸出援手。谷遇是个重情义的人，在林老板身边时刻都想着“滴水之恩当涌泉相报”，万万没想到自己会成为“恩将仇报”的人。

她最唾弃的一种人。

林老板站起来，看着电视屏幕里的林瑜雁，他说：“你知道我为什么讨厌瑜雁练习射箭吗？”

林老板讲了一个故事：

有一位耗子国王每日忙着扩大自己的王国，怕深宫里的耗子王后被猫抓走，就派了王国最骁勇的耗子将军保护王后。将军与王后朝夕相处暗生情愫。将军爱屋及乌，也在尽心教授小王子武艺，带着王子去冒险，与猫捉迷藏，让年幼的王子渐渐迷上了武艺，放弃了学习政事。故事的最后，王后跟着将军逃离皇宫，在逃避追捕时，马车坠下山崖，香消玉殒。国王痛不欲生，不明所以的小王子跑到国王面前，天真地说：“父王，我长大后要成为将军一样的人。”

林老板讲到这里，看了谷遇一眼，只一眼就让谷遇泪如雨下。

谷遇给林老板磕头，感谢他给予的帮助，也是想骂自己的忘恩负义的，却无论如何也说不出口。

林老板问她：“如果再给你一次机会，你会怎么选？”

谷遇想了一下，她觉得别说一次机会了，再给她十次机会，她还是会站在林瑜雁那边。愧疚是真的，但是她在爱里是个不输周幽王的昏君，即便知道混账，也会为了博美人一笑，毫不犹豫地“烽火戏诸侯”。

无药可救了。

林老板拍拍她的肩膀，最后留下一句：“你好自为之。”

谷遇又回到了之前的生活，白天打工，晚上当黄牛，甚至因为脱离了林老板的保护，那些之前碍于林老板的淫威，不敢对她动手的债主，卯足了劲地找她麻烦，她不得不东躲西藏，带着终日以泪洗面的老妈频繁搬家。

每天她都会接到林瑜雁的电话，问她近况，问她什么时候才能去看他比赛，他什么时候才能在领奖结束后，冲上观众席去拥抱她？

那天她刚还完一笔债，身无分文，在火车站跟一群大老爷们一起排队屯票，饿得手脚发晕，一个不小心被一个壮汉撞倒在地，摔得头破血流，票就被别人抢去了，她站起来顶着一脑门血跟那个壮汉扭打在一起，要他还她的票，歇斯底里，像个怪物。

那壮汉被她那副拼命的架势吓到了，远远将票丢给她，边走边摇头："疯了，疯了，这个女的真是疯了。"

即便这样她跟林瑜雁说话的时候，还能笑出声来，直说很好，只是太忙了，有空了一定去。寄机票给我？不要啦，我难道连机票都买不起？别瞧不起人了。

但其实，别说机票了，她连饭都吃不起，她在心里笑话自己，谷遇啊谷遇，真不知道，你的脸皮和自尊心哪个更胜一筹。

一次，一个跟她比较好的黄牛哥跟她聊天，聊到她和林瑜雁就叹气："你怎么不跟大冠军说你欠了那么多债？听说他奖金不少，能替你还了也说不定。"

"他又不欠我的，凭什么替我还？"谷遇从盒饭中抬头。

"你看你吃了这么多苦……"

"债是谷大头欠下的，我这也不是因为他才吃的苦。"

"但要不是为了他，你至少还有份好工作。"

她歪头想了想，将林瑜雁和好工作放在一起比较了一下，果断摇头，低头笑笑不说话了。

工作没法跟他比。

若不是因为爱上了他，那夜她妈要掐死她时，她根本连躲都不会躲，工作可能会给她相对舒适的物质生活，而他给了她一个活下来的理由。

舒适的物质生活，她可以拼命地自己去挣，但是活下去的理由，她再也找不到其他的了。

她爱的人，也在拼命追逐着自己的梦想，这世上再没有比这更美丽的风景了。

08

林瑜雁终于忍受不了思念，飞回来找谷遇的时候，谷遇正在火车站揽生意，一身臭味，接到电话，飞速冲去公共浴室洗了个澡，换上了最漂亮的一套衣服，去机场接林瑜雁。

林瑜雁在出口通道远远朝她招手，她朝他奔过去，林瑜雁丢下行李，将她抱起来，抱得她两脚离了地。

离了人群，他拉着她躲在僻静处使劲亲吻她，质问她为什么对他那么冷淡，是不是他一走，她就变心了，是不是又去敲诈别的小帅哥了。满脸不放心。

谷遇摇头直笑，连说："没有，没有，你是电你是光，你是我心中唯一的神话。"

林瑜雁气她的嬉皮笑脸，又来亲她，很久很久都不肯放开。

林瑜雁离开本市前，把租住的房子退了，林家也回不去，只能去住酒店。谷遇将他送到酒店房间，他拉着她不放手，这黏人劲，不亚于他离开前的她。

他说："只要一想到闭眼睡觉的时候看不到你，我连觉都不想睡。"

谷遇皱着鼻子笑："我们可以在梦里相见。"

"梦里都是虚幻，我要实实在在抱着你。"

那幽怨的眼神、笃定的语气，像一支支急射而来的箭，支支命中谷遇心中的柔软，连带着连拒绝的能力都失去了。

她跟着林瑜雁进了门，聊了许久，睡觉的时候都牵着手。

林瑜雁只能在本市待三天，时间实在珍贵，恨不得每分每秒都与谷遇黏在一起，谷遇也不得不放弃了所有的事，专心陪着他。

第三天，两个人手拉手离开酒店准备去吃晚饭，角落里就冲出来一帮人，不由分说，拖着谷遇就要钱，林瑜雁跟他们动起手来，一直闹到了警察局。

警察局里，那帮人还在叫嚣，欠债还钱。

谷遇暴跳："说好了按月还，这个月的钱我让我妈拿给你们了。"本来每个月都是她自己去的，她怕她妈受委屈，这几天为了陪林瑜雁，就把钱给了她妈，让她妈跑一趟。

那帮人嚷起来，说等了两天也没见到钱。

谷遇给她妈打电话，怎么打都没人接听，匆忙回了租住的小屋，才发现小屋里人去楼空，种种迹象都表明，她妈带着钱跑了。

谷遇跌倒在地，哈哈笑了起来，直骂这操蛋的生活。

林瑜雁这才相信谷遇之前的胡说八道原来都是真的，他家谷遇真的是个有故事的人。

可他一点也笑不出来，他掏钱包出来，问那些人谷遇欠了多少钱，他来还。那人狞笑：“也就还剩个一百三十多万吧。”

林瑜雁抽卡的手停住，他的卡里顶多也就十几万，是赢来的奖金。

林瑜雁将卡丢给他们，说剩下的会想办法。谷遇扑过去将卡抢了回来，塞还给林瑜雁。林瑜雁生气了，大吼：“你干什么？你到底当不当我是你男朋友？”

谷遇惨笑:“那我找个大款包养多简单,反正我青春貌美着呢,不怕找不到冤大头。”

“我愿意当这个冤大头。”林瑜雁怒道。

那群人等着急了，催着要钱，谷遇无奈之下从林瑜雁卡里取了这个月应还的钱，给了他们，只说以后还是按月还。

打发走了那群人，林瑜雁环视着这狭小逼仄的出租屋，瞪着谷遇：“为什么不告诉我？我能想的办法，总比你多。实在不行，我去找我爸借钱。”

“你爸的条件一定是，让你再不许碰弓箭了。”

林瑜雁呼吸乱了,许久之后才笑了一下,低声说:“那就不碰吧，只要一想到你一直以来过的都是这样的日子，我就什么都做不了了。”

谷遇“啪”的一巴掌打在林瑜雁的脸上，哭着看着他：“我的生活是一摊烂泥，我活像条满身泥的野狗，但我知道自己总能上岸,你就是我的对岸,我希望我的岸边繁花似锦,每日看着对岸,我才有力气向岸边爬。但现在你要跳下来跟我一起挣扎算怎么回事？我没了对岸，要往哪儿去？我是个缺乏想象力的人，我要你切切实实在那里，让我知道未来是美好的，我才有勇气活下去。

求你，求你不要跳下来，求你耐心等我爬上去。”

林瑜雁最终没去找林老板借钱，他卖掉了黑鲛。用队里的弓，他一样能训练，能参加比赛。

黑鲛是难得一见的好弓，最终拍卖价为一百五十万，还掉了谷遇的欠款，还有得剩。

就在还掉欠款的那一天，谷遇失踪了。

她留下一封信，上面写着：

第一次遇见你，你在擦黑鲛。第二次遇见你，你问我：“它是不是很迷人？”那时的你真的很迷人。

总有一天我会带着黑鲛，重新回来。

林瑜雁看着信，呆坐了许久，然后起身去训练场，穿上护具，戴上太阳镜，搭弓射箭，那箭脱离弓弦，朝靶心飞驰而去，带着他的心。他终于流下泪来，摘掉太阳镜，蹲在地上，痛哭出声。

他爱上的到底是怎样的一个小王八蛋？

如果她能像其他女孩一样温柔，一样善解人意，一样依赖他，他也可以少爱她一点，就不会如现在这般痛彻心扉。

但是这样的一个小王八蛋，至少一定会说话算话吧，他会努力站到世界的顶端，等着她带着黑鲛出现在赛场上，那时候，他一定跨越一切障碍，冲上去紧紧拥抱她，再不许她离开。

很久之后，约莫是一个春日，林瑜雁在训练场上的长凳上睡着了，他做了一个梦。

梦中，窈窕的女子一身黑衣，盘腿坐在他身旁，低头专心致志地擦着手里的弓，弓是一把反曲弓，乌黑发亮。

见他醒来，她翘着唇角笑起来，指了指弓："林瑜雁，你说，它是不是很迷人？"

他说："没有你迷人。"

身后的春花落了一地，恰似一个繁花锦簇的彼岸。

文 —— 风声晚凉

如果天黑之前来得及

因为心里早已荒无人烟

他的心里再装不下一个家

01 你在南方的艳阳里/大雪纷飞/我在北方的寒夜里/四季如春

林星岚以为她这辈子都不会再见到程锐了。

如果一个人刻意要从你的生活中消失,你又能去哪里找他呢?

程锐消失了三年半。林星岚给他打过电话，通过各种社交软件联系过他，也给他们共同认识的人打过电话，但他的电话号码成了空号，社交软件从未回复，没人知道他的下落。

林星岚曾经梦见他遭遇可怕的意外去世了，醒来之后她想，无论他去了哪里，无论他为什么要消失，只要他还好好活着，那其他一切就都不重要了。

再见他是三年半以后，林星岚大四，假期里室友约她一起逃离北方的雾霾，去大理一家客栈当义工，说是包吃包住。从未外出旅行过的林星岚跟室友踏上火车，转车，到达客栈时已是满身风尘，疲惫不堪。

“老板你好，我是小何，之前在微博上跟你联系过的那个大学生。”室友旅行经验丰富，率先走进客栈跟老板打招呼。

“你们好你们好，累坏了吧，先坐会儿。”正在算账的女老

程锐出去了很久才回来，她忐忑不安地坐在讲桌上假装看书，其实一个字都没看进去，满脑子只有一句话：怎么办怎么办怎么办……

果然，下午放学时，平时常跟在程锐身后的一个小跟班吊儿郎当地走到她面前，冷冷地说："班长，你惨了。告诉你，我们知道你家在哪儿，知道你姐姐在哪个班，也知道周末你们坐哪趟车回家。你就等着吧。"

才十三岁的林星岚哪里受过这样的威胁啊，吓得不行，却还要强装镇定，瞪了一眼那个小跟班就故作骄傲地转身走了。

可那周剩下的几天她完全没法听课，吃不下，睡不好，脑子里只有这一件事。

姐姐就在对面的高中部，要不要告诉她呢？告诉她也不行吧，会挨骂，再说她又能有什么办法？这周末她们该怎么办，程锐会不会真的带人揍她，甚至连姐姐一起揍？

周五那天下午，林星岚一改平常的聒噪，愁容满面地跟在姐姐身后去坐车，一路上她不断环顾四周，生怕有人出来将她们拦住。还好，她们安然无恙地到了车站，上车之后她又不放心地看了看车上，这才松了一口气。

也许……程锐已经不生气了，已经忘记这件事了？

快开车时，突然有人快步跑上来，林星岚顿时吓得心脏骤停。

程锐果然来了！

她不由自主地挽住姐姐的胳膊，紧紧地攥住姐姐的衣服，惶恐地看着程锐一步步走过来，却没想到，他仿佛没看见她一样，径直去了后排坐下。

一直到车子到站，他都仿佛不存在一般安安静静地坐在最后一排。

车门打开，林星岚带着劫后余生的庆幸，逃也似的下了车。

而她没想到的是，下一个周末，程锐又和她坐了同一班车。

她和姐姐坐这班车回家已经有一年多的时间了，以前从未见过他，那之后，每次都能遇见他，不过他当没看见她，她便也装作没看见他。

她没想到他竟然会出手帮她。

那个周末，车开到一半，上来一个满身烟酒气的年轻人，车上没座位了，他环顾四周，选择了站在林星岚的姐姐座位旁的过道上。

车子转弯的时候，年轻人靠在了林星岚姐姐的身上，她不太自在地推了推他，往林星岚那边挪了挪。

车子在等红绿灯时刹车停下来，年轻人借着刹车的惯性，双手扶住了林姐姐的肩膀。

“你干什么？”林姐姐终于忍无可忍了。

“没什么，想跟你交个朋友。”年轻人嬉皮笑脸地把脸凑过来。

林星岚紧紧攥着姐姐的胳膊，紧张得大脑一片空白，她能感觉到姐姐也怕得浑身发抖，怎么办？打 110 吗？

“喂，离她们远点。”有个人一把拉开了那个年轻人。

“毛都没长齐就想英雄救美？”年轻人看着程锐，很不屑。

“你听过秦五哥吗？我跟他混的。”程锐冷冷地看着他。

年轻人似乎被这个名字震慑住，犹豫片刻，说：“嘁，没劲。”说完就走到车子前面发动机的部位坐下来，全程再没发出过声音。

“谢谢。”林星岚小声说。

程锐点点头，算是回应，就又回到了后排座位。

林星岚没好意思回头看他，但天知道她对他有多感激，从前只觉得他小混混的样子很讨厌，打了他耳光之后害怕他报复，没想到有一天竟然会觉得他也蛮帅气的。

再后来，每次坐车她都隐隐期待他的出现，等到他真的上车了，她才会安下心来，似乎他的存在对她再也不是威胁，反而是安全感的来源。

初中毕业，比林星岚大三岁的姐姐考上了大学，她也考上了市里的重点高中，以后再也不需要坐这班车，大概也不会再见到将要去念职高的程锐了。

不知为什么，最后一次坐那班车时，林星岚心底竟然生出隐约的惆怅。

02 他说你任何为人称道的美丽 / 不及他第一次遇见你

林星岚哪里知道，程锐和她坐同一班车，本来就是为了保护她。

没人知道对程锐而言，林星岚到底意味着什么。

新学期的第一次升旗仪式，林星岚作为新生代表在国旗下致辞，那时候她不过十二岁，穿白纱裙，剪童花头，一点也不怯场，讲话还带着点童音，普通话听起来很软糯，是标准的好学生模样。

程锐看见她，就仿佛身在泥沼中的昆虫看见了天上的星星，他是那样低贱卑微的人，满身污浊，而她，却是那样的的干净美好。

因为穷，程锐三岁那年父母就南下打工，留他和爷爷一起生活，最初每年春节他们还会回来，后来嫌票难买，车难坐，有时候两三年都不回来一次。

没人管的程锐很小就学会了打架，早早就跟在那些混社会的小流氓屁股后面胡混，他没上过幼儿园，到了学龄也没去上学，还是居委会的人三番五次来家里做工作，他才开始上小学。但从上学第一天开始，他就觉得自己跟学校格格不入。

所以从小学到初中，他一直是班里最不受老师欢迎的那个学生。

也只有在林星岚镇守纪律的时候，他才会老老实实待着，不给她添一点麻烦。

那唯一的一次意外，是因为同桌告诉他，他爸妈今年不回来过年了。同桌家就在他家附近，两人打小就认识，关系还不错，同桌听自己爸妈聊天时聊到这个，突然想起来，就跟他说了。

可他不信。爸妈已经三年没回来了，今年他们早早就打来电话，说会回来过年，言之凿凿，怎么会变卦？

要不是林星岚及时走下来，他应该已经跟同桌打起来了。

林星岚那个耳光扇过来的时候，他完全蒙了。他虽然是个所谓的差生，但也是一般学生都不敢惹的人，被人当众打耳光，这种丢脸至极的事还是第一次发生。

要是换了别人，他一定立马反手一个耳光甩回去。可偏偏那个人是她。

他知道他的鼻血一定把她吓坏了，偏偏他又不能跟她解释，自己的鼻子是传说中的沙鼻子，很容易就会流鼻血。他看着她被吓傻了的样子很不忍，完全忘记了丢脸，只想安慰她，却又开不了口。

陪他去厕所的小跟班气得要死，说：“锐哥，班长居然敢打你，

你在南方的艳阳里大雪纷飞

我在北方的寒夜里四季如春

我们一定帮你报仇！”

“算啦。”他摆摆手，“懒得跟她一个小女生计较。”

没想到周末放学时，他才听说小跟班约了几个人要在路上伏击林星岚。他疯了一般赶过去拦住他们，还觉得不放心，索性买了同一班车的车票，一路送她到站，才又买了回程的票离开。

第二个星期，他还是不放心，又跟她坐了同一班车送她。

一开始她很紧张，后来似乎习惯了，也便忽略了他的存在，开始如往常一般在车上听歌，玩手机，跟姐姐聊天。有时候聊着聊着她会笑起来，有时候约莫是挨了训，也会不高兴地嘟起嘴。

那一次有年轻的流氓试图纠缠她的姐姐，他气得要命，不假思索地冲上去，若是那人没听过秦五哥的名头，他会毫不犹豫跟对方打一架。他本来就是为了保护她才坐车的，不是吗？能为她做点什么，他很开心。

可惜整个车程不过半个小时，对他来说总是太短，每一次他还没看够她的侧颜，车就已经到站了。

而整整三年，除了车上那句谢谢，他和她的对话，竟然只有那一次，她生气地问他，程锐，你说什么呢？他则不耐烦地回答她，关你屁事。

他可以和任何人调笑，却鼓不起勇气跟她闲聊一句。他想告诉她，不要怕，我不怪你，不会伤害你，也不会让任何人伤害你，却不知该怎样开口。

而她，她大概从未想过要和他说话吧。毕竟他们能有什么话题可聊呢？

毕业那天，她似乎欣喜不已，他却黯然神伤。

他知道她要去更好的地方了，她会拥有美好光明的未来，那本来就是她这样的天之骄女应该拥有的人生，而他，大概这一生也无法与她产生交集了。

这样也好。他原本也不奢望能靠近她，只要她的存在曾经给过他关于美好的希冀，曾让他对这个世界产生过一点点希望，让他见到过一丝丝光明，就已经足够了吧。

真的够了。他不能，也从不曾奢望还能得到更多。

03 如果所有土地连在一起／走上一生只为拥抱你

没有人知道明天会发生什么，生活瞬息万变，无论多么笃定的东西，也可能在下一秒颠覆。

林星岚的幸福生活，在她考上重点高中之后不到半年，就变得支离破碎。

原来爸爸早就出轨了，眼看如今大女儿考上大学，小女儿考上高中，大概是觉得时机到了，再也不想拖了，坚持要离婚，而且要手段转移财产，两个女儿倒是留给了妻子，但钱，所剩无几。

为了不让两个女儿的心理状况受到太大影响，妈妈没有跟爸爸纠缠，她选择了斩断过去，重新开始。那年春节，母女三人在家抱头痛哭一场，随后互相安慰，妈妈说她会努力赚钱，让她们安心念书不要担心，姐姐说她一定会挣到奖学金，也会打工挣生活费，让妈妈不要那么辛苦，而林星岚则下定决心，她一定要拼命念书，拿最漂亮的分数，考最好的大学，将来找到高薪的工作，让妈妈和姐姐再也不用受苦。

只是一开始日子确实很艰难。因为省钱，林星岚几个月之内就瘦了快十斤，她甚至不再交朋友，因为她觉得任何社交都是对金钱的浪费。后来姐姐开始寄钱给她，她便不再问妈妈要生活费。

遇见程锐那天，她的生活费已经花光，但姐姐还没寄来下一笔钱。

那天是星期六，林星岚背着书包，毫无生气地往学校外走，她很饿，饿得难受，想快点回家吃东西，但又没钱坐车，只能走路。

一辆自行车擦着她过去，好在路旁有人拉了她一把，她往里躲了一些，刚好避过自行车。

“谢谢。”她道谢，抬头时才发现拉她的人是程锐。很久没见过他了，此时突然见到他，竟然有浓浓的亲切感。

“小心点，车子差点就撞到你了。”他说。

“嗯。”她点点头，不知该说什么，脑子也晕乎乎的，只好继续往前走。他不再说话，不远不近地跟在她身后。

路过一个卖炸土豆的小摊时，她停下，看了很久，转头发现他还在，便突然开口说：“你有钱吗？”

他不知道她什么意思，但还是点点头：“有。”

“能借我一些吗？我很饿。”她说。后来她想，为什么自己独独会拉下脸向他借钱呢？也许潜意识里，她就觉得他是会对她好，会帮助她的人吧。

他几乎是手忙脚乱地掏出兜里所有的钱，拿出其中唯一一张五十块递给了她。

她买了一份大份的炸土豆，吃得渣都不剩。

她不知道，他站在她身后，几乎就要流泪了。他不是没听说她家的变故，因为不放心，每周他都会去她的学校外偷偷看看她，他只觉得她越来越孤僻，越来越瘦，却没想到她竟然吃了这样多的苦。

他只念了半年的职中就退学了，开始在外打工，虽然过得不算好，但好歹能养活自己，还能给爷爷一点生活费。

那之后，每个星期六他都买一大袋吃的去校门口等她，一开始她很诧异，后来渐渐也就习惯了。家庭的变故使她早熟而敏感，她能感觉到他对她的善意和好感。她很孤独，他的陪伴对她来说弥足珍贵，当然，那些美食也算是雪中送炭。

后来她忍不住问他，当初为什么没有报复她的那个耳光。

他笑了，说："报复什么？本来就是我不对，不该惹你生气，其实你当时吓坏了吧？"

她的脸红了一大片，赶紧转移话题，不好意思再继续聊下去。

有个周日下午，程锐正在仓库点货，突然接到林星岚的电话，她只喊了一声他的名字就开始哭。他吓坏了，忙不迭向老板请了假，问清她在哪里之后便飞速赶了过去。

"怎么了怎么了？发生什么事了？"一见面他就焦急地问。

见他来了，她哭得更伤心了，他只好陪着她让她哭，直到哭够了，她才道出事情的原委。

原来她今天在路上撞见父亲和那个女人了，还有那个女人的孩子。他们三人有说有笑，父亲对那个女人的孩子又亲昵又宠溺，比对她这个亲生女儿好多了。

她受不了了，冲上去质问父亲，却被他斥责为不懂事，反倒训了她一顿。

她又气又怒又伤心又委屈，却不敢跟妈妈和姐姐说，怕她们伤心，但她如今也没什么朋友，只有程锐能让她说说心事，让她放肆地哭一哭。

程锐嘴笨，不知道该怎么安慰她，急得抓耳挠腮，她破涕为笑：“不用安慰我，我发泄发泄就好了。”

他脸上有黑印，手也脏脏的，外套也没穿，显然是赶过来的时候急得什么都顾不上。

正值傍晚，夕阳的余晖照过来，林星岚心里暖暖的，刚才的悲伤好像都消失得无影无踪。

日子久了，程锐渐渐成为林星岚生活中的一个“习惯”。

林星岚习惯了每个星期六见到程锐，习惯了有什么心事都跟他说，也习惯了把他当成除了妈妈和姐姐以外最重要的人。

他会给她送零食，她偶尔也会做了便当送给他，她知道他从小和爷爷一起生活，没享受过什么家庭的温暖，她希望那些家常菜能带给他一丝丝温情。每次他都很开心，必定把饭盒洗得干干净净还给她，还叮嘱她：“你学业重，别为我浪费时间。”

他似乎总是这样，把她放在第一位，把她的任何事都看得无比重要，所以也觉得她的时间比他的时间更珍贵。

进入高三，她开始考虑将来要报考的大学，去哪座城市会比较好呢？学什么专业将来比较好找工作？程锐没有学历，在大城市好找工作吗？

是的，她已经习惯了生活中有程锐的存在，并且在设想将来时，也理所当然将他想了进去。

那个周六他们见面时，她主动说：“程锐，你说我报北京的大学好不好？”

“好啊。”程锐不假思索地点头，“你成绩那么好，还不是想报哪里的大学就报哪里的啊。”

“那你呢？会跟我去北京吗？”

“会，当然会。只要你叫我去，我就去。”他看着她，很认真地说。

不知为什么，她一想到那样的未来，就有点想掉眼泪。

真美好啊，真值得憧憬啊，不是吗？

04 他的心里再装不下一个家 / 做一个只对自己说谎的哑巴

离高考还有一个月的时候，程锐跟林星岚约定，剩下这个月他们暂时不见面，等到考完再联系。

“我知道你实力很强，但最后一个月我还是不想有一丝一毫影响到你，你加油，我相信你一定能行，等你考完给我打电话。”程锐没有说的是，他也有些事需要处理。

他要去打工的地方辞职，要安顿好爷爷，要联系一个在北京打工的旧友，准备过去找工作，准备安顿下来，这些都需要时间和精力。

老板很爽快地同意了他的辞职，按照行规，辞职要提前一个月提出来，也就是他还要再干一个月，才能拿到保证金和足额的工资。一个月以后林星岚也刚好考完。

数日后，他接到一个电话。

“阿锐，听说你要走了？要去北京了？”是秦五哥。

“嗯，想去闯一闯。”

“年轻人，有冲劲，好事，好事。”秦五哥笑眯眯说完，突然话锋一转，“走之前再帮五哥一次吧。”

秦五哥前几天跟人发生冲突，约了架，而程锐是他带过的小弟里最能打的一个，他身强力壮，无所顾忌，打起架来好像不要命一般，给他留下了深刻的印象。

“可是……我要上班……”程锐一听秦五哥说了来龙去脉就觉得不妥，对方不好惹，如果是从前他倒也去了，但现在，想着林星岚就快考完了，想着她在等他，他不想到时候伤痕累累地出现在她面前让她担心。

“我知道，你老板还是我兄弟呢，没关系，我跟他打声招呼，到时候准你一天假，不扣工资。扣了也不怕，哥把扣的都给你补贴上。”

“可是……”程锐还在想办法推托。

秦五哥不高兴了，语气冷下来：“阿锐，你那个在重点中学上学的同学是不是就要高考了？什么时候把高才生介绍给哥认识认识？我这辈子还没交过高才生朋友呢。”

程锐只觉得一颗心沉了下去，他明白，这一次由不得他不答应。

程锐清楚地记得，那天是六月一号，儿童节，星期六，宜出行，宜动土，宜安葬。他已经好些天没见过林星岚了，距离她高考还有六天。

双方约定的地点在一处河滩，四处长满了高高的斑茅，正是斑茅开花的季节，一群人往里一站，从河岸上路过的人什么也看不见。

不知道是谁先动的手，到最后一片混乱，程锐不再是从前那个无所顾忌的程锐了，他有了牵挂，所以他不再冲在最前面，甚至有些躲闪。

最后他们这边落了下风，秦五哥不得不认输。

双方停手的时候，程锐很庆幸，他并没有受什么伤，只是挨了些拳脚，衣服扯破了，身上有很多鞋印。

他感谢上天赐他的好运，也认清了从前的自己是多么荒谬而愚笨。他只得这一具脆弱的肉身，只得这一条珍贵的性命，怎能那般肆无忌惮地去挥霍呢？

如今他有了想要努力创造的未来，有了触手可及的美好生活，这一切都让他想要珍惜自己的性命，珍惜自己的健康。

他不想再如泥沼中的臭虫一般随便地活着。

七号那天中午，他守在高考的文科考点门口，不抱什么希望地站在一群家长中间，期待能偷偷看林星岚一眼。

不管能不能见到她，只是站在这里，感觉离她更近一些，他都是快乐的。

考试结束的铃声响起之后，考生们陆陆续续走出来，程锐眼睛都快看花了，就在他快放弃时，终于看见林星岚背着书包走出来。

她应该发挥得不错，满脸笑意，她的妈妈等在门外，一看见她就迎上去，两人亲热地说着什么。

真好。他远远地看着都觉得开心。

直到她和妈妈离开，他才心满意足地往回走。沿着街道没走多久，突然一辆黑色的车在他身边停下来，有人喊他的名字："阿锐。"

是秦五哥。

如果重来一次，程锐一定不会上那辆车。但他也知道，即使重来，他也没有别的选择。

你不得不承认，有些人，生来就命如草芥，很多事都由不得他们去选择。

程锐在大理待了三年，但哪怕是过去了三年，他还是会偶尔想起当天的场景。有时候他会梦见某个片段，在暗夜里惊醒，惊醒后，发现自己身处远离家乡的大理，而林星岚应该还在北京上学，一切都是安全的，才会略微安心地睡去。

秦五哥在那场打斗中受了伤，腿上打了石膏，遇见程锐那天他好不容易出了医院在外兜风，却看见程锐完好无损地在街边走路。

他猛然想起打斗那天，程锐一反常态地躲在后面，完全没有了往日的勇猛。为什么？他是对方的人？还是有别的什么原因？

兄弟们大都受了不同程度的伤，只有他一个人什么事都没有。

秦五哥拿林星岚来威胁他，他不得不跟他们走。他逼问不出想要的原因，最后让人废了他的右腿。

程锐无法反抗。如果受点伤能换来他的林星岚的安全，他心甘情愿。

那时候他还不知道，从此以后，他与林星岚只能是陌路了。

躺在医院的时候，他还在想，暂时不能让林星岚知道他受伤了，等养好伤再去找她吧，不然她得多伤心啊，说不定还会哭，他可受不了那个傻丫头的眼泪。

当医生告诉他，以后他走路会有一点不方便时，他绝望地看着医生说："也就是，从此以后我都是个瘸子了，是吗？"

医生不忍回答，算是默认了。

程锐的眼泪不受控制地往外涌，他想，怎么办，怎么办，要是林星岚知道了，该有多伤心啊……

那天晚上，躺在病床上，他一直无法入睡，他想了很久，想了很多，却越想越绝望。

这样一个他，还怎么会有一个美好的未来？林星岚那样美好，那样优秀，将来一定会过上最好的生活，而他，注定成为她的拖累。

他不愿等到有一天，她被他拖垮。

命运残酷至此，他只是一介渺小凡人，毫无反抗之力，唯有承受，唯有，把尽可能多的苦楚都交由自己来承受。

他要食言了，从此以后他不能再保护她了，那么她因他而受的伤害，能减到多低，就减到多低吧。

对不起，林星岚。

05 如果天黑之前来得及 / 我要忘了你的眼睛

高考结束，林星岚第一时间给程锐打了电话，却一直没人接。她想他大概在忙吧，没关系，反正她也要忙分数志愿毕业等一系列事情呢。

但她没想到，后来她再打过去，电话就打不通了。

再后来，他的电话号码成了空号。

她不敢相信，尝试所有办法去联系他，通通无效。他就像流星一样划过她的天空，带给她灿烂和美好的光芒，照亮她沉沉的黑夜，却又消失得无影无踪，让她无迹可寻。

她发挥得很好，考上了最好的大学，拿到了状元的奖金，学校门口贴了大红的喜报，她的名字被印在最显眼的地方，妈妈和姐姐都很开心。

但她却怎么也开心不起来。

她怎么也不能接受程锐就这样消失了，可他确实不再出现在她的生活中。

她度过了长长的暑假，独自坐了很久的火车去学校报到，她开始了全新的生活，后来姐姐找到不错的工作，家里的经济状况越来越好。

一切都在向着越来越好的方向转变。

只是她心里一直有一个黑洞，吞噬她所有的快乐，让她连笑起来都是不快乐的。

她拼命念书，打工，参加社团，交了新的朋友，也有男生向她表达好感，但她通通拒绝了。

她不能忘记她曾经打过一个男生的耳光，打得他鼻血都流出来了，后来他却向她道歉，说是我不对，不该惹你生气。

她不能忘记那个男生曾经省吃俭用挤出车费陪她坐了一年多的车，只是因为不放心她的安危。

她不能忘记她曾经饿得失去理智，傻乎乎地对那个男生说，你有钱吗，能借我一些吗，我很饿。然后他手忙脚乱地掏出身上所有的钱，把最大面额那张给了她，从此每周都带着吃的来看她，怕她再饿着。

他是她孤独岁月里唯一的陪伴，是她难过的时候可以躲起来的港湾。他见过她最意气风发的样子，也见过她最狼狈的样子，他珍惜她的笑容，也疼惜她的眼泪。

她怎么能忘？

可在大理见到他的那一刻，她才知道，原来有些事，只有她一直执着，一直念念不忘，而他，大概早就忘了。

他早就忘记她，忘记那些过去，过上了全新的生活。

那么她算什么？他们之间，又算什么？不告而别就是他给她的结局吗？

那天晚上，林星岚睡不着，一个人在客栈的大阳台上背靠着栏杆看星星。这里的天气真的很好，她已经很久没见过这么多这么亮的星星了。

不知过了多久，一个人慢慢地走过来，她低头，看见程锐的脸。

“还好吗？”他看着她，眼神中带着一丝温柔，又有一丝不忍，或许还有一丝愧疚。

她的眼中却只有恨。

“我认识你吗？”

“对不起。”他还是那样深深地看着她，轻声而温柔地说，“我知道你一定怪我、恨我。是我对不起你，如果恨我能让你好受些，那就恨吧。”

“你不值得我为你浪费感情。”她冷冷地说。

“你高考那天，我去看过你。”他似乎完全不在乎她说了什么，自顾自地说着。

她猛然一震，眼中开始充斥着泪水。

“后来我去你的学校看过喜报，知道你考得很好，我很高兴，也很骄傲。”他转身俯靠在栏杆上，看着黑沉沉的远方，“离开家以后我去了很多地方，几乎算是流浪了，到大理时，她收留了我。”

她知道他口中的“她”，指的应该就是客栈老板小彤。

“我是个没用的废人，人人都用异样的目光打量我，只有她不。后来我就留了下来，再也没离开。”

“我不想听你的情史，我只想要一个答案，你为什么没遵守约定？为什么不告而别？你知道我找了你多久吗？”她为了他那样伤心过，叫她怎能不恨？

“这就是答案。”他指了指他的右腿，走到一边拉开凳子说，“站久了累不累？坐吧。”

即使只是在星光的映照下，她仍然看出了他一瘸一拐的姿态。

眼泪瞬间奔流而出，她跑过去蹲下来，摸着他的腿问他：“怎么了？怎么回事？你怎么会变成这样？”

“都是过去的事，不重要了。”他看着她满脸的眼泪，也忍不住哽咽了，“林星岚，这几年你过得还好吗？不要再怪我，也不要再恨我，就当从来没有遇见过我那样，彻底忘记我吧。”

她已经哭得上气不接下气，一边抹眼泪一边说：“不好，我过得一点也不好，我每天都在想你，想你去了哪里，想你为什么离开我……跟我走，跟我去北京，或者我毕业以后来大理找你，好不好？”

“傻瓜。”他忍不住伸出手，轻轻摸了摸她的头发，“我不能走，你也不能来。”

“为什么？”她睁着泪眼，抬起头可怜巴巴地看着他。

“我和她，已经摆过酒席了。这辈子我都不会离开她。”

“那我呢？我算什么？”

“都过去了，过去的就让它过去吧，你会遇上更好的人，过上更好的生活，我这样的人，根本就不该存在在你的生活里。”

“过去？忘记是那么容易的事吗？我对每一个姓程的或者名字里有锐的人都有天然的好感，我从来不跟人争吵，更不会再去打谁的耳光，我喜欢吃炸土豆，无论换过几次手机，我永远存着一个打不通的电话号码，我会因为一个相似的背影而追几条街，我会因为一个相同的名字而费尽心思去查看名字的主人……曾经的一点一滴都在影响我现在的生活，你让我怎么过去？”林星岚越说越难过，最后坐在地上，抱着膝盖埋头大哭起来。

程锐也哭了。自从知道自己从此不能正常走路哭过一次后，他便再也没哭过，可林星岚的话字字句句敲在他心上，那么痛那么痛。

“程锐，她不是唯一一个不拿异样眼光看你的人，我也是啊，她做得到的，我都做得到啊……”

程锐再也无法承受她悲伤而凄凉的哭声，蹲下去抱住她，像哄小孩一样轻轻拍着她的背，“对不起，对不起……我知道你做得到，我知道，我都知道……可是回不去了，真的回不去了啊……”

夜空中的繁星是那样美丽，好像永远不会改变，可斗转星移，无论是一个人的爱恨还是遗憾，都无法再换回从前。

第二天，不顾室友和小彤老板的劝说，林星岚收拾行李离开了客栈，再也没有回来。

程锐不知在忙些什么，没有出来送她。

离开大理后，林星岚又去了云南的其他地方，直到除夕才回家。她爱上了在路上的感觉，从此每逢假期就背上背包踏上旅途。她想，只要走得够远，总有一天会忘记他吧。

忘记他，是他对她最后的请求，只要他能幸福，她一定努力办到。

这是她能为他做的最后一件事。

你是我
不愿醒来的梦啊

柔情一场
你的名字叫难忘